Fritz Peter Heßberger

Zwischen Phantasie und Realität

Erzählungen

Der Autor:

Fritz Peter Heßberger, Jahrgang 1952, geboren in Großwelzheim, heute Karlstein am Main, studierte Physik an der Technischen Hochschule Darmstadt; 1985 Promotion zum Dr. rer. nat.; von 1979 bis zum Eintritt in den Ruhestand 2018 als wissenschaftlicher Angestellter in einer Großforschungsanlage tätig.

Umschlagphoto: der Hahnenkamm aus Blickrichtung Seligenstadt
F.P. Heßberger, Privatarchiv

Inhalt

Bibliographische Information der Deutschen Nationalbibliothek:
Die Deutsche Nationalbibliothek verzeichnet diese Publikation in der
Deutschen Nationalbibliographie; detaillierte bibliographische Daten sind
im Internet über http://dnb.d-nb.de abrufbar

© 2018 Fritz Peter Heßberger
Herstellung und Verlag
BoD – Books on Demand, Norderstedt

ISBN 978-3-7528-6626-1

Evelyn

Denken Sie bitte nicht, daß ich spinne. Zugegeben, meine Geschichte klingt äußerst unwahrscheinlich, geradezu grotesk, aber Sie müssen wissen, daß ich ein sehr kritischer Mensch bin und nicht an übernatürliche Begebenheiten glaube. Dennoch mußte ich feststellen, daß es Geschehnisse gibt, die sich unserem, zumindest meinem, Verstand entziehen. Ich versichere Ihnen, ich habe alles nachgeprüft und gründlich durchdacht. Wenden Sie daher nicht ein, ich hätte alles nur im Alkoholrausch geträumt oder gar mehrere geistige Aussetzer gehabt. Nein, nein, was ich erlebt habe ist wahr, genau so, wie ich es schildere und nicht anders.

Die zu berichtenden Geschehnisse ereigneten sich im letzten Spätsommer, genau gesagt, in der zweiten und dritten Septemberwoche. Ich hielt mich in dieser Zeit – die näheren Umstände spielen hier keine Rolle – aus dienstlichen Gründen in der Stadt K. auf. Ich hatte das Hotelzimmer entgegen meiner sonstigen Gewohnheit schon im voraus gebucht und war daher unangenehm überrascht, als ich bei meiner Ankunft feststellen mußte, daß im Hause umfangreiche Renovierungsarbeiten durchgeführt wurden. Es war weniger der penetrante Farbengeruch, der mich störte, sondern vielmehr die Tatsache, daß es sich bei den Malern um eine überaus unordentliche Truppe handelte, die überall ihre Gerätschaften herumstehen ließ, auch nach Feierabend. Ein Marsch durch die Flure, das Gebäude war schon älter und daher recht verwinkelt, kam einem Slalomlauf gleich. Ständig mußte ich irgendwelchen Leitern, Podesten, Farbtöpfen und Eimern ausweichen. Um gerecht zu sein muß ich allerdings betonen, daß ich ansonsten mit meiner Wahl zufrieden sein konnte. Das Personal war zuvorkommend, die Zimmer sauber, gemütlich eingerichtet, und das angeschlossene Restaurant bot eine ausgezeichnete Speisekarte. Deshalb unterließ ich es auch mir ein anderes Domizil zu suchen oder mich wegen dieser Unannehmlichkeiten zu beschweren.

Am zweiten Abend unterlief mir dann trotz aller Vorsicht ein kleines Mißgeschick. Ich hatte beim Abendessen einen Zeitgenossen namens Hans kennengelernt und mit ihm bis gegen Mitternacht gezecht. Ich war also nicht mehr ganz nüchtern als ich zu meinem Zimmer aufbrach. Unterwegs passierte es: ich stolperte über einen Eimer. Der kippte um und sein Inhalt, einige Pinsel verschiedener Größe, kullerte heraus und verstreute sich auf dem Fußboden. Dies allein wäre weiter nicht schlimm gewesen, aber der Eimer war zudem zu einem guten Drittel mit einer schmutzig – grauen Brühe gefüllt, die sich nun auf den Teppich ergoß, wo sie allerdings rasch aufgesaugt wurde, so daß nach wenigen Sekunden nur noch ein großer, unansehnlicher Fleck an meinen Unfall erinnerte. Da ich mich wegen der Schlamperei der Maler für den Schaden nicht verantwortlich fühlte, beschloß ich, die umherliegenden Pinsel schnellstens zusammenzuraffen, in den Eimer zurückzustellen, um dann ungesehen zu verschwinden. Bei meiner Arbeit fiel mir jedoch ein breiter Flachpinsel auf. Ich nahm ihn in die Hand und hatte plötzlich eine Idee, die ich heute meiner Alkohollaune zuschreibe. Ich zog den Kugelschreiber aus der Jackentasche und malte eine Frau auf den Stiel. Da ich kein großer Zeichner bin, gelang die Figur natürlich nicht sehr gut, sie ähnelte eher einem Strichweibchen. Verstehen Sie bitte den Ausdruck nicht falsch und stellen Sie keine Assoziation zu ‚Strichmädchen‘ her, so ist das nicht gemeint. Ich war, wie bereits angedeutet, allerdings nicht mehr bei ganz klarem Verstand und so gefiel mir mein Kunstwerk trotzdem recht gut. Ich überlegte, welcher Name zu der Hübschen auf dem Pinselstiel wohl am besten passen würde und entschied mich nach kurzer Zeit für Evelyn. Fragen Sie mich bitte nicht, warum ich gerade diesen Namen auswählte. Ich weiß es nicht, es muß wohl höhere Eingebung gewesen sein, zumal ich damals auch gar keine Frau kannte, die Evelyn hieß und für die ich irgendwelche Sympathie empfunden hätte. Ich betrachtete Evelyn noch eine Weile, redete mit ihr, stellte sie schließlich in den Eimer zurück, begab mich auf mein Zimmer und legte mich schlafen.

Am nächsten Morgen, auf dem Weg zum Frühstücksraum, begegnete ich einem Maler, der mit dem Evelyn – Pinsel gerade einen Türrahmen strich. Das Bild störte ihn offenbar keineswegs, denn er hatte es nicht einmal für nötig gehalten, das Gekritzel abzuwischen.

Am Abend traf ich mich wieder mit Hans zum Essen und Trinken. Obwohl ich mir vorgenommen hatte mich heute Abend etwas zurückzuhalten, da mir das gestrige Gelage doch einige Magenprobleme bereitet hatte, die mich den ganzen Tag über quälten, zechten wir noch heftiger als am Abend zuvor. Irgendwann fiel mir mein Kunstwerk ein und ich erzählte Hans davon. Er wurde neugierig, wollte es sehen. Ich wandte zwar ein, der Maler habe es sicherlich mittlerweile bei der abendlichen Pinselreinigung abgewischt, doch Hans ließ sich nicht beirren. Wir suchten also den besagten Eimer und, in der Tat, die Zeichnung auf dem Pinsel war noch vorhanden, völlig unbeschädigt, was mich ein bißchen wunderte. Hans betrachtete sie lange.

„Ein hübsches Mäuschen", bemerkte er schließlich heiter, „wir sollten es zum Leben erwecken."

„Ja", witzelte ich zurück, „vielleicht können wir ihr eine Seele einhauchen."

„Versuch es", riet er mir.

Ich nahm den Pinsel in die Hand und blies das Bild vorsichtig an. Nichts rührte sich. Ich versuchte es noch einmal. Wieder nichts. Hans schüttelte den Kopf.

„Nein, so geht das nicht. Gib ihn mir und laß es mich einmal probieren."

Er griff in die Hosentasche und holte ein Stück Eierschale hervor.

„Na ja, ich war heute Morgen beim Frühstück noch nicht ganz wach, da habe ich es mir eben aus Versehen eingesteckt", erklärte er, meinen erstaunten Blick kommentierend.

Er strich mit der Kante dreimal über eine gewisse Körperstelle. Zu meinem Entsetzen begann das Bild zu wachsen und Augenblicke später stand eine hübsche, zierliche Frau mit lockigem, schwarzem Haar vor uns. Ich schaute sie mit großen Augen an.

„He Fritz, was ist mit dir los ? Geht es dir nicht gut ? Du starrst mich ja an als wäre ich ein Geist !" sagte sie mit freundlicher Stimme.

Sie lächelte mir sanft zu, Hans grinste. Nach einer Weile fuhr sie fort:

„Tut mir leid, daß ich heute Abend nicht mit euch essen konnte, aber die Besprechung hat sehr lange gedauert. Morgen klappt es bestimmt. Ich bin auch sehr müde und gehe jetzt gleich schlafen. Gute Nacht."

Sie ging weiter.

„Das ist eine gute Idee", meinte Hans und verabschiedete sich ebenfalls.

Ich blieb zurück, halb betäubt. Nein, das konnte doch nicht wahr sein. Ich mußte geträumt haben. Ich blickte zum Eimer hin. Der Pinsel fehlte jedenfalls. Vielleicht hatte Hans ihn auch in Gedanken mitgenommen, sicherlich würde er ihn gleich zurückbringen. Ich wartete noch eine Weile, doch er kam nicht. Offenbar hatte er keine Lust mehr und würde ihn morgen früh zurücklegen.

Schließlich ging ich in mein Zimmer und setzte mich aufs Bett. Es fiel mir schwer, klare Gedanken zu fassen, schon wegen der Wirkung des Alkohols. Ich merkte, daß ich leicht zitterte. Ich versuchte, mich zu konzentrieren und mir die Ereignisse der letzten halben Stunde ins Gedächtnis zurückzurufen. Nein, ich hatte mit Sicherheit nicht geträumt. Die Frau war wirklich da gewesen. Aber warum redete sie mich an als sei ich ein alter Freund und woher wußte sie meinen Namen? Vielleicht, mutmaßte ich, war sie eine Bekannte oder Kollegin von Hans und der hatte ihr von mir erzählt. Ich kannte ihn ja erst einen Tag, wußte kaum etwas über ihn. Möglicherweise hatte sie mich gestern Abend mit ihm zusammen gesehen, war aber aus irgendwelchen Gründen nicht an unseren Tisch herangetreten. Ich hatte sie zweifelsohne nicht bemerkt, war ja auch etwas betrunken gewesen. Und vorhin? Ich hatte mich offenbar so intensiv mit der Pinselzeichnung beschäftigt, daß ich ihr Erscheinen nicht wahrnahm. Je länger ich darüber nachdachte, desto wahrscheinlicher erschien mir diese Deutung im Vergleich zur Annahme eines lebendig gewordenen Bildes. Letzte Zweifel konnten zwar nicht ausgeräumt werden, aber langsam beruhigte ich mich wieder und schlief bald ein.

Als ich am nächsten Morgen erwachte fiel mir sogleich der Pinsel ein. Ich schaute nach. Er steckte friedlich in seinem Eimer. Aha, Hans hatte ihn doch noch zurückgebracht. Im Speisesaal hielt ich nach der Frau Ausschau, konnte sie aber nirgends entdecken. Auch

Hans erschien nicht. Vielleicht hatten sie bereits gefrühstückt. Im Laufe des Tages erfaßte mich allerdings eine sonderbare Unruhe. Obwohl die Geschichte erklärbar schien, nagten immer stärkere Zweifel an meiner Seele. Irgend etwas stimmte hier nicht. Bevor ich daher am Abend das Restaurant aufsuchte, schaute ich noch einmal nach dem Pinsel. Er fehlte. Hans erwartete mich bereits. Die Frau saß mit ihm zusammen am Tisch. Ich gesellte mich zu ihnen und betrachtete die Frau eingehend; sie hieß tatsächlich Evelyn. Sie hatte wunderbare, dunkle, träumerische Augen, war ausgesprochen schön und attraktiv, wirkte zudem noch sehr jugendlich, auch wenn sich bereits die ersten Spuren des Alterns an ihr bemerkbar machten. Ich schätzte sie auf Anfang vierzig. Später, viel später, warf ich mir manchmal vor, es unterlassen zu haben, beide direkt auf die Geschehnisse am Abend zuvor anzusprechen. Der Verlauf der Unterhaltung bot mir jedoch keine Gelegenheit, entsprechende Fragen einfließen zu lassen und direkt ‚mit der Tür ins Haus fallen' wollte ich auch nicht. Darüber hinaus gewann ich auch aus ihren Reden nach und nach den Eindruck, daß sie sich, entgegen meiner früheren Vermutung, tatsächlich erst seit sehr kurzer Zeit kannten, also keine alten Freunde oder Kollegen sein konnten. Die Sache mit dem Pinselbild anzusprechen wagte ich auch nicht, ich hatte Angst mich zu blamieren. Evelyn erwies sich immer mehr als äußerst angenehme Gesellschaft. Sie dürfen mich nicht falsch verstehen, sie gehörte keineswegs zu den Frauen, die einen schellen Flirt oder gar ein weitergehendes Abenteuer suchen, im Gegenteil, sie blieb in dieser Beziehung sehr zurückhaltend. Ihre offene Freundlichkeit sowie ihr Witz bei unseren Unterhaltungen ließen auch bei mir, obwohl ich eine zunehmende Sympathie für sie empfand, keine diesbezüglichen Gedanken aufkommen. Derartige Annäherungsversuche, dessen bin ich sicher, hätten, zumindest in diesem frühen Stadium, letztlich nur ein Zerbrechen der sich anbahnenden kameradschaftlichen Beziehung bedeutet. Ein Rätsel blieb sie mir trotzdem, sie verwirrte mich. Ihre Art zu lachen, zu sprechen, ihr Charme ließen mich immer wieder bezweifeln, daß sie möglicherweise nur eine lebendig gewordene Strichzeichnung war. Ich wollte ihr Geheimnis unbedingt ergründen. Eine günstige Gelegenheit für einen ersten Schritt ergab sich meiner Ansicht nach als wir aufbrachen. War sie wirklich ein echter

Mensch, so mußte sie zwangsläufig hier im Hotel ein Zimmer haben, sagte ich mir, und das würde leicht herauszufinden sein, ich brauchte sie nur zu begleiten. Gegen elf Uhr löste sich die Runde auf, wir gingen nach oben, ich an ihrer Seite. Hans blieb zwei bis drei Schritte zurück.

„Fritz, gib mir bitte Feuer !" erschallte es plötzlich hinter mir. Ich drehte mich um, Hans hielt eine Zigarette in der Hand. Ich blieb stehen, kramte mein Feuerzeug aus der Hosentasche hervor und zündete die Zigarette an. Dieser Vorgang dauerte nur einige Augenblicke. Als ich mich jedoch wieder Evelyn zuwandte, war sie bereits hinter der nächsten Ecke verschwunden. Ich eile ihr nach, konnte sie aber nirgends mehr entdecken. Ich überlegte: sie konnte in eines der Zimmer hineingegangen sein, die Treppe nach oben gelaufen oder mittlerweile auch den Fahrstuhl benutzt haben. Es erschien aussichtslos, sie noch einmal anzutreffen, außerdem wäre es auch lächerlich gewesen, jetzt noch im Hotel herumzurennen um nach ihr zu suchen. Ich verabschiedete mich von Hans, suchte aber nicht gleich mein Zimmer auf, sondern schaute erst einmal nach dem Eimer und entdeckte darin den Pinsel. Später, bereits im Bett liegend, überdachte ich den Vorgang noch einmal und wurde die Vermutung nicht los, Hans habe mich vorhin mit der Zigarette absichtlich abgelenkt.

Am nächsten Nachmittag, es war Freitag und die Maler hatten ihre Arbeit schon früher beendet, ruhte der Pinsel friedlich an seinem Platz.
„Evelyn ist übers Wochenende nach Hause gefahren um nach ihrer Tochter zu sehen. Hat sie mir gesagt", erklärte mir Hans beim Abendessen, obwohl ich ihn noch gar nicht nach ihr gefragt hatte.
„Evelyn hat eine Tochter ?" ich blickte ihn lange fragend an. Hans grinste.
„Aber sie ist doch nur eine Zeichnung !" platzte es schließlich aus mir heraus.
„Vielleicht ist ihre Tochter auch nur eine Zeichnung. Alles ist möglich", erwiderte er spöttisch.
„Zeichnung besucht Zeichnung", entgegnete ich ärgerlich, „du willst mich wohl auf den Arm nehmen."

Doch Hans grinste nur. Ich bohrte weiter, erhielt aber nur ironische Antworten. Was trieb der Kerl nur für ein Spiel mit mir ? Ich hatte gute Lust zu gehen.

„Ach, nimm doch alles nicht so ernst, mach dir lieber Gedanken um deine Arbeit oder trinke einen", meinte er schließlich lachend, „ich weiß doch auch nicht mehr als du."

Ich glaubte ihm nicht und argwöhnte, daß der letzte Satz nur eine Ausrede war, um mich abzulenken. Er ließ sich aber auf keine weiteren Diskussionen in dieser Sache ein.

Am Samstag Morgen hatte ich noch einige Angelegenheiten zu erledigen, dann genoß ich das Wochenende. Hans sah ich nur wenig, er gab vor, sehr beschäftigt zu sein. Ich glaube aber, auch dies war nur eine Ausrede; vielmehr wollte er während Evelyns Abwesenheit nicht alleine mit mir zusammen sein, um unangenehmen Fragen aus dem Wege zu gehen, die ich in ihrer Gegenwart, schon aus Rücksicht ihr gegenüber, wohl kaum stellen würde. Da war nichts zu machen. Sollte ich jetzt mißmutig sein ? Nein, bei herrlich warmem Wetter schaute ich mir die Stadt gründlicher an. Ab und zu sah ich nach dem Pinsel, der stets friedlich in seinem Eimer ruhte. Ich markierte sogar seine Position, mußte aber feststellen, daß er sich nicht von seinem Fleck rührte – bis Montag Morgen.

Der Vollständigkeit halber möchte ich noch erwähnen, daß ich sogar einmal den Trick mit der Eierschale probierte – er funktionierte nicht.

Beim Frühstück traf ich Hans. Er teilte mir mit, daß er die nächsten beiden Tage äußerst beschäftigt sei und auch abends keine Zeit hätte. Das war mir im Grunde nicht unlieb, denn so konnte ich alleine mit Evelyn sein und vielleicht eher hinter ihr Geheimnis kommen – falls sie wieder auftauchte.

Und in der Tat, sie erschien. Ich lud sie ins Kino ein. Süß sah sie aus, wie sie zurückgelehnt, eher im Sessel liegend als sitzend, den Film auf sich einwirken ließ – ja, so muß man es wohl ausdrücken. Ich glaube, ich schaute länger zu ihr hin als auf die Leinwand. Es machte mir Spaß, ihr Minenspiel zu beobachten, wenn sie an lustigen Stellen lächelte, bei gefährlichen Szenen ängstlich blickte, sich erschrocken die Ohren zuhielt, wenn es beim Szenenwechsel urplötzlich laut wurde. Einmal, die Flüchtlinge, sie waren schon halb verhungert, fanden in der schneebedeckten tibetanischen Steppe ein totes Pferd und zerteilten es, hielt sie sich entsetzt beide Hände schützend vor die Augen, als ein blutiges Stück Fleisch in Großformat gezeigt wurde. Nein, ich konnte mir bei einer Zeichnung auf einem Malerpinsel keine solche Gefühlsbewegungen vorstellen ! Sie mußte eine echte Frau sein !

Am Dienstag Abend unternahmen wir einen Stadtbummel und kehrten anschließend in ein kleines, gemütliches Lokal ein. Ich begann, über mich zu erzählen, einige Jugenderinnerungen im wesentlichen. Natürlich geschah dies in der Absicht, im Gegenzug näheres über sie zu erfahren. Auch sie berichtete manches, ich erfuhr unter anderem, daß sie seit Jahren verwitwet war, eine achtzehnjährige Tochter hatte, eine kleine Kosmetikfirma vertrat, deren Namen sie allerdings ebenso wenig verriet wie ihren eigenen Nachnamen, und in einer kleinen Stadt in Süddeutschland lebte. Wie diese hieß erfuhr ich natürlich auch nicht. Diese Angaben – Sie werden es sicherlich bereits vermuten – waren so unpräzise, daß sie für spätere Nachforschungen unbrauchbar waren. Sie verstand es aber so geschickt und liebenswürdig nähere Auskünfte zu vermeiden, daß es fast als Beleidigung erschienen wäre, weiterführende Fragen zu stellen. Deshalb unterließ ich es auch zu meinem tiefsten Bedauern, denn ich hatte sie mittlerweile so lieb gewonnen, daß ich auch nach meiner Abreise aus K. gerne mit ihr in Verbindung geblieben wäre.
Bei aller Mühe gelang es mir ebenfalls nicht, ihre Zimmernummer zu erfahren. Geschickt lenkte sie mich bei unserer Rückkehr jedes Mal im geeigneten Augenblick ab, so daß sie unbemerkt verschwinden konnte.
Ebenso wenig Erfolg hatten meine Anstrengungen – und dies wäre in meinen Augen der entscheidende Beweis gewesen - sie und den Pinsel gleichzeitig zu sehen. Zwar versuchte ich mehrmals, sie ‚zufällig' an dem besagten Eimer vorbeizuführen, jedoch, die Falle ahnend, gelang es ihr mit List und Charme, mich stets rechtzeitig auf einen anderen Weg zu lotsen. Dies allerdings verstärkte mein Mißtrauen und ich lag an jenen beiden Abenden noch lange wach und überlegte, wie ich dennoch zum Ziel gelangen könne.

Die Malerarbeiten im Hotel näherten sich ihrem Ende. Bei meiner Rückkehr am späten Mittwoch Nachmittag bemerkte ich, daß die Handwerker ihre Utensilien bereits zusammengepackt und auf einen Pritschenlieferwagen geladen hatten, der gerade wegfuhr als ich ankam. Zum Glück erschien im selben Moment auch Hans.

„Du hast doch ein Auto ! Schnell, wir müssen dem Lieferwagen hinterher !"

„Warum ?"

„Frag nicht, hol das Auto ! Schnell !"

Hans gehorchte. Sekunden später brausten wir davon. Der Lieferwagen fuhr gemächlich dahin, so daß wir ihm ohne Schwierigkeiten folgen konnten. Unterwegs erklärte ich aufgeregt Hans die Umstände.

„Wir müssen unbedingt den Pinsel bekommen !" ermahnte ich ihn.

Beim Passieren eines Schlaglochs neben einer Straßenbaustelle kippte der Eimer um, rollte zurück und stürzte schließlich, da die hintere Ladeklappe des Lieferwagens nicht geschlossen war, auf die Straße. Der Pinsel, nebst dem anderen Inhalt, kullerte heraus und verschwand in einer Vertiefung.

„Stopp !" brüllte ich, sprang aus dem Auto sobald es anhielt und rannte in die Baustelle. Der Pinsel war, wie ich rasch erkannte, in einen Kanalschacht gefallen und lag nun zur Hälfte in der Abwasserbrühe. Ohne zu zögern kletterte ich hinab – zu spät. Die Strömung hatte den Pinsel mittlerweile losgerissen und in die Kanalröhre geschwemmt. Enttäuscht stieg ich wieder nach oben.

„Was machen Sie denn hier ?" fauchte mich eine Stimme barsch an. Ich blickte hoch und gewahrte einen Mann in einem blauen Drillichanzug – offenbar ein Kanalarbeiter.

„Ich suche einen Malerpinsel," antwortete ich, während ich aus dem Schacht herauskroch.

„So ?" entgegnete der Mann.

„Es war ein ganz besonderer Pinsel", sagte ich verlegen.

Der Kanalarbeiter blickte Hans, der zwar etwas abseits stand, aber dennoch erkennbar dazugehörte, und mich abwechselnd mißtrauisch an: zwei Männer mittleren Alters, in Anzug, mit Krawatte, die in einem Kanalschacht einen Malerpinsel suchen – das mußte ihm schon merkwürdig vorkommen. Ich schwieg betreten, Hans dagegen erwiderte geistesgegenwärtig:

„Sehen Sie, die Sache ist so: unser ältester Bruder hat ein Malergeschäft. Er wird morgen fünfzig und wir wollen ihm zum Geburtstag einen vergoldeten Malerpinsel mit aufgedruckten Glückwunsch schenken. Unglücklicherweise ist meinem kleinen Bruder", er zeigte dabei auf mich, „ausgerechnet hier der Pinsel entglitten und in diesen Schacht gestürzt. Jetzt ist er weg. Abgesehen vom finanziellen Schaden, er war schließlich nicht billig, bekommen wir heute Abend wohl kaum noch Ersatz und morgen ist der Geburtstag. Verstehen Sie das Problem ?"

Der Kanalarbeiter nickte: „Wenn das so ist, dann kommen Sie mit. Ich kenne mich hier aus. Vielleicht erwischen wir ihn noch am übernächsten Kontrollschacht."

Rasch bestiegen wir seinen dreirädrigen Motorkarren – ich mußte auf der Ladefläche Platz nehmen – und fuhren los. Nach einigen hundert Metern hielten wir an. Noch während der Kanalarbeiter die Straße absperrte, sprang ich vom Karren herunter und öffnete mit den beiden Haken, die ich auf der Ladefläche gefunden hatte, den Schachtdeckel. Gerade eben schwamm eine kleine Plastikpuppe vorüber. Rasch stieg ich in den Schacht.

„Der Pinsel ! Zu spät !" schrie Hans, kaum daß ich halb unten war. Mit einem Satz sprang ich aus dem Schacht heraus und legte geschwind den Deckel wieder auf.

„Schnell ! Aufgesessen !" kommandierte der Kanalarbeiter, „vielleicht erwischen wir ihn noch an der Einmündung in den Hauptkanal. Das ist die letzte Chance."

Der Schacht an der Einmündung erwies als geräumiger. Ich kletterte hinunter.

„Paß auf, die Puppe ! Gleich muß der Pinsel kommen !" rief mir Hans zu.

Gebannt starrte ich auf die seitliche Röhre. Endlich erschien ein schwarzer Wuschelkopf, dem ein zierlicher Frauenkörper folgte – Evelyn. Sie war völlig durchnäßt und furchtbar schmutzig. Sie zitterte am ganzen Leib. Ich half ihr sich aufzurichten und drückte sie fest an mich. Dann brachte ich sie nach oben. Der Kanalarbeiter starrte uns entsetzt an.

„Wie kommt die denn dahin?" stammelte er.

Hans grinste: „Danke für die Hilfe."

Wir liefen davon.

„Ja, aber der Pinsel!" rief uns der Mann noch nach.

„Vergessen Sie den Pinsel!" lachte Hans zurück.

Wir erreichten das Auto und hüllten Evelyn in eine Decke, die sich im Kofferraum fand. So brachten wir sie ins Hotel zurück.

„Kümmere dich um sie, während ich neue Kleider kaufe", ordnete Hans an.

Ich nahm Evelyn mit auf mein Zimmer. Sie hatte sich inzwischen schon wieder einigermaßen beruhigt.

„Dusche erst einmal. Und hier sind einige Sachen von mir. Zieh sie an bis Hans dir neue bringt."

Evelyn verschwand im Bad. Ich setzte mich derweil auf den Fußboden. Erst jetzt merkte ich, daß meine Kleider ebenfalls durchnäßt waren und fürchterlich stanken; außerdem fühlte ich mich ziemlich müde. Ich zündete eine Zigarette an und blies den Rauch genüßlich in Richtung Zimmerdecke.

„Das war knapp!" murmelte ich ein paarmal vor mich hin. Mehr konnte ich vorläufig nicht denken oder sagen.

Als Evelyn fertig war, duschte ich. Hinterher setzten wir uns aufs Sofa und warteten auf Hans. Ich fühlte mich jetzt wieder frischer, konnte klarer denken. Jetzt war die Gelegenheit günstig, hinter ihr Geheimnis zu kommen.

„Sag mal, wie bist du eigentlich in dieses Kanalrohr gekommen?" fragte ich sie vorsichtig.

Sie überlegte eine Weile.

„Das war so", sagte sie endlich., „ich lief über die Straße. Plötzlich tauchte ein Auto auf. Ich sprang erschrocken zur Seite und stürzte in einen Schacht. Ich muß wohl in Panik gewesen sein oder unter Schock gestanden haben, jedenfalls glaubte ich, daß mich das Auto noch immer verfolgt; deshalb kroch ich in die Röhre. Ich weiß nicht, wie lange ich da entlang gekrochen bin. Irgendwann kam ich wieder zu mir und erkannte meine Lage: in einer engen Röhre, halb in stinkendem Wasser; ich fror, bekam kaum Luft und es war völlig dunkel. Ich hatte furchtbare Angst zu sterben. Umdrehen konnte ich mich nicht, also bin ich weitergekrochen, in der schwachen Hoffnung, irgendwann wieder ans Tageslicht zu kommen. Dann bemerkte ich weit vor mir einen hellen Schimmer. So schnell ich konnte kroch ich weiter – ja, und dann warst du da. Was hast du eigentlich da unten gesucht?"

Ich war noch genauso schlau wie vorher, aber diese Frage bot mir eine letzte Chance, ihr auf die Sprünge zu helfen.

„Ich suchte einen Pinsel, er war uns an der Baustelle in den Schacht gefallen."

Evelyn lachte laut: „Einen Pinsel? Und deswegen macht ihr so einen Aufstand!"

Ich schwieg. Bald darauf kehrte Hans zurück. Nachdem Evelyn sich umgezogen hatte schlug er vor:

„Auf diesen Schreck hin müssen wir gehörig feiern. Außerdem, dies ist mein letzter Abend hier. Ich reise morgen in aller Frühe ab. Ich werde um zehn Uhr in unserer Zentrale in München erwartet."

Es wurde ein lustiger Abend. Wir tranken viel. Irgendwann verabschiedete sich Hans:

„Ich muß noch ein paar Stunden schlafen."

Evelyn war mittlerweile ziemlich betrunken.

„Du kannst in meinem Bett schlafen, ich übernachte auf dem Sofa", sagte ich nicht ohne Hintergedanken. Evelyn willigte ein. Wenn meine Vermutung stimmte, müßte morgen früh zwangsläufig der Pinsel in meinem Bett liegen.

Ich erwachte früh, schaute sofort nach. Evelyn war nicht mehr da. Ich befühlte das Bettzeug, es war bereits kalt. Vorsichtig hob ich die Decke hoch, in der Erwartung den Pinsel zu finden. Doch das Bett war leer. Ich räumte es aus: keine Spur von dem Pinsel. Verwirrt saß ich eine Weile da, starrte auf das Bett und überlegte.

Auch auf die Gefahr hin Sie zu langweilen, muß ich meine folgenden Unternehmungen etwas ausführlicher schildern, damit Sie sehen, daß ich wirklich nichts unversucht gelassen habe, diese doch äußerst rätselhafte Situation zu erhellen.

„Vielleicht hat sie heimlich das Zimmer verlassen oder sich vor der Umwandlung irgendwo versteckt", dachte ich endlich und beschloß, gezielt vorzugehen. Zunächst untersuchte ich die Tür, sie war verschlossen, von innen. Der Schlüssel steckte.

„Sie könnte auch durch das Fenster geklettert sein", fiel mir ein. Auch dies erschien auf den ersten Blick unwahrscheinlich, das Fenster war gekippt, wie gestern Abend. Sie konnte sich unmöglich durch den engen Spalt gezwängt haben. Nicht auszuschließen war jedoch, daß sie sich vor der Umwandlung so am Fenster aufgestellt hatte, daß sie hinterher als Pinsel in den Hof hinunterfallen mußte. Es war noch dunkel und daher unwahrscheinlich, daß irgend jemand mittlerweile zufällig den Pinsel gefunden und mitgenommen hatte. Es sei denn, die Sache war abgesprochen und Hans hatte ihn aufgelesen. Ich ärgerte mich nun, gestern Abend an diese Möglichkeit nicht gedacht und das Fenster nicht geschlossen zu haben. Ich mußte das sofort überprüfen, dabei aber sicherstellen, daß sie, falls sie noch nicht umgewandelt war und sich irgendwo versteckte, während meiner Abwesenheit das Zimmer heimlich verließ oder, im anderen Falle, jemand den Pinsel holte. Ich verschloß das Fenster und brachte einige Klebstreifen zwischen Flügel und Rahmen an, deren Positionen ich zudem mit einem Filzschreiber markierte. Dann band ich einen dünnen Faden um die Türklinke und befestigte das andere Ende von außen so am inneren Türrahmen, daß der Faden möglichst gespannt war und die Reißzwecke möglichst weit vom Türspalt entfernt saß. Selbstverständlich vergaß ich auch nicht, die Stelle, an der der Faden am Dorn festgeknotet war zu markieren. Dann eilte ich in den Hof, fand aber keinen Pinsel. Die Markierungen erwiesen sich alle noch als unversehrt als ich ins Zimmer zurückkehrte. Vorsichtshalber überprüfte ich noch den Türrahmen auf Einstichlöcher, denn sollte jemand die Reißzwecke entfernt und nach Verlassen des Zimmers wieder aufgesteckt haben, hätte er wohl kaum das alte Einstichloch wieder getroffen. Auch hier war das Ergebnis negativ.
Dann durchsuchte ich systematisch Zimmer und Bad, entdeckte aber hierbei lediglich, daß Evelyns schmutzige Kleider fehlten, sie selbst oder den Pinsel fand ich nicht. Ich konnte letzteren unmöglich übersehen haben, er war ja nicht gerade klein.

Ich setzte mich eine Weile hin und überlegte, ob ich auch wirklich nichts vergessen hatte. Dann durchwühlte ich das Zimmer erneut: vergeblich – keine Evelyn, kein Pinsel.

Etwas ratlos ging ich zum Frühstück. Hinterher faßte ich mir ein Herz, begab mich zur Empfangsdame.

„Entschuldigen Sie, könnten Sie mir bitte sagen, in welchem Zimmer meine Bekannte wohnt ? Ich kenne allerdings nur ihren Vornamen – Evelyn."

Die Empfangsdame lächelte: „Das ist kein Problem. Unser Haus ist ja nicht so groß und Evelyn ist ja auch kein allzu häufiger Name. Einen Moment, das haben wir gleich."

Sie schaute in ihrer Liste nach.

„Aha, hier ist es: Evelyn Rothwohl, Zimmer 217; übrigens, die einzige Evelyn, die wir in den letzten Wochen hier hatten."

Ich bedankte mich. Leicht nervös lief ich die Treppe hoch und klopfte an. Die Tür wurde geöffnet und ich erblickte eine große, kräftige, blonde Dame, etwa fünfzig Jahre alt.

„Sind Sie Frau Evelyn Rothwohl ?" fragte ich vorsichtig.

„Ja, was wollen Sie von mir ?"

„Ach, nichts", entgegnete ich unsicher, „ich suche lediglich eine Bekannte. Ich habe mich wohl in der Türe geirrt."

Sie lächelte über meine Ausrede, schüttelte dabei leicht den Kopf.

„Das kann passieren", meinte sie zweideutig, „Sie haben gestern Abend auch ziemlich gefeiert."

Woher wußte sie das ?

„Waren wir zu laut ?" fragte ich erstaunt.

„Ach nein, es war auszuhalten."

Es war mittlerweile schon gegen neun Uhr, ich mußte jetzt dringend meine Termine wahrnehmen und hatte wirklich keine Zeit mehr, mir in dieser Sache Gedanken zu machen. Es kostete mich allerdings schon einige Mühe, meine Aufgaben ordentlich zu erledigen, zu viele Gedanken schwirrten in meinem Kopf umher. Eigentlich wollte ich nach Erledigung der restlichen geschäftlichen Angelegenheiten am Nachmittag zurück nach Hause fahren, aber nun beschloß ich, doch noch einen Tag zu bleiben. Evelyn war stets erst nach Feierabend erschienen, vielleicht würde sie auch heute wiederkommen. Andererseits richtete sich mein Verdacht immer mehr auf Hans. Vermutlich handelte es sich um ein abgekartetes Spiel der beiden. Vielleicht war Evelyn auch nur sein Geschöpf. Sie hatte sich sicherlich nach der Umwandlung aus dem Fenster fallen lassen und Hans hatte den Pinsel aufgehoben und mitgenommen. Zwei Begebenheiten fielen mir ein, denen ich gestern keine Beachtung geschenkt hatte.

Da war einmal die Tatsache, daß Evelyn bei mir geduscht hatte. Warum hatte sie nicht ihr eigenes Badezimmer benutzt? Nach einigen Überlegungen erschien dieser Umstand allerdings erklärbar; möglicherweise hatte sie noch unter Schock gestanden und sich einfach von mir führen lassen. Und ich hatte sie auf mein Zimmer gebracht, war gar nicht auf die Idee gekommen, sie nach ihrer Zimmernummer zu fragen.

Schwerer wog allerdings der Umstand, daß Hans sofort neue Kleider besorgt hatte. Wenn Evelyn längere Zeit in dem Hotel gewohnt hätte, was noch immer meinen Überlegungen zugrunde lag, obwohl es eigentlich den Aussagen der Empfangsdame widersprach, und ich kannte Evelyn mittlerweile eine gute Woche, mußte sie ja auch Reservekleidung dabei haben. Es hätte genügt, Ersatzwäsche aus ihrem Zimmer zu besorgen; jedenfalls bestand kein Grund, neue Sachen zu kaufen. Aber Hans wußte, daß sie neue Kleider brauchte, denn, soweit ich mich erinnerte, hatte Evelyn ihn nicht einmal um diesen Dienst gebeten.

Ich hoffe, Sie sind durch all diese Widersprüchlichkeiten, die Sie gerade lesen mußten, nicht so verwirrt wie ich es an jenem frühen Nachmittag war.

Meine einzige Schlußfolgerung lautete: Hans muß mir das erklären! Glücklicherweise hatte er mir seine Telefonnummer hinterlassen. Ich rief ihn an. Eine Dame meldete sich.

„Ich möchte gerne Herrn Hans Diemer sprechen", äußerte ich freundlich meinen Wunsch.

„Einen Hans Diemer gibt es in unserer Firma nicht", antwortete sie.

Ich war überrascht, ließ mir die Nummer bestätigen. Sie stimmte.

„Aber ich war doch die letzten Tage mit ihm in K. zusammen", wandte ich ein.

„Das ist sowieso nicht möglich", erwiderte die Dame, „seit über zwei Monaten war keiner unserer Mitarbeiter mehr in K."

Ich entschuldigte mich und legte auf. Auch das noch, Hans hatte mich angelogen. Aber irgendwie paßte alles zusammen. Ich fragte auch noch einmal bei der Hotelrezeption nach. Auch hier hatte er die betreffende Firma und die gleiche Telefonnummer angegeben. Das überraschte mich nun nicht mehr.

Ungeduldig fieberte ich dem Abend entgegen. Ich weiß, es war verrückt, aber ich hoffte dennoch, daß Evelyn wieder auftauchen würde. Aber sie erschien nicht. Obwohl es im Grunde genommen sinnlos war, durchstreifte ich mehrmals das Hotel und die nächste Umgebung.
Keine Spur. Weder von Evelyn noch von dem Pinsel.
Ich überlegte, was ich noch tun könnte. Mir fiel aber nichts ein.
Ich entschied daher, daß es wohl das beste sei, die Sache auf sich zu beruhen lassen, zumal ich durch die beiden auch keinen eigentlichen Schaden erlitten hatte, zumindest keinen materiellen.
Ich verbrachte eine unruhige Nacht. Früh am nächsten Morgen begab ich mich zum Bahnhof und nahm den erstbesten Zug zurück in meine Heimatstadt.
Unterwegs dachte ich noch lange über Evelyn, Hans und die Ereignisse der letzten Tage nach.
Welchen Sinn hatte das Spiel, das da mit mir getrieben wurde ?
Komödie oder Lehrstück ?
Wer waren die beiden eigentlich ?
Einfache Schwindler ? Gaukler ? Magier ? Gott ?
Oder vielleicht lediglich das Abbild meiner eigenen Seele ?

Ich werde es wohl nie erfahren !

Erinnerungen an Carola

Das Leben ist nur ein Folge unerfüllter Sehnsüchte.

Das Todeslied

Der 15. Januar 2017 schien ein ganz normaler Sonntag zu werden. Als ich morgens erwachte rechnete ich nicht damit, daß sich am späten Nachmittag etwas ereignen könnte, das meinen Seelenfrieden nachhaltig störte und letztlich auch mein Leben veränderte. Es war ein sonniger, aber kalter Wintermorgen. Ich hatte mir vorgenommen, in der Gegend um den Otzberg eine kleine Wanderung zu unternehmen und fuhr daher kurz nach elf nach Lengfeld, stellte dort mein Auto ab, marschierte los. Details bezüglich der Tour erspare ich mir, da sie für den weiteren Verlauf der Ereignisse keine Rolle spielen. Kurz nach fünf Uhr kehrte ich dann zurück und trat die Heimfahrt an. Unterwegs hörte ich Musik. Das war nichts ungewöhnliches. Ich höre mir beim Autofahren so der Reihe nach meine CDs an. Diesmal war es eine 'Oldie-CD', die ich vor mehr als zehn Jahren gekauft hatte. Irgendwann erklang das Lied 'Seasons in the sun' von Terry Jacks, welches im Frühjahr 1974 ein 'Riesenhit' war. Es ist das Lied eines Sterbenden, der sich von der Welt verabschiedet, von seinem Freund, seinem Vater, seiner Freundin, das Todeslied. Ich habe es im Laufe der letzten Jahre öfters gehört und mir war dabei auch stets jene lang zurückliegende Begegnung eingefallen, aber es hatte bisher nie eine so intensive und nachhaltige Wirkung auf mich ausgeübt wie an diesem Spätnachmittag. Ich sah immer klarer jene hübsche und schlanke junge Frau mit den dunkelroten Haaren vor mir, die an der Musikbox stand und inbrünstig diesem Lied lauschte. Und dabei war an ihrem

Gesichtsausdruck zu erkennen, daß das Lied ihr eigenes Lebensgefühl widerspiegelte. Diese Erinnerung beunruhigte mich, schränkte meine Konzentrationsfähigkeit ein und so war ich froh, als ich endlich wohlbehalten zuhause ankam. Ich kochte mir einen Espresso, schnitt ein Stück von dem noch vorhandenen Christstollen ab, setzte mich dann in meinem Wohn – Arbeitszimmer aufs Sofa und begann nachzudenken.

Die älteste Erinnerung an die Frau datiert in das Frühjahr 1969.

Es war im April oder Mai. Damals existierte auf dem Gelände eines Hotels in Großwelzheim ein Pavillon, im dem eine Spielhalle eingerichtet war, die wir als Jugendliche als 'Spielhölle' bezeichneten. Sie bestand etwa zwei Jahre, von 1968 bis 1970, wenn mich meine Erinnerung nicht täuscht. Der Pavillon wurde dann später jahrelang als Ausstellungsraum für italienische Keramik genutzt. Details kann ich aber nicht angeben, da mich das nicht interessiert hat. Der Pavillon steht heute noch. In ihm wird derzeit irgendwelche Trödlerware aufbewahrt soweit ich das erkennen kann.

Ich besuchte in dieser Zeit die Spielhalle recht häufig, meistens zusammen mit einem Freund, meistens abends, manchmal auch am Sonntag Nachmittag. Ich erinnere mich noch an einen Flipperautomaten, ein Tischfußballspiel, einen Billardtisch und eine Musikbox. An jenem Abend hielten sich zwei Mädchen im Pavillon auf als wir ankamen. Ich schätzte sie damals so auf dreizehn bis vierzehn Jahre. Sie alberten herum. Eine von ihnen, diejenige, die mich mehr beeindruckte, war hübsch, schlank, hatte braune, lange Haare. Ich hatte aber kein großes Interesse sie kennenzulernen, denn wir wollten Tischfußball spielen. Sie alberten auch ausgelassen herum, was wir als kindisch empfanden und wir hielten sie daher auch für dumme Gänse, als Freundin sowieso zu jung. Die beiden waren aber ausgelassen und hörten sich ständig das Lied 'Dizzy' von Tommy Roe an, das damals in den Hitparaden ganz oben stand. Es war ein seichter Song. Meine Lieblingslieder in dieser Zeit waren 'Man of the World' von Fleetwood Mac, 'Afterglow of your Love' von den Small Faces und 'Pinball Wizard' von The Who. Ich erwähne das jetzt nur um den Unterschied hervorzuheben. Santana, Jethro Tull, Led Zeppelin waren damals in der deutschen Provinz noch unbekannt. Daß ihnen so etwas gefiel, sprach auch gegen die beiden Mädchen.

Die nächste Begegnung datiert in das Ende meiner Militärzeit oder zu Beginn meines Studiums, also in den Herbst 1972, Oktober oder November; das genaue Datum ist mir nicht in Erinnerung. Den Ort weiß ich noch; es war in unserer lokalen Diskothek. Es war wohl sonntags am Abend, da ich an anderen Tagen nie dort hinging. Beim ersten Mal war sie auch alleine. Sie saß zusammen mit einem alten Freund und dessen Freundin an einem Tisch. Sie war mittlerweile etwa siebzehn Jahre alt und noch hübscher geworden. Sie war schlank, hatte noch immer braunes, langes Haar und dunkle Augen. Sie gefiel mir. Ich erfuhr nun, daß sie aus einem Nachbarort, aus Kahl stammte, erfuhr auch ihren Namen, ich weiß ihn aber nicht mehr. Wir tanzten zwar einmal miteinander, aber näheren Kontakt zu ihr fand ich nicht. Sie hatte auch einen Freund, er hieß Christian, wie ich später erfuhr. Ich sah sie in den folgenden Wochen noch einige Male, verlor sie dann aus den Augen.

Im März 1974 sah ich sie dann wieder. Ich war damals schon mit meiner späteren Frau befreundet und wir waren an einem Sonntag Nachmittag nach einem Spaziergang oder einer Ausflugsfahrt in eine Gaststätte in Dettingen eingekehrt. Sie hieß 'Mainlust', glaube ich. Das Gebäude und auch die Tankstelle daneben existieren heute nicht mehr. Die Werkstatthalle steht noch, wird auch genutzt. Auf dem Gelände befindet sich eine Firma, welche Autos aufbereitet oder repariert. So genau weiß ich das nicht. Auf der gegenüberliegenden Seite der B8 liegt ein Lebensmittelmarkt.

Die junge Frau war auch anwesend, soweit ich mich erinnere aber nicht allein, mit einer Freundin zusammen. Sie wirkte völlig verändert; sie hatte ihre Haare dunkelrot gefärbt, erschien nun viel älter, sah auch etwas 'verbraucht' aus. Mir kam es vor, als nehme sie Drogen; sie schien aber zu dem Zeitpunkt nicht unter Drogeneinfluß zu stehen; sie wirkte traurig, deprimiert, melancholisch. Die meiste Zeit hielt sie sich in der Nähe der Musikbox auf, wählte ständig das Lied 'Seasons in the Sun', das sie sich intensiv anhörte, so, als würde das Lied ihr Leben, ihre gegenwärtige Lebenssituation widerspiegeln. Das berührte mich etwas, da sich darin eine gewisse Todessehnsucht zeigte.

Einige Zeit später, ich weiß nicht mehr, ob es wenige Wochen oder wenige Monate waren, ich bin mir aber sicher, es war spätestens im

Frühsommer, also noch vor Juli, erfuhr ich dann, daß sie Selbstmord begangen hatte.

Das schockierte mich damals etwas, da sie mir sympathisch war, ich sie 'mochte'. Aber es gab natürlich keine Beziehung zwischen uns, und somit, mittlerweile war ich ja anderweilig liiert, war ich nicht im Spiel, hatte keine Möglichkeit gehabt einzugreifen.

Aber es ist doch so: viele Menschen brauchen eine Stütze, einen Halt wenn sie in Not sind. Haben sie das nicht, dann fallen sie in die Tiefe.

Das erinnerte mich an eine Begebenheit im Spätsommer letzten Jahres. Ich unternahm sonntags eine Fahrradtour, machte dann in Obernburg in einer Eisdiele Rast. Etwa zur gleichen Zeit wie ich erschien ein 'Pärchen'. Sie machten allerdings nicht den Eindruck, als würden sie wirklich zusammengehören. Der Mann war ziemlich dick, voller Tattoos, machte auf Anhieb nicht so den ganz sympathischen Eindruck. Die Frau wirkte etwas seltsam; irgendwie konnte sie nicht richtig gehen, ihre Bewegungen wirkten unkoordiniert, sie hatte Verletzungen im Gesicht und an den Armen, machte auf mich zunächst den Eindruck als sei sie betrunken oder stehe unter Drogen. Sie nahmen an einem Nebentisch Platz, unterhielten sich leise, ich konnte kaum etwas verstehen. Der Mann, den ich auf Anhieb eher als grob und ungehobelt eingeschätzt hatte, verhielt sich gegenüber der Frau sehr fürsorglich. Nach und nach gewann ich den Eindruck, daß sie weder betrunken war noch Drogen genommen hatte, sondern unter Schock stand. Die Verletzungen im Gesicht und an den Armen rührten wohl daher, daß sie offensichtlich von ihrem Partner, Freund oder Mann, mißhandelt worden und nun irgendwie verzweifelt war. Und ihr Begleiter, ich weiß nicht, ob es ein Freund oder auch ihr Bruder war, tröstete sie und versuchte sie wieder aufzubauen. Nachdem sie ihr Eis gegessen hatten, gingen sie wieder und ich weiß nicht, ob seine Bemühungen auf Dauer erfolgreich waren.

Diese Begebenheit fiel mir an diesem Abend auf der Heimfahrt im Zusammenhang mit der jungen Frau ein. Sie hatte damals vermutlich keinen Freund, der sie stützte. Und so ging ein wertvolles, junges Leben verloren.

Träume

Ich war müde geworden, erhob mich, bereitete mein Abendessen zu. Ich trank noch eine Flasche Bier, legte mich dann schlafen.

Sie schlief noch als ich erwachte. Wir lagen eng aneinander geschmiegt und ich spürte die Wärme ihres Körpers, die in mir immer ein gewisses Wohlbefinden erzeugte. Ich hätte sie gerne gestreichelt, fürchtete aber, sie dadurch aufzuwecken, unterließ es daher, betrachtete sie nur. Mehr als vierzig Jahre waren wir nun zusammen. Ich dachte nach. Es hatte sicherlich Tage gegeben, an denen unser Zusammenleben weniger harmonisch verlaufen war, aber es waren sicherlich nur sehr wenige Tage gewesen. Sie war mein Glück. Sie schlief noch, atmete ruhig. Ich betrachtete ihr Gesicht, das trotz der aufkommenden Falten noch immer hübsch war; ihr Haar war nicht mehr so lang, mittlerweile ergraut, was sie nicht akzeptierte. Sie färbte es, gelegentlich sogar dunkelrot. Das sah nicht unbedingt passend aus, es erinnerte mich aber an den Anfang unserer Liebe. Sie war ein wundervoller Mensch, den ich gegen nichts in der Welt eingetauscht hätte. Ich kannte ja auch keine Alternative. Sie war die einzige Frau, zu der ich in meinem Leben eine intensive Beziehung unterhalten hatte. Ich hatte daher auch keinen Vergleich mit anderen Frauen. Ich faßte das allerdings nicht als Nachteil auf. Wer hätte mir im Leben mehr bieten können als sie ? Gibt es eine Steigerung von Glücklichsein ? Irgendwann schlug sie die Augen auf.
„Du bist schon wach ?"
Ich nahm sie in den Arm, küßte sie.
„Ja, schon eine Weile, aber ich wollte dich nicht stören."
„Das war lieb von dir. Ich habe gerade so schön geträumt. Weißt du noch als wir das erste Mal zusammen im Theater waren ? Es war das gleiche Stück wie gestern Abend."
„Das war kein Zufall. Ich habe es so ausgewählt. Es ist nun ziemlich genau vierzig Jahre her, ein Jubiläum sozusagen."
„Ich erinnere mich noch gut daran. Wir saßen hinterher noch lange in einer Kneipe zusammen, diskutierten über das Stück. Das heißt, eigentlich erzählten wir uns unsere Eindrücke. Dann fuhren wir zu mir, meine Eltern waren nicht zuhause. Wir schliefen zusammen, liebten

uns. Ich glaube, es war die erste Nacht, die wir in meinem Zimmer zusammen verbrachten. Von den Urlaubsreisen einmal abgesehen."

„Ich glaube auch, es war die erste Nacht."

„Komisch, gestern Abend war es irgendwie ähnlich. Wir waren ja hinterher auch noch einmal in einer Gaststätte, unterhielten uns über das Stück, verglichen die gestrige Aufführung mit der vor vierzig Jahren so gut es ging. An viele Einzelheiten konnten wir uns natürlich nicht mehr erinnern. Und dann verbrachten wir die Nacht zusammen und liebten uns. Im Unterschied zu damals allerdings im eigenen Haus. Es war schön."

„Dinge kehren immer wieder; vielleicht muß man sie auch wiederkehren lassen um die Erinnerungen aufzufrischen. Mehr als vierzig Jahre sind wir jetzt schon zusammen, und jeder Tag, an dem Mißstimmung zwischen uns herrschte, war ein verlorener Tag. Ich liebe dich eben, habe dich immer geliebt, auch wenn wir uns manchmal stritten."

„Das kam aber nicht sehr oft vor. Ich habe dich auch immer geliebt."

Wir lagen noch eine Weile zusammen. Unsere Berührungen wurden immer intensiver, war kamen zu intensivsten Kontakt. Wir lagen dann noch eine Weile zusammen, genossen das Glücksgefühl der Zweisamkeit. Dann standen wir auf, bereiteten das Frühstück zu, unterhielten uns darüber, was wir an diesem Sonntag unternehmen könnten.

Dann erwachte ich; ich war allein. Im Zimmer war es kalt, da ich üblicherweise bei offenem Fenster schlafe. Im Bett war es allerdings warm. Ich setzte die Brille auf, schaute nach dem Wecker. Es war halb vier. Ich nahm die Brille ab, versuchte wieder einzuschlafen, was mir auch gelang. Kurz nach fünf wachte ich dann endgültig auf, wusch mich, zog mich an, frühstückte, fuhr dann zu meiner Arbeitsstelle nach Darmstadt.

Der Tag verlief ruhig. Ich war in guter Stimmung. Ich arbeitete gerade an einem Übersichtsartikel über die spontane Kernspaltung schwerer Atomkerne; er war weit gediehen und ich wollte an diesem Tage eine erste vollständige Fassung fertigstellen. Ich blieb lange im Büro. Es war schon nach neun Uhr als ich zuhause ankam. Ich war müde. Ich bereitete mir mein Abendessen zu, schaute mir beim Essen noch einen Teil eines Films an, trank eine Flasche Bier dabei, legte mich dann zu Bett, begann an die junge Frau von damals zu denken. Wie war mein Leben in jener Zeit abgelaufen ?

Ich bereitete mich in diesem Spätwinter auf die Vordiplomklausur in Experimentalphysik vor. Das beeinflußte auch meinen Lebensstil. Ich ging samstags Abends nicht in eine Diskothek oder zu einer Tanzveranstaltung, es war ohnehin Fastenzeit und da gab es nicht viele Möglichkeiten, sondern blieb zuhause, las, hörte Musik. Entsprechend war ich dann sonntags auch schon recht früh wach, nutzte diesen Sonntag Vormittag zum Lernen, wollte aber nicht den ganzen Tag im Zimmer verbringen, zumal das Wetter einigermaßen akzeptabel war, diesig, aber es regnete nicht und es war auch bereits einigermaßen warm. Es war Mitte März, das Frühjahr stand vor der Tür. Ohne rechtes Ziel lief ich nach dem Mittagessen los, zunächst nach Seligenstadt, dann über Kleinwelzheim nach Mainflingen. Irgendwann gelangte ich dort auf den Sportplatz. Und da gerade ein Fußballspiel stattfand, blieb ich eine Weile. Wie auf dem Land üblich, spielten als ich ankam noch die 'Reservemannschaften', anschließend waren die 'Ersten Mannschaften' an der Reihe. Ich hatte keine Beziehung zu dem Dorf und den Mannschaften, war nur geblieben, da ich ohnehin nichts vorhatte. Mit der Zeit fand ich das Spiel allerdings langweilig und verließ den Sportplatz zur Halbzeit. Mit der Fähre überquerte ich den Main und lief langsam durch Dettingen nach Hause zurück. Als ich die Gaststätte 'Mainlust' passierte kam mir spontan die Idee, hineinzugehen und etwas zu trinken. Die Gaststube war fast leer, nur zwei junge Frauen saßen an einem Tisch in der Ecke. Die eine kannte ich vom Sehen her. Sie wohnte in Kahl, ihren Namen wußte ich nicht mehr. Ich hatte sie einmal, es mußte ungefähr eineinhalb Jahre her sein, in der Großwelzheimer Diskothek getroffen. Sie war so zwei oder drei Jahre jünger als ich. Sie war groß gewachsen, schlank, hübsch, hatte langes, braunes Haar, dunkle Augen. Als ich ankam saß sie mit einem alten Kumpel namens Josef und dessen Freundin an einem Tisch. Ich setzte mich zu ihnen, versuchte ein Gespräch mit ihr zu beginnen, bat sie zum Tanzen. Ich wollte

Kontakt mit ihr knüpfen; sie gefiel mir. Aber das klappte nicht so recht. Sie war freundlich, blieb aber distanziert.

„Mach dir da keine Hoffnungen", sagte Josef später, „sie hat einen Freund. Der ist heute allerdings nicht da."

Er nannte auch seinen Namen. Er hieß Christian, hatte ein Gymnasium in Hanau besucht, begann nun in Mainz zu studieren.

Es war tatsächlich so wie Josef gesagt hatte. Ich sah sie dann später noch zwei oder drei mal mit dem Typen in der Diskothek. Er war keine besondere Erscheinung.

„So ist es immer", dachte ich frustriert, „die blödesten Typen bekommen die besten Frauen und ich schaue in die Röhre."

Dann verlor ich sie aus den Augen. Nun sah sie verändert aus. Zunächst fielen mir ihre Haare auf, sie waren dunkelrot gefärbt. Warum? Sie hatte doch so schöne, braune Haare. Sie trug nun auch große Ohrringe aus billigem Blech. So etwas hatte sie damals nicht getragen. Sie ging dann zur Musikbox, wählte ein Lied. Ich kannte es nicht, erfuhr erst später, daß es in den Hitparaden ganz oben stand. Sie wählte es mehrmals. Ich hörte genauer hin. Den Text verstand ich nicht in allen Einzelheiten. Aber es handelte von einem jungen Mann, der im Sterben lag und sich nun von der Welt verabschiedete. Warum hörte sie sich dieses Lied immer wieder an?

Ich erinnerte mich an die allererste Begegnung mit ihr. Sie lag knapp fünf Jahre zurück. Es gab damals bei uns in Großwelzheim eine kleine Spielhalle, ausgestattet mit einem Flipperautomaten, einem Tischfußballspiel, einem Billardtisch und einer Musikbox. Ich ging öfters mit einem Freund hin. Eines Abends waren zwei Mädchen anwesend, vielleicht dreizehn oder vierzehn Jahre alt, die herumalberten und ständig in der Musikbox das Lied 'Dizzy' wählten. Es war so ein billiges Schlagerlied, aber im Frühjahr 1969 ein Top – Hit. Ich fand es furchtbar; das war nicht meine Musik. Konsequenterweise hielt ich die beiden Mädchen damals für dumme Gänse. Und nun hörte sie sich, pathetisch gesagt, mit Inbrunst, dieses Todeslied an. Welch ein Unterschied zu damals! Sie wirkte auch irgendwie melancholisch, depressiv, sah verbraucht aus, wie jemand, der Drogen nimmt, wenn sie auch derzeit nicht unter Drogeneinfluß zu stehen schien. Ich fühlte eine Mischung aus Mitleid und Zuneigung. Ich mochte sie ja damals vor anderthalb Jahren auch, hätte gerne eine nähere Freundschaft zu ihr aufgebaut. Dies kam mir nun wieder zu Bewußtsein. Ich spürte auch, daß ich sie noch immer mochte. Der Zustand, in dem sie sich nun befand, stimmte mich traurig und erzeugte in mir den Wunsch ihr zu helfen. Ich stand auf, ging zur Musikbox, tat so, als wolle ich auch etwas aussuchen, bemerkte dann so gespielt nebenbei.

„Das ist ja ein hübsches Lied, das du dir da ausgesucht hast. Aber ist der Text nicht ein bißchen deprimierend ? Es klingt wie ein Todeslied."

Sie schaute mich an, wußte offenbar zunächst nicht so recht, was sie antworten sollte, meinte dann.

„Ich weiß, aber es drückt meine Stimmung aus."

Ich erschrak. Das klang ja, als sei sie von einer gewissen Todessehnsucht erfüllt.

„Du bist doch noch viel zu jung zum Sterben und auch zu hübsch."

Sie blickte mich an.

„Rede doch so kein dummes Zeug. Du weißt doch gar nicht, wie es mir geht."

„Da hast du recht, ich kenne dich ja nur vom Sehen her. Aber was willst du ? Wir sind doch noch viel zu jung zum Sterben. Das Leben liegt doch noch vor uns."

„Das sagst du", erwiderte sie etwas traurig, „das ist vielleicht bei dir der Fall; bei mir liegen die Dinge anders. Da ist alles kaputt."

Es erschreckte mich.

„Sag das nicht. Auch wenn du jetzt schlecht drauf bist, das Leben geht weiter. Und auch wenn du jetzt unten bist, dann geht es irgendwann wieder aufwärts."

„Was soll bei mir noch aufwärts gehen ?"

Ich weiß nicht, warum ich das folgende nun sagte, es war vielleicht auch gar nicht passend.

„Weil dich jemand braucht."

„Wer sollte mich schon brauchen ? Ich bin doch überflüssig."

Ich blickte sie an.

„Niemand ist überflüssig; vielleicht wartet gerade jetzt jemand darauf, deine Freundschaft, deine Zuneigung zu erhalten und er ist für den Rest seines Lebens frustriert, wenn er sie nicht bekommt."

„Du spinnst doch !"

„Vielleicht, vielleicht aber auch nicht. Aber das zeigt erst die Zukunft. Fakt ist, wenn man tot ist, dann erfährt man nicht mehr wie es weitergeht. Komm, setz dich zu mir."

Ich ignorierte dabei natürlich vollkommen, daß sie nicht alleine war, daß eine Bekannte oder Freundin am Tisch in der Ecke saß. Aber seltsamerweise ignorierte sie das auch. Es schien für sie überhaupt keine Rolle zu spielen, daß da noch jemand im Raum war, sie überließ diese Person sich selbst und setzte sich zu mir. Die Freundin oder Bekannte registrierte das natürlich, getraute sich aber offenbar nicht zu uns zu kommen und sich zu beschweren, sondern zahlte und verließ mit bösem Gesicht die Kneipe.

Wir begannen zu erzählen, nicht über ihre Probleme, nein, über einfache Dinge des Lebens. Ich erzählte von meinem Studium und der bevorstehenden Prüfung. Sie hörte zu, genoß es offenbar, daß sich jemand um sie kümmerte. Ich wollte nicht gleich mit der Tür ins Haus fallen, wie man so schön sagt. Nein, es kam mir darauf an, zunächst einmal ein gewisses Vertrauensverhältnis zu ihr aufzubauen, da ich annahm, daß sie einem Fremden gegenüber ohnehin nicht ihre Situation darstellen würde. Und es wirkte. Wir kamen einander näher. Sie begann auch zu erzählen. Zunächst nur gewisse Dinge aus ihrem Alltag, nichts über ihre Situation. Aber ich merkte, daß sich ihr Gesicht allmählich etwas aufhellte; nicht sehr viel, aber ich erkannte es. Als es zu dämmern begann, meinte sie schließlich.

„Ich muß jetzt gehen. Es wird dunkel und ich habe ein Stück zu laufen, auch durch den Wald."

„Keine Sorge, ich komme mit dir, wenn es dir recht ist."

„Du würdest das tun ?"

„Ich laß dich doch nicht alleine."

„Und warum ?"

„Weil ich dich mag."

„Du kennst mich doch gar nicht."

„Man muß jemanden nicht kennen um ihn zu mögen. Es gibt da so unbestimmte Gefühle der Zuneigung, die man schlecht erklären kann, eine unbewußte seelische Bindung."

„Vielleicht bin ich ganz anders als du denkst."

„Anders als du dich die beiden letzten Stunden verhalten hast ? Das glaube ich nicht. Du hast dich nicht verstellt."

„Das meinte ich auch gar nicht. Aber vielleicht gibt es noch eine andere, eine dunkle Seite von mir."

„Das löscht aber die helle Seite nicht aus."

„Wie meinst du das ?"

Ich überlegte, suchte nach einer rechten Antwort, aber mir fiel nichts gescheites ein.

„Es mag vielleicht dumm klingen", meinte ich, „aber du bist mir sympathisch. Es mag vielleicht sein, daß du noch eine dunkle Seite hast, aber das löscht die helle nicht aus. Jeder Mensch hat viele Facetten, positive, negative. Na ja, und es zeigt sich dann irgendwann was überwiegt. Lassen wir das Gerede, das doch nichts bringt. Sagen wir es so: ich möchte einfach mit dir noch ein Stück deines Weges gehen, wohin er auch führt und dich nicht alleine lassen."

Sie lächelte.

„Das hast du schön gesagt. Laß uns gehen."

Wir liefen eine Weile schweigend nebeneinander her. Ich spürte, daß sie innerlich arbeitete, nicht wußte, was sie tun sollte. Schließlich rang sie sich durch.

„Ich habe Schwierigkeiten, fühle mich kaputt, fast am Ende. Ich nehme Drogen, habe Ärger auf meiner Lehrstelle, Probleme mit meinen Eltern. Ich habe auch schon mit ein paar Kerlen geschlafen, für Geld um mir Drogen kaufen zu können. Das ist meine andere Seite. Was hältst du jetzt von mir ?"

„Wenn es nichts Schlimmeres ist."

Sie schaute mich entgeistert an, wurde fast böse; ich sah es ihr an, obwohl es bereits recht dunkel war.

„Was redest du da ? Wenn es nichts Schlimmeres ist ? Ich stecke tief im Dreck, bin fast am Ende, würde am liebsten sterben. Und du sagst 'wenn es nichts Schlimmeres ist'. Oh, Gott."

Unwillkürlich faßte ich sie an der Hand, streichelte dann ihr Gesicht.

„Entschuldige, wenn ich dich verletzt habe. Ich habe das nicht so gemeint, ich habe mich falsch ausgedrückt. Ich habe dir doch vorher gesagt, das ich dich mag. Und was du da jetzt hervorgebracht hast, das ändert gar nichts. Bist du deswegen weniger liebenswert ? Das habe ich mit 'nichts Schlimmeres' gemeint. Im Gegenteil; sieh in mir einen Freund, der es gut mit dir meint. Und wenn du Hilfe brauchst, kannst du auf mich zählen. Ich weiß nicht, ob ich viel für dich tun kann, aber was in meinen Kräften steht, das werde ich tun. Das verspreche ich."

Der böse Gesichtsausdruck verschwand.

„Ich danke dir."

„Zunächst mußt du aufhören Drogen zu nehmen. Schmeiß weg, was du noch hast. Und wirklich süchtig bist du nicht. Diese Leute sehen anders aus. Es mag zwar die ersten Tage etwas hart sein ohne sie auszukommen, aber ich stehe dir bei. Das schaffen wir."

„Das sagst du so einfach."

„Es ist eine Frage der Konsequenz. Man muß auf Knall und Fall damit aufhören, sich nicht einreden, man könne den Konsum langsam reduzieren. Das wird nichts. Habe den Mut. Du wirst auch nicht allein sein."

Um ehrlich zu sein, ich hatte keinerlei Erfahrung mit Drogen, wußte auch gar nicht, wie Drogensüchtige aussehen und sich geben. Ich sagte das nur in der Hoffnung, ihr damit Mut zu machen sofort damit aufzuhören. Ob das was ich von mir gab, richtig oder falsch war, ob es wirklich die Wirkung haben würde, die ich beabsichtigte, wußte ich natürlich nicht.

Wir kamen bei ihr zuhause an.

„Ich werde es versuchen", meinte sie.

„Du schaffst es, ich stehe dir bei. Sehen wir uns morgen Abend ?"

„Warum ?"

„Ich denke, es ist gut, wenn du jetzt nicht alleine bist."

„Ja, das wäre schön. Kannst du mich um fünf Uhr von der Bank abholen ?"

„Sicher, gute Nacht."

„Gute Nacht."

Sie drückte mir noch einen zarten Kuß auf die Stirn.

Ich erwachte. Es war drei Uhr in der Frühe. Ich dachte über den Traum nach, versuchte ihn weiterzuspinnen.

Der Montag. Ich saß den Tag über in meinem Zimmer, arbeitete meine Prüfungsunterlagen durch. Das Lernen fiel mir leicht, obwohl ich ständig an die Frau denken mußte. Es war aber so, daß ich das Gefühl hatte, nicht für eine Prüfung zu lernen, sondern für die Zukunft, eine Zukunft mit dieser Frau. Es mag lächerlich klingen, aber wenn man jung ist, dann denkt man oft so. Ich stellte mir vor, ich holte sie um fünf Uhr von der Bank ab, wir fuhren dann irgendwo an den Main, gingen spazieren bis es dunkel wurde, redeten wenig.

Dann gingen wir zu ihr nach Hause und begaben uns auf ihr Zimmer.

Auf dem Flur begegnete uns ihre Mutter. Wir grüßten einander.

„Das ist Fritz", sagte das Mädchen nur.

Die Mutter nickte, fragte aber nicht nach.

Sie holte dann eine Wolldecke aus dem Kleiderschrank, wir setzten uns darauf.

„Wie war dein Tag heute ?" fragte ich sie.

„Es ging, es fiel mir alles ein bißchen schwer, ich war unkonzentriert, aber ich glaube, ich habe keine großen Fehler gemacht, meine Arbeit ordentlich erledigt."

„Schön dies zu hören. Ich habe heute fast den ganzen Tag gelernt, nur kurze Pausen gemacht, ein bißchen Musik gehört."

Sie wurde im Laufe der Zeit unruhiger.

„Ich könnte nun etwas gebrauchen."

„Du brauchst nichts. Wann hast du das letzte mal etwas genommen ?"

„Am Samstag Abend."

„Na, siehst du. Das ist schon zwei Tage her."

„Fast eine Ewigkeit."

Ich lächelte.

Sie wurde unruhiger, allmählich leicht aggressiv.

Ich versuchte sie zu beruhigen, es gelang leidlich. Schweiß trat auf ihre Stirn. Ich nahm ein Taschentuch, wischte ihre Stirn ab, streichelte sie. Sie genoß es. Sie legte ihren Kopf auf meinen Schoß, lächelte mich an. Allmählich beruhigte sie sich wieder.

„Du bist lieb."

Die Tür öffnet sich, ihre Mutter trat ein, blickte uns etwas merkwürdig an. Offenbar hatte sie vermutet uns in einer verfänglichen Situation zu erwischen, war nun enttäuscht, daß wir so unschuldig zusammensaßen.

„Möchtet ihr etwas essen ?" fragte sie.

„Gerne", antwortete das Mädchen und fuhr dann an mich gewandt fort, „du hast doch sicher auch Hunger ?"

„Ein bißchen schon", antwortete ich.

Die Mutter brachte uns belegte Brote und eine Flasche Wasser. Wir aßen und tranken, unterhielten uns dann weiter. Gegen elf Uhr meinte sie dann.

„Es ist schon spät, ich bin müde; du doch sicher auch."

Ich fuhr nach Hause.

Das Spiel wiederholte sich die nächsten Tage. Ich holte sie von der Arbeitsstelle ab, wir gingen spazieren, saßen dann in ihrem Zimmer zusammen. Noch immer war das Verlangen nach Drogen nicht erloschen. Es gelang mir aber, sie stets wieder zu beruhigen. Ich mußte aber sehr viel Geduld aufbringen. Das war nicht immer leicht. Jedoch merkte ich, daß das Verlangen nach Drogen von Tag zu Tag nachließ. Das gab mir die Kraft, in den Phasen, in denen sie unbedingt etwas nehmen wollte, ruhig zu bleiben und ihr gut zuzureden.

„Morgen habe ich Berufsschule, ich habe in der Mittagspause ein bißchen gelernt. Hörst du mich ab ?"

„Selbstverständlich."

Die Mutter erschien regelmäßig, brachte uns etwas zu essen und zu trinken. Sie wunderte sich noch immer, daß wir so friedlich beieinandersaßen, uns nur unterhielten. Die Zimmertür ließen wir unverschlossen. Ich hatte das angeregt.

„Deine Mutter soll nicht denken, daß wir etwas zu verbergen haben."

Ich hatte den Eindruck gehabt, daß mich ihre Mutter anfangs mit Mißtrauen betrachtete. Vermutlich hatte sie gedacht, ich sei wieder so ein Kerl, der ihre Tochter nur gebrauchen wollte und sie tiefer ins Unglück stieß. Dieses Mißtrauen wollte ich abbauen. Am Freitag Abend, als ich ging, erwartete sie mich vor der Haustüre.

„Was wird hier eigentlich gespielt ? Sie kommen jetzt schon jeden Abend. Aber ihr sitzt nur harmlos zusammen. Ich verstehe das nicht ganz. Was machen Sie denn mit ihr ? Ihr nehmt doch nichts ?"

„Ich nehme sowieso nichts und Ihre Tochter auch schon die ganze Woche nicht mehr. Das ist gut. Sie soll davon loskommen."

„Und warum tun Sie das ?"

Ich blickte sie an, wußte zunächst nicht so recht, was ich sagen sollte, meinte dann bloß.

„Ich tue nur, was mir meine Seele sagt."

Sie blickte mich nun noch merkwürdiger an.

„Was soll das heißen ? Sie sind ein komischer Mensch."
Ich lächelte.
„Es wird sich zeigen, ob ich komisch bin."

Am Samstag Abend fuhren wir nach Aschaffenburg. Wir liefen lange durch die dunkle Stadt, kehrten irgendwann in einer Pizzeria ein, saßen dort bis gegen Mitternacht zusammen.

Am Sonntag fuhren wir nach Mespelbrunn, verbrachten einige Zeit vor dem Schloß; wir hätten es gerne besichtigt, aber es war die Wintermonate über geschlossen, öffnete erst Anfang April wieder. Es war warm und wir wanderten noch einige Zeit durch die Wälder. Am späten Nachmittag suchten wir ein Cafe auf.

„Es war schön heute", sagte sie als wir uns dann am Abend verabschiedeten. Sie schien ein bißchen glücklich zu sein, wirkte fast heiter. Sie umarmte mich und wir küßten uns, zum ersten Mal intensiv. Es war ein schönes Gefühl.

„Wir sind auf einem guten Weg", dachte ich als ich nach Hause fuhr.

Es war kurz vor sechs als ich erwachte und auf die Uhr auf meinem Nachttisch blickte.

Ich dachte nach. Ich hatte geschlafen, geträumt, hatte lange wach gelegen. Mir war, als hätten sich in der Nacht Träume und Gedanken vermischt und mir war unklar, ob ich all die Begebenheiten geträumt oder mir während der Wachphasen in meiner Phantasie ausgemalt hatte. Ich versuchte dies auch gar nicht zu trennen, denn letztlich war es einerlei. Es waren doch stets nur Wunschvorstellungen von einer Vergangenheit gewesen, die nie Realität war. Aber seltsamerweise hinterließen diese Vorstellungen ein gutes Gefühl.

Ich stand auf, wusch mich, zog mich an, frühstückte, fuhr dann zu meiner Arbeitsstelle. Die Träume blieben den Tag über eine schöne Erinnerung, sie hoben meine Stimmung und ich konnte mich auf meine Arbeit konzentrieren.

Ich hatte für Mittwoch einen Inspektionstermin für mein Auto im Audi-Zentrum in Aschaffenburg vereinbart, lieferte es am Abend dort ab, fuhr dann mit der Bahn zurück nach Dettingen. Gegen halb acht kam ich zuhause an, war müde, nahm mein Abendessen ein, trank noch eine Flasche Bier dabei, legte mich dann schlafen.

Wir saßen zusammen, hörten Musik, tranken Tee.

„Es ist alles so merkwürdig", meinte sie, „als seien es zwei Welten. In der Bank habe ich noch Schwierigkeiten. Ich versuche zwar meine Arbeit ordentlich zu erledigen, es klappt auch ganz gut, aber ich höre immer wieder so komische Bemerkungen. Man glaubt nicht so recht an meine Wandlung. Manchmal breche ich in Schweiß aus und dann kommt wieder das Verlangen nach Drogen. Bisher habe ich aber stand gehalten. Ehrlich."

„Ich glaube dir. Und glaube du mir, daß sich das nach und nach legen wird. Du brauchst nichts mehr. Du bist über den Berg. Es geht aufwärts."

„Meinst du wirklich ?"

„Ich beobachte dich genau; es ist so, glaube es mir."

„Wenn du es sagst."

Sie schwieg eine Weile.

„Hältst du mich eigentlich für ein Flittchen ?" fragte sie plötzlich.

Ich wunderte mich über die Frage.

„Wieso kommst du darauf ?"

„Viele halten mich für ein Flittchen. Weil ich mich herumtreibe, trinke, Drogen nehme und mich mit Männern einlasse und von ihnen sogar Geld nehme. Meine Eltern sagten schon, sie müßten sich für mich schämen."

Ich blickte sie an. Was sollte ich sagen ohne einen Fehler zu begehen? Ich dachte nach.

„Ich mag dich", erwiderte ich schließlich, „wir kennen uns jetzt eine Woche. Und in dieser Zeit hast du dich nicht herumgetrieben, nicht getrunken, keine Drogen genommen und dich auch nicht für Geld mit Männern eingelassen. Warum sollte ich dich dann für ein Flittchen halten ?"

„Wegen dem, was vorher war."

„Du kennst doch sicher die Geschichte von Jesus und der Ehebrecherin. Sie wollten sie, dem Gesetz Moses' entsprechend steinigen und fragten Jesus, was er davon halte."

„Ich weiß, und Jesus antwortete, 'wer von euch ohne Sünde ist, werfe als erster einen Stein auf sie.' Und da gingen sie fort, die Schriftgelehrten und Pharisäer. Und Jesus sprach zu der Frau 'Auch ich verurteile dich nicht. Gehe hin und sündige hinfort nicht mehr'. Das meinst du doch ?"

„Ja, genau das. Du mußt dich nicht vor mir rechtfertigen für das was vorher war. Und außerdem", ich lachte dabei, „selbst wenn du ein Flittchen warst, mußt du es ja nicht für den Rest deines Lebens bleiben. Wie Jesus sagte, 'gehe hin und sündige hinfort nicht mehr'. Dummes Gerede beiseite. Wir haben nun eine kleine Freundschaft begonnen, die sollten wir erhalten, sogar ausbauen. Herumrühren in der Vergangenheit, die ohnehin nicht mehr zu ändern ist, versperrt nur den Weg in die Zukunft. Ich habe dir ja auch gesagt, daß ich dich mag. Und ich kann mir vorstellen, auch in Zukunft mit dir zusammen zu sein. Aber es hängt natürlich auch davon ab, ob du es willst."

Sie stützte den Kopf auf den Ellenbogen, blickte mich an.

„Das weiß ich selbst nicht. Irgendwie habe ich noch keinen Boden unter den Füßen. Das alles hängt mir noch nach. Vorgestern früh als ich zum Einkaufen ging, traf ich Dieter, so einen Typen, den ich kannte; er sagte, er hätte Lust mit mir zu bumsen, würde mir auch fünfzig Mark dafür geben. Das hat mich tief getroffen. Aber dann habe ich mich aufgerafft und ihm eine geknallt und ihm gesagt, er sei ein Schwein. Er starrte mich darauf hin an, fragte, was mit mir los sei. Ich sei doch bisher nicht so gewesen. Weißt du, wenn du im Dreck steckst, triffst du immer wieder Typen, die dich noch tiefer hineinstoßen. Und dieser Dieter ist einer von denen."

Ihre Augen wurden feucht.

„Es ist schön, daß du bei mir bist, mir hilfst. Aber sei mir nicht böse; nette Unterhaltung, ein bißchen Trost, ein paar Streicheleinheiten, das schafft zwar ein gutes Gefühl, löst aber meine Probleme nicht. Alles hängt mir noch nach."

„Es ist mir völlig klar, daß das nicht so einfach geht", entgegnete ich, „aber es ist doch auch nicht so unnütz wie du vielleicht denkst. Du hast jetzt seit mehr als einer Woche keine Drogen mehr genommen, du bist jeden Tag zur Arbeit gegangen, wir haben sogar zusammen für die Berufsschule gelernt. Das ist doch etwas. Es sind kleine Schritte nach oben, aber es liegt schon noch ein langer Weg vor uns. Wir können ihn zusammen gehen, nach oben. Ein Anfang ist ja schon gemacht."

„Was meinst du damit ?"

„Du hast doch selbst gesagt, daß du keinen Boden unter den Füßen hast. Und den sollst du wieder bekommen. Und dabei kannst du auf meine Hilfe zählen, egal wie lange es dauert. Ich gehe mir dir, wenn du es magst."

„Du bist schon ein merkwürdiger Kerl, verschwendest deine Zeit mir einem Mädchen und weißt gar nicht, ob sie das wert ist."

Ich schüttelte den Kopf. Die Abende mit ihr hatten mir zum ersten Mal in meinem Leben das Gefühl vermittelt nicht alleine zu sein, einen Menschen zu haben, mit dem ich mich verbunden fühlte, der mir wirklich etwas bedeutete. Aber das wollte ich ihr zu diesem Zeitpunkt nicht sagen. Es wäre möglicherweise falsch verstanden worden, hätte vielleicht den Eindruck erweckt, daß ich mich an sie klammere.

„So ist es nicht. Ich weiß genau, daß du es wert bist."

„Und wenn ich dir eines Tages sage: 'Das war alles schön, was du für mich getan hast, aber nun brauche ich dich nicht mehr'; was machst du dann ?"

„Ein Risiko ist überall dabei. Ich denke aber im Moment nicht an so etwas. Und wenn, dann war es wenigstens eine schöne Zeit, in der ich mich wohl gefühlt habe. Denn eines mußt du wissen, du bist ein Mensch, in dessen Nähe man sich wohlfühlt, dessen Nähe angenehm ist."

Ich schwieg, dachte nach. Was hätte ich sonst sagen sollen ? Denn würde es wirklich so kommen, dann wäre ich eben wieder alleine gewesen, so wie vorher.

„Es ist noch nicht so spät", unterbrach sie das Schweigen, „wir können noch ein bißchen Musik hören. Ich habe hier etwas Schönes."

Sie holte die Decke aus dem Schrank, breitete sie in einer Ecke des Zimmers aus, holte dann eine Schallplatte aus einem Regal, legte sie auf. Dann löschte sie das Licht.

„Komm, setzen wir uns. Ich habe sie vor einiger Zeit gekauft. Das Stück heißt 'Bilder einer Ausstellung'. Es ist von einem russischen Komponisten namens Modest Mussorgsky. Kennst du es ?"

„Ja, das haben wir einmal im Musikunterricht besprochen."

„Es ist aber nicht die Orchesterfassung von Ravel, auch nicht die Version von Emerson, Lake und Palmer. Nein, es ist das originale

Klavierstück. Ich mag es, es klingt so ruhig und gediegen, nicht so gewaltig, nicht so aufgeblasen wie die Orchesterfassung, auch wenn es Ravel gelingt, die Stimmung recht gut einzufangen. Nein, auf dem Klavier es ist ganz ruhig. Setz dich, schließ die Augen und lasse die Bilder auf dich einwirken. Du siehst sie dann richtig vor dir, die spielenden Kinder, den schwerfälligen Ochsenkarren, den täppisch herum hüpfenden Gnom, das verwunschene Schloß. Ich sehe es dann immer ganz mit Spinnweben bedeckt. Das alles siehst du, in Farben, blaß, je nachdem. Und dazu brauchst du nicht einmal LSD. Weißt du, ich habe den Eindruck, daß auf dem Klavier die Bilder nur skizziert werden, man kann sie sich dann selbst ausgestalten. In der Orchesterfassung werden die Bilder aber vorgemalt und es bleibt wenig Raum für die Phantasie."

Wir saßen zusammen. Ich legte meinen rechten Arm um ihre Schulter, sie ihren linken um meine.

„Man kann dies alles auf dem Klavier viel gefühlvoller, deutlicher, intensiver ausdrücken. Aber es bleiben dennoch Skizzen, lassen Raum für die Phantasie."

„Das ist auch verständlich. Wenn ein Einzelner seine Gefühle, seine Empfindungen ausdrückt, dann ist es etwas anderes als wenn ein Orchester von fünfzig Leuten spielt, von denen jeder etwas anderes denkt, empfindet oder fühlt. Das wird nie eine Einheit. Da kann der Dirigent mit den Armen herumfuchteln wie er will."

Wir lehnten unsere Köpfe aneinander, lauschten der Musik, unterbrochen nur von einem kurzen Aufstehen um die Schallplatte umzudrehen.

Ich spürte, wir fühlten uns beide wohl.

Ich lag nun wach im Bett. Ich bin jetzt auch allein, war es im Grunde genommen in meinem ganzen Leben gewesen. Ich hatte nie jemanden kennengelernt, dem ich etwas bedeutete und war eigentlich immer nur so lange akzeptiert worden wie man mich brauchte. Da schrecken solche Gedanken nicht. Ich hatte ohnehin bereits vor Jahren die Konsequenzen gezogen und beschlossen alleine zu bleiben, mich gar nicht mehr um eine 'Beziehung', wie man das heutzutage nennt, bemüht.

Ich schlief wieder ein, träumte erneut.

Wir unternahmen einen kurzen Spaziergang nachdem ich sie von der Bank abgeholt hatte, kehrten bald zu ihr nach Hause zurück. Sie wirkte etwas merkwürdig, eine Mischung aus Unsicherheit, Ratlosigkeit, Traurigkeit lag in ihrem Gesicht. Ich hatte den Eindruck, als würde sie vor einer unangenehmen Entscheidung stehen und wußte nun nicht, was sie tun sollte.

„Was ist mit dir los ?" fragte ich, „irgend etwas stimmt doch nicht mit dir."

Sie zögerte mit der Antwort. Schließlich rang sie sich durch.

„Weißt du", begann sie, „ich brauche deine Nähe, den Halt, den du mir gibst, möchte dich um mich haben. Und ich will dich nicht verärgern. Aber da gibt es heute ein unangenehmes Problem. Ich habe morgen Berufsschule und muß eigentlich noch Hausaufgaben machen, noch lernen."

„Und was ist da jetzt dein Problem ? Kannst du die Sachen nicht ? Wir haben doch auch letzte Woche schon miteinander gelernt."

„Nein, das ist es nicht", entgegnete sie etwas gereizt, „ich bin zwar in den letzten drei Monaten kaum noch zur Berufsschule gegangen, habe auch keine Hausaufgaben gemacht, habe Wissenslücken, aber der Unterrichtsstoff ist nicht so schwierig. Es ist einfach so, daß ich das heute Abend erledigen muß, daher eigentlich keine Zeit für dich habe, dich aber gerne bei mir hätte. Denn wie soll ich das alleine schaffen ?"

„Aber wie soll ich dir helfen ? Ich habe vom Bankwesen keine Ahnung."

„Nein, darum geht es nicht. Du mußt nur um mich sein. Du gibst mir Kraft."

Ich schaute sie an.

„Nun ja, wenn es sonst keine Probleme gibt. Ich kann mich doch einfach daneben setzen und dich arbeiten lassen. Ich störe auch nicht."

„Aber das kann ich doch gar nicht von dir verlangen. Das ist doch eine Zumutung."

„Was heißt Zumutung ? Warum nicht ? Wenn es dir hilft."

„Das würdest du tun ?"

„Sicher, es ist doch so, daß nicht nur du meine Nähe brauchst, ich brauche auch deine. Und vielleicht kann ich dir ja auch helfen, wenn du eine Frage hast. Vielleicht weiß ich es zufällig."

Ihr Gesicht hellte sich auf.

„Danke, deine Nähe gibt mir Kraft."

Wir begaben uns auf ihr Zimmer. Sie ging zu einem Bücherregal, suchte ein bestimmtes Buch, nahm es dann in die Hand.

„Ich habe hier ein Buch, das ich vor kurzem gelesen habe. Es heißt 'Michael Kohlhaas', stammt von Heinrich von Kleist. Kennst du es?"

Ich schüttelte den Kopf.

„Dem Namen nach. Gelesen habe ich es noch nicht."

„Möchtest du es lesen während ich arbeite?"

„Gerne."

Sie gab es mir. Ich setzte mich in den Sessel, der in einer Ecke im Zimmer stand, schlug das Büchlein auf, begann mit der Lektüre. Sie nahm an ihrem Schreibtisch Platz, holte Hefte und Bücher hervor, begann zu arbeiten. Manchmal redete sie gedämpft mit sich selbst, wenn sie etwas durchgelesen hatte und es nun auswendig wiederholte. Sonst herrschte Schweigen. Nach etwa zweieinhalb Stunden drehte sie sich dann zu mir um.

„Fertig", sagte sie freudig, „ich habe alles und zum größten Teil wohl auch richtig gemacht. Die werden morgen überrascht sein. Schließlich habe ich seit drei Monaten keine Hausaufgaben mehr gemacht. Letzte Woche haben sie schon erstaunt geschaut als ich im Unterricht erschien. Weißt du, in drei Monaten ist die Prüfung. Ich glaube, ich könnte sie machen, würde sie wahrscheinlich auch bestehen. Aber ich will nicht einfach nur bestehen. Ich will die Beste, zumindest eine der Besten sein."

„Du könntest die Prüfung eventuell um ein halbes Jahr verschieben."

„Das habe ich mir auch schon überlegt. Mein Lehrherr müßte das allerdings auch genehmigen. Ich glaube, ich werde ihn fragen; aber erst in ein paar Wochen, wenn er sieht, daß ich mich gebessert habe. Im Moment würde er es nur für eine Ausrede halten. Wie gefällt dir das Buch?"

„Seht gut."

Sie holte nun wieder die Wolldecke aus dem Kleiderschrank, legte sie auf den Boden neben den Sessel, löschte das Licht bis auf die kleine Schreibtischlampe, so daß das Zimmer im Halbdunkel lag. Sie setzte sich auf die Decke, lehnte mit dem Rücken gegen die Wand.

„Komm, setz dich zu mir."

Ich tat es. Sie schaute mich an.

„Es ist irgendwie gemütlich, so im Halbdunkel auf dem Boden zu sitzen und miteinander zu reden. Magst du das auch?"

„Sicher, wir machen das ja auch fast jeden Abend."

„Es ist auch noch nicht zu spät, wir können noch ein bißchen miteinander reden. Ich finde, so wie wir dasitzen, ist es eine gute Atmosphäre für ein vertrautes Gespräch."

„Ja, da hast du recht."

„Das Buch hat mich fasziniert. Es zeigt so viel auf, zum Beispiel, wie schnell das Verlangen nach Gerechtigkeit zu Gewalt, zu Rache, ins Verbrechen führt, auf einen Weg, der letztlich unumkehrbar ist und mit dem Tod endet, obwohl es ab und zu scheint, daß es noch einen Ausweg gibt. Es zeigt aber auch, wie schnell ein eigentlich nichtiger Anlaß und Willkür das Lebensglück zerbrechen können und man dann vor einem Scherbenhaufen steht und in einer Spirale des Unheils eingefangen ist, aus der es kein Entrinnen mehr gibt. Das erinnert mich an mein eigenes Leben. Ich habe es ja selbst erlebt, wie schnell man in den Dreck rutschen kann, auch wenn die Umstände völlig anders waren. Was mich aber besonders zum Nachdenken angeregt hat, ist die Sache mit den Pferden. Ich habe lange nachgedacht um einen Sinn hinter der bloßen Schilderung des Sachverhaltes zu sehen. Ich bin mir auch nicht sicher, ob ich das richtig verstehe, das heißt, ob Kleist das so gemeint hat, ob er genau das dem Leser sagen wollte."

„Inwiefern? Was sagt dir das?"

„Es ist doch so, daß Kohlhaas dem Junker zwei Pferde als Pfand überlassen mußte. Es waren zwei junge, edle Pferde. Und er bekommt sie dann völlig abgetrieben zurück, zerschunden von harter Feldarbeit. Sie waren schlecht behandelt worden, wurden zeitweise sogar in einen Schweinekober gesperrt, der viel zu klein für sie war, weil der Platz im Stall angeblich für die Pferde eines Ritters benötigt wurde, der zu Besuch kam. Warum taten die das? Es war doch ein Junker, ein Adeliger, kein Dummer, kein Primitiver. Und der Schloßvogt war es doch sicher auch nicht. Warum haben sie die Pferde dann kaputt gemacht anstatt sich an ihnen zu erfreuen, sie ihrem Wert entsprechend zu behandeln, auf ihnen zu reiten ? Für die Schwerstarbeit hatten sie doch andere Gäule. Und selbst wenn sie diese Pferde zur Feldarbeit einsetzen mußten weil Zugtiere knapp waren, so hätten sie ihnen doch nur das abverlangen können, was in ihren Kräften stand und ihnen genügend Futter geben können."

„Ja, das ist eine gute Überlegung. Wahrscheinlich war es reine Gedankenlosigkeit, mangelnde Achtung vor der Schöpfung, wenn ich das einmal so sagen darf."

„Ja, das habe ich mir auch schon überlegt. Das hatte sicher Einfluß auf ihr Verhalten. Aber vielleicht war es auch der Überfluß, in dem sie lebten und der bewirkte, daß sie vielen Dingen keinen eigentlichen Wert mehr beimaßen. Vielleicht war es auch die Geringschätzung von Kohlhaas, der ja kein Adeliger, sondern ein Mann niederen Standes war, und sie meinten daher, zerschundene Pferde seien noch gut genug für ihn."

„Das heißt, der Junker dachte wohl, es seien nicht seine Pferde, auch nicht die seiner Freunde oder Menschen, die er schätzte und er könne mit ihnen machen, was er will. Er brauche keine Rücksicht zu nehmen und wenn sie zugrunde gingen, wäre es auch gleichgültig."

Sie schaute mich an.

„Wunderst du dich nicht darüber, daß ein Mädchen, das nicht einmal das Gymnasium besucht, sondern auf einer Bank lernt, solche Geschichten liest und darüber nachdenkt. Würde es nicht eher zu ihm passen, Trivialromane zu lesen, vor dem Fernsehapparat zu hängen oder in Diskotheken zu gehen ?"

Ich schüttelte den Kopf.

„Ich sehe da keinen Widerspruch; man kann durchaus lesen, nachdenken und trotzdem ab und zu tanzen gehen. Und was seichte Romane oder Fernsehen betrifft, so ist des doch jedem selbst überlassen, ob er einem bequemen Trott folgt oder seine Zeit eigenständig gestaltet. Manche denken gar nicht oder wenig, bleiben an der Oberfläche, andere gehen im Denken tiefer. Du gehörst zu denen. Das hat nichts damit zu tun, welche Schule du besuchst. Denn denken lernt man nicht in der Schule. Mir fällt da eine Zeile aus einem Lied von Julie Driscoll ein, darin heißt es 'denken bedeutet Kopfschmerzen, darum vermeiden wir es'. Das trifft wohl auf viele zu. Andere sagen sich aber, das ist der Preis um zur Erkenntnis zu gelangen. Sie ist nur unter Schmerzen zu erreichen."

Sie lächelte.

„Die meisten meiner Freunde und Freundinnen weichen dem Kopfschmerz aus. Warum denkst du anders darüber?"

Ich wußte keine rechte Antwort, sagte daher bloß.

„Gott hat uns das Leben geschenkt, aber den Lebenssinn müssen wir uns selber suchen. Dazu hat er uns den Verstand gegeben. Und ich möchte nicht in fünfzig Jahren oder so sterben und mich dann fragen, wozu ich eigentlich gelebt habe. Gut essen, trinken, Spaß haben, Reichtümer sammeln, das ist für mich kein eigentlicher Lebenssinn. Und ich habe so eine dunkle Ahnung, daß du ebenso denkst. Deshalb fühle ich mich auch zu dir hingezogen."

„Was meinst du mit dunkler Ahnung?"

„Ich spüre, daß unsere Seelen verwandt sind; ich kenne dich aber noch nicht gut genug um sicher zu sein. Ich wünsche aber, daß es so ist."

„Ich wünsche es auch. Aber, mit der Geschichte mit den Pferden verbinde ich noch etwas anderes. Wir sind da vorhin vom Thema abgewichen. Ist es denn bei den Menschen anders? Achten wir den anderen? Dessen Vorstellungen, dessen Denken, dessen Gefühle, dessen Wünsche? Oder lassen wir bei ihm nur das gelten, was uns wichtig ist, was uns nützt, uns befriedigt? Oder daß wir wollen, daß er genau denkt und empfindet wie wir und dann böse auf ihn sind, weil er das nicht tut, sondern eigene Gedanken, eigene Empfindungen hat? Ist es nicht so, daß wir oft den anderen nicht achten, obwohl er uns etwas wert sein müßte, obwohl wir Achtung vor ihm haben müßten? Ist es nicht so, daß wir die Zuneigung, die uns ein anderer entgegenbringt oft geringschätzen, zurückweisen oder sie nur zur Befriedigung unserer eigenen Bedürfnisse ausnutzen und dem anderen dafür nichts zurückgeben, immer nur nehmen? Es war doch damals so, daß die Herren ihre Leibeigenen bis aufs Blut auspreßten und es sie nicht interessierte, wenn sie vor Erschöpfung starben oder verhungerten? Und ist es heute anders? Sind wir nicht lediglich kleine Rädchen in einer großen Maschine, die zu funktionieren haben? Und wenn so ein Rädchen schließlich kaputt ist, wird es gegen ein anderes ausgetauscht und dann weggeworfen. Läßt man uns die Freiheit unsere Fähigkeiten zu entfalten und hilft uns dabei ? Oder preßt man uns nicht in eine Rolle, die wir gar nicht wollen. Manchmal komme ich mir vor wie diese Pferde. Von Gott bin ich meinen Eltern und den Mitmenschen zum Pfand gegeben. Aber die nutzen mich nur aus. Ich habe das erlebt, in der Familie, in den Freundschaften. Ich mußte immer das tun, was die anderen wollten, auf meine Gefühle hat nie jemand Rücksicht genommen. Meine Eltern haben mir ihren Willen aufgezwungen, ich muß den Beruf lernen, den sie für richtig halten und ihnen noch dafür dankbar sein. 'Sei froh, daß du überhaupt einen Beruf lernen darfst. Ich durfte das damals nicht', sagte mir meine Mutter einmal. Als ob man Unrecht mit Unrecht rechtfertigen könnte."

Sie schluchzte.

„Ich komme mir vor wie die Reitpferde, die durch die Feldarbeit zugrunde gerichtet wurden. Aber ich will nicht zugrunde gehen. Und trotzdem bin ich nahe daran."

„Du warst nahe daran", warf ich ein.

„Was meinst du damit ?"

„So, wie ich es sagte, du warst nahe daran, aber jetzt bist du dabei, dich vom Zugrundegehen zu entfernen."

Sie schaute mich an.

„Zusammen können wir es schaffen", fuhr ich fort, „aber es wird ein langer Weg. Wir dürfen uns allerdings nicht von Launen und Leidenschaften leiten lassen. Sonst stürzen wir ins Chaos. Wir müssen auf dem Weg bleiben."

Sie schaute mich groß an.

„Das sagst du ? Bei dir ist doch alles in Ordnung."

„Es ist so", erwiderte ich, „die einen stürzen in den Abgrund, die anderen verdursten auf ihrem Weg in der Wüste. Das Ergebnis ist in beiden Fällen das gleiche: man ist am Ende tot; nicht unbedingt körperlich, aber seelisch. Und dann quält sich nur noch ein leere Hülle durch die Welt oder das Leben, wenn man so will. Das wichtigste ist daher, zunächst einmal unabhängig zu werden. Wir stehen noch nicht im Leben, sind noch immer irgendwie von unseren Eltern abhängig. Das müssen wir überwinden. Erst wenn wir wirklich für uns selbst sorgen können, sind wir in der Lage unseren eigenen Weg zu gehen.

Das klingt bitter, ist aber so. Den größten Teil der Strecke haben wir allerdings schon hinter uns. Und in zwei oder drei Jahren sind wir dann wirklich frei, können unser Leben nach unseren eigenen Vorstellungen einrichten. Das kann jeder von uns für sich alleine tun. Wir können das aber auch zusammen machen. Ich denke, letzteres ist besser. Zusammen haben wir wesentlich mehr Kraft."

„Glaubst du das wirklich?"

„Ja, unsere gemeinsame Kraft ist nicht die Summe unserer Einzelkräfte, sie ist viel größer. Das darfst du nicht vergessen."

Ich erwachte. Das entsprach der Überzeugung meiner Jugend und ich glaube auch noch heute daran, obwohl ich es nie erlebt habe, es möglicherweise auch gar nicht der Realität entspricht. Es ist ja keineswegs so, daß sich bei einem Paar die Kräfte der Einzelnen vervielfachen. Oft ist es eher umgekehrt, die Kräfte wirken gegeneinander und die gemeinsame Kraft ist dann geringer als die Kraft jedes Einzelnen. Dann ist es besser, wenn man alleine bleibt.

Ich blieb noch im Bett liegen um nachzudenken bis es hell wurde.
Schließlich stand ich auf, frühstückte, setzte mich danach an meinen Schreibtisch, begann die Träume niederzuschreiben.
Das Nachdenken über die junge Frau und die Träume führten natürlich auch zu dem Wunsch nach ihrem Grab zu suchen. Es schien zwar unwahrscheinlich, daß es nach mehr als vierzig Jahren noch existierte, vermutlich war es schon längst eingeebnet worden, aber bekanntlicher Weise kann man sich einer Sache erst dann sicher sein, wenn man sie überprüft hat. Nun hatte ich, wie schon erwähnt, am Vorabend mein Auto zur Inspektion nach Aschaffenburg in die Werkstatt gebracht und heute, am Mittwoch, Urlaub genommen. Es war ein sonniger, wenn auch kalter Tag, geeignet, meinen Plan durchzuführen. Gegen ein Uhr nachmittags brach ich von zuhause auf, lief zum Kahler Friedhof. Ich ließ mir beim Suchen Zeit, durchstreifte die Grabreihen, schaute mir die Gräber genau an um es nicht zu übersehen. Bald begann ich zu frieren, bekam kalte Füße, doch ich ließ mich nicht beirren. Nach etwa einer Stunde des Suchens stieß ich auf ein kleines, unscheinbares Grab; der Schmuck bestand aus zwei Erikapflanzen, wie man sie häufig den Winter über auf die

Gräber setzt und einem kleinen Gesteck, wie man es zu Allerheiligen auf die Gräber legt, das an den Grabstein aus dunklem Granit angelehnt war. Auf ihm stand:
'Carola Weidlich, *18. 6. 1955, †27. 5. 1974'.
Das mußte es sein. Ich war mir natürlich nicht völlig sicher, da ich den Namen der jungen Frau längst vergessen hatte. Aber ich hielt es für unwahrscheinlich, daß damals etwa zur gleichen Zeit zwei etwa gleichaltrige, junge Frauen gestorben waren. Die schemenhaften Erinnerungen nahmen nun eine konkrete Form an. Die 'junge Frau' hatte jetzt einen Namen, einen Geburtstag und einen Sterbetag. Ich blieb einige Zeit vor dem Grab stehen, dachte an sie. Mir fiel nun ein, daß ich keinen Photoapparat dabei hatte. Wenn ich schon kein Bild von ihr besaß, so hätte ich doch wenigstens gerne eines von ihrem Grab besessen. Aber das ließ sich nachholen. Für heute war es allerdings zu spät um noch einmal nach Hause zu gehen und einen Photoapparat zu holen. Ich lief vom Friedhof aus zum Bahnhof, trank im Bahnhofscafe einen Espresso, genehmigte mir ein Stück Kuchen. Ich tat es in aller Hektik, denn die Zeit schien knapp. Doch dann hatte der Zug nach Aschaffenburg eine Viertelstunde Verspätung. Ich holte das Auto ab, ging anschließend, wie mittwochs üblich, gegen sieben Uhr zum Schwimmen. Ich kehrte kurz vor zehn Uhr nach Hause zurück, nahm mein Abendessen ein, trank noch eine Flasche Bier, begab mich dann zu Bett.

Die Situation der vorangegangenen Tage wiederholte sich; ich lag wach, malte mir das Zusammensein mit Carola aus, schlief darüber ein, träumte von ihr.
Es war ein kühler Abend. Wir gingen zum Dorf hinaus, gelangten ins Feld. Carola blickte zum Himmel.
„Siehst du die Sterne ? Heute leuchten sie besonders schön. Schau mal, die vier Sterne da oben, die ein Viereck bilden, das ist das Sternbild der Zwillinge, mein Sternzeichen. Und dort, das etwa trapezförmige Sternbild mit dem Hals aus fünf Sternen und den angedeuteten Beinen, das ist der Löwe, dein Sternzeichen. Schau es dir an, es wirkt gewaltig, es paßt zum Löwen."
Ich blickte sie an.

„Um ehrlich zu sein, ich kenne es gar nicht, ich kenne nur den Großen Wagen und den Orion."

Sie schüttelte den Kopf.

„Und du studierst Physik ? Ich zeige es dir."

Und sie zeichnete mit der Hand das Sternbild nach.

„Jetzt erkenne ich es auch."

„Weißt du, die Sterne faszinieren mich. Ich habe mir vor ein paar Jahren einen Sternatlas gekauft. Siehst du, dort oben ist das Sternbild der Cassiopeia. Das sieht man praktisch das ganze Jahr über. Und dieser fast neblig wirkende Sternhaufen dahinten, den man kaum erkennt, das sind die Plejaden. Sie befinden sich im Sternbild des Stiers. Das ist eigentlich auch ein prägnantes Sternbild, aber man erkennt es hier so schlecht, eigentlich nur einigermaßen gut, wenn es wirklich klar ist. Die Hintergrundhelligkeit ist zu groß. Gut erkennbar ist aber der Fuhrmann, das ist dieses Fünfeck da oben. Es ist schade, aber im Westen erkennt man wegen der Lichter Frankfurts und Offenbachs fast gar nichts, nur im Osten, zum Spessart hin, sieht man einigermaßen etwas. Man erkennt hier ja noch nicht einmal die Milchstraße. Weißt du, ich möchte in die Berge fahren, wo es keine großen Städte und kein Lichtverschmutzung gibt und dort den Himmel in einer klaren Nacht betrachten."

„Da spricht nichts dagegen, wir haben doch noch so viel Zeit vor uns. Aber vorher muß ich die Sternkarte studieren, damit ich auch etwas erkennen kann. Dann fahren wir zusammen hin. Aber vorerst könnten wir ja mal in einer klaren Nacht in den Kahlgrund fahren. Vielleicht sieht man hinter dem Hahnenkamm besser."

Carola lachte. Wegen der Dunkelheit konnte ich ihr Gesicht nur schlecht erkennen. Ich war mir aber sicher sie strahlte. Noch nie war sie so heiter gewesen seit wir uns kannten. Noch nie hatte sie soviel Freude gezeigt. Das war ein gutes Zeichen. Die Krise mochte noch nicht völlig überwunden sein, aber es ging aufwärts mit ihr. Da war ich mir vollkommen sicher.

„Es ist noch nicht so spät, erst kurz nach halb neun. Wir könnten eigentlich gleich in den Kahlgrund fahren um nachzuschauen, ob man dort wirklich besser sieht. Hast du Lust ?" schlug ich dann vor.

„Ja, schon, aber das ist doch verrückt."

„Was ist schon verrückt ? Außerdem, wir können auch einmal etwas Verrücktes tun."

Wir fuhren nach Molkenberg, stellten das Auto außerhalb des Dorfes auf der Anhöhe ab. Der Himmel war hier in der Tat klarer hier. Die Milchstraße konnten wir allerdings nicht erkennen.

„Vielleicht müssen sich unsere Augen erst an die Dunkelheit gewöhnen", meinte ich, „gehen wir noch eine Weile spazieren ?"

„Ja, meinetwegen."

Wir konnten die Sternbilder wesentlich besser erkennen als im Kahler Feld. Ab und zu flogen Flugzeuge vorbei, wir sahen ihre Lichter. Die Milchstraße war allerdings auch nach einer halben Stunde nicht zu erkennen.

„Vielleicht ist es nicht klar genug, zu dunstig", meinte Carola schließlich, „bist du jetzt enttäuscht ?"

„Nein, wieso ? Es war ein Versuch wert. Und es scheint ein guter Platz sein. Wir können ja wieder einmal hierherkommen, es gibt sicherlich auch klarere Nächte. Und es ist auch nicht weit zu fahren."

„Und es ist schön hier, so ruhig außerhalb des Dorfes, so richtig still. Gehen wir noch ein Stück ?"

„Ja, gerne."

„Weißt du", sagte Carola, nachdem wir eine Weile schweigend nebeneinander her gelaufen waren, „ich frage mich manchmal, ob da draußen im Weltall irgendwo noch Menschen wie wir leben."

„Ausgeschlossen ist es nicht. Es gibt Milliarden Sterne und es gibt sicherlich auch Planeten, auf denen ähnliche Verhältnisse herrschen wie auf der Erde. Ob dort allerdings heute Menschen leben ist ungewiß. Vielleicht entwickelt sich dort erst das Leben oder die Menschen sind bereits wieder ausgestorben. Wer weiß es ? Und außerdem, viele Sterne sind Millionen von Lichtjahren entfernt. Wie sollten wir mit den Menschen dort, wenn es sie gibt, in Kontakt treten ?"

„Das ist alles so unvorstellbar weit weg. Und auch die Zeiten sind unendlich. Das Licht vieler Sterne, die wir sehen, wurde vor zig Millionen Jahren ausgesandt und vielleicht gibt es diese Sterne heute gar nicht mehr. Ich habe einmal gelesen, daß Sterne ausbrennen oder auch explodieren können. Vielleicht explodiert gerade einer und in ein paar Millionen Jahren erscheint dann bei uns eine Supernova, so nennt man das doch, am Himmel. Der Blick in den Himmel ist ein

Blick in die Unendlichkeit. Und wir sind nur ein winziges Staubkorn im All. Unsere Lebensspanne ist, in kosmischen Maßstäben, nicht einmal ein winziger Augenblick. Warum machen wir es uns eigentlich gegenseitig so schwer ? Ist das nicht dumm ?"

„Da hast du völlig recht. Aber bekanntlich ist der vergeblichste Kampf der Kampf gegen die Dummheit. Aber wir haben es in der Hand, es besser zu machen, zumindest uns gegenüber."

„Ja, und wenn wir uns einmal streiten, so sollten wir immer an die Unendlichkeit des Weltalls denken und dann einsehen, wie lächerlich jeder Streit ist."

„Das hast du schön gesagt."

Wir liefen zum Auto. Auf der Heimfahrt suchten wir noch eine Pizzeria auf. Erst kurz vor Mitternacht brachte ich sie nach Hause zurück.

Ich erwachte gegen fünf Uhr, konnte nicht mehr einschlafen, stand auf, fuhr nach dem Frühstück zu meiner Arbeitsstelle. Der Tag war mit verschiedenen Besprechungen ausgefüllt. Es war schon nach acht Uhr als ich heimkam. Ich unternahm nicht mehr viel, las nach dem Abendessen noch einige Zeit, legte mich dann schlafen.

Es war Frühling geworden. Anfang Mai beschlossen wir übers Wochenende nach Oberfranken zu fahren, Bamberg, Coburg und Vierzehnheiligen zu besichtigen. Es war ein spontaner Entschluß gewesen, ein Einfall bei einen Spaziergang an einen warmen Abend.

Carolas allgemeine Stimmung hatte sich wesentlich gebessert. Sie fühlte nun wieder langsam Boden unter den Füßen. Und so glaubten wir, daß eine kurze Reise, ein Entfliehen des Alltages uns, besonders natürlich ihr, gut tun würde.

Sie hatte auch mittlerweile mit ihrem Lehrherren gesprochen; er hatte Verständnis für ihre Probleme, zollte auch ihrer positiven Entwicklung Anerkennung und fand sich schließlich auch bereit ihre Lehrzeit um ein halbes Jahr zu verlängern.

Wir waren guter Stimmung, fanden ein schönes, preiswertes Zimmer in einem Hotel in Romansthal am Fuße des Staffelberges. Wir saßen zum Abendessen in der Gaststube, schauten ab und zu in die Dunkelheit, konnten in der Ferne, auf der anderen Seite des Maintals das

hell erleuchtete, mächtige Kloster Banz erkennen. Ein herrlicher Anblick. Gegen zehn Uhr begaben wir uns auf unser Zimmer.
Zum ersten Mal verbrachten wir eine Nacht zusammen.

„Möchtest du eigentlich mit mir schlafen ?" fragte sie plötzlich ohne zwingenden Anlaß als wir nebeneinander im Bett lagen.
„Ja, aber nicht jetzt."
„Wieso ?"
„Ach weißt du, wir wollen doch ehrlich sein und nichts beschönigen. Auch wenn es insgesamt aufwärts geht, es geht dir noch immer recht schlecht und du bist noch immer ziemlich unten. Und ich versuche dir zu helfen wieder nach oben zu kommen, einfach, weil ich dich mag, nicht will, daß du kaputt gehst."
„Und was hat das damit zu tun ?"
„Möchtest du denn mit mir schlafen ? Ganz ehrlich ?"
„Eigentlich nicht. Ich bin nicht in Stimmung dazu. Aber ich würde es tun, wenn du es möchtest. Du hast mir so sehr geholfen ..."
„Und daher eine Belohnung verdient", unterbrach ich sie.
„Ja, so kann man es sagen."
„Siehst du, das ist der Punkt. Wenn du in der Stimmung mit mir schläfst, fühlst du dich im Grunde genommen mißbraucht, gibst deinen Körper zur Belohnung hin. Das will ich nicht. Du sollst erkennen, daß ich es ehrlich mit dir meine, ich dir helfe, weil ich dich mag und nicht freundlich zu dir bin, weil ich eine bestimmte Gegenleistung erwarte, du deswegen mit mir schlafen mußt."
Sie schmiegte sich an mich, streichelte mich, küßte mich.
„Das ist schön. Weißt du, ich habe dir schon oft gesagt, daß ich das Gefühl habe, keinen Boden unter den Füßen zu haben. Mir steht im Moment nicht der Sinn danach. Ich möchte einen Freund, den ich liebe, dem ich vieles geben kann, mich insgesamt. Ich habe Christian geliebt und geglaubt, daß er mich auch liebt. Aber er war nicht an mir interessiert, sondern nur daran, mit mir vor seinen Freunden anzugeben und mit mir zu schlafen. Es war bitter, dies erkennen zu müssen. Und dann kommt noch der Ekel vor den Kerlen hinzu, mit denen ich es für Geld gemacht habe um Drogen kaufen zu können. Aber, was soll man machen, wenn man seinen Körper hergeben muß um Zuneigung und Verständnis zu erhalten ? Glaubst du, die Kerle

hätten mir Geld für Drogen gegeben, wenn ich ihnen etwas über die Sterne erzählt hätte ? Auch Christian hat das nicht interessiert. Weißt du, ich hatte ein Buch gelesen, das mich sehr beeindruckt hat, es war von Hermann Hesse und hieß 'Siddhartha'. Ich wollte mit ihm drüber sprechen, aber er hat mir zu verstehen gegeben, daß ich ihm mit solchem Zeug vom Leibe bleiben solle. Ihm reiche an Literatur, was er in der Schule im Deutschunterricht lesen mußte. Die Welt ist weit und ich möchte soviel geben. Aber sie interessiert nur das, was ich zwischen den Beinen habe. Verstehst du das ? Ich möchte wirklich einmal unbefangen mit einem Mann zusammen sein, der dies versteht, möchte ihn unbeschwert lieben können. Aber zuvor muß ich diese Altlasten los werden. Im Moment geht das nicht."

Ich streichelte sie.

„Siehst du, da sind wir uns einig. Wir werden miteinander schlafen, wenn wir bereit dazu sind. Das wird kommen. Aber vielleicht dauert es ein noch paar Monate. Was macht das ? Wir sind jung, haben genügend Zeit. Niemand drängt uns. Und Siddhartha ist eine sehr schöne Geschichte. Ich kenne das Buch auch."

„Niemand drängt uns. Das hast du schön gesagt. Ich danke dir, daß du mich verstehst. Es gibt in dem Buch eine schöne Stelle, darin heißt es 'Sie lehrte ihn, daß Liebende nach der Liebesfeier nicht voneinander gehen dürfen, ohne eins das andere zu bewundern, ohne ebenso besiegt zu sein wie gesiegt zu haben, so daß bei keinem von beiden Übersättigung oder Öde entsteht und das böse Gefühl mißbraucht zu haben oder mißbraucht worden zu sein.' So möchte ich es mit dir erleben."

„Bedanke dich nicht immer. Unsere Seelen haben sich gefunden und erkannt, daß sie zusammen gehören. Und ich glaube, ich mag dich nicht nur, sondern ich liebe dich auch. Und denke auch immer an die Sterne. Die Entwicklung dauert viele Millionen Jahre. Was sind da ein paar Monate ?"

„Was meinst du damit ?"

„Nichts anderes als daß wir miteinander glücklich werden können, für fünfzig oder sechzig Jahre. Was sind da schon ein paar Wochen oder Monate des Wartens ?"

Wir schmiegten uns aneinander. Es war wohltuend ihre Körperwärme und ihren Herzschlag zu spüren. Wir schliefen bald ein.

„Eines verstehe ich nicht", sagte sie am nächsten Tag, nachdem wir uns nach einem längeren Spaziergang durch Coburg in einem Straßencafe niedergelassen hatten „warum muß man eigentlich den Weg zur Erkenntnis alleine gehen, so wie es in 'Siddhartha' dargestellt ist ? Wenn es so ist, daß die Welt eine Einheit bildet, dann sind Mann und Frau doch auch eine Einheit. Warum können sie den Weg zur Erkenntnis nicht zusammen gehen ? Einer kann vom anderen lernen."

„Auch wenn die Welt eine Einheit ist, so genügt es nicht, daß alle Teile irgendwie zusammenpassen. Jedes Teil muß sich am richtigen Platz befinden. So ist es auch mit Frauen und Männern. Es gibt sicher für jeden Mann die richtige Frau und für jede Frau den richtigen Mann. Aber sie müssen sich finden. Darin liegt die Schwierigkeit. Es gibt viele Männer und viele Frauen. Wie soll man da sein Gegenstück finden ? Und dann kommt noch hinzu, daß man sich bestimmte Vorstellungen vom idealen Partner macht. Und die sind möglicherweise falsch. Aber man sucht dann nach dem idealen Typen und übersieht dabei den Menschen, der zu einem paßt."

Carola lächelte.

„Ich weiß, es heißt ja auch in 'Siddhartha', wer sucht, der hat ein Ziel und er findet oft nichts; so ist das im Leben. Wie du sagtest, sucht ein Mann eine Frau oder eine Frau einen Mann, so haben sie oft bestimmte Vorstellungen, suchen bestimmte Typen. Und dabei übersehen sie vielleicht ihr Gegenstück. Vielleicht sitzt mein Gegenstück, der passende Mann, bereits neben mir."

„Das wäre schön. Aber auf Anhieb erkannt hast du ihn auch nicht und um ein Haar hättest du ihn überhaupt nicht gefunden."

Carola blickte mich fragend an. Es war eine Anspielung auf unsere Begegnung in der Diskothek gewesen; wir hatten bisher nie darüber gesprochen; ich hielt es für sinnlos, gegenwärtig auch nicht für angebracht, das nun ins Spiel zu bringen. Es konnte leicht als Vorwurf gewertet werden nach der Art 'hättest du mich damals genommen, hättest du dir viel erspart'. Und Carola erinnerte sich vielleicht gar nicht mehr an jenen Abend. Aber einen kleinen Seitenhieb konnte ich mir in diesem Moment nicht verkneifen. Ich ignorierte daher ihren Blick und meinte.

„Es muß sich noch herausstellen, nach einer genauen Prüfung. Es hat keinen Sinn sich etwas vorzumachen, man muß schon sicher sein."
Sie wurde traurig.
„Du meinst also, ich bin nicht die richtige Frau für dich."
„Nein, das habe ich nicht gesagt. Im Gegenteil, es wäre mein größtes Glück, wenn du es wärst. Aber man muß sich sicher sein. Wenn wir beide nicht zusammenpassen, werden wir niemals miteinander glücklich werden. Man darf auch einer verflossenen Liebe nicht nachweinen. Es war nicht der richtige Partner und man wäre ohnehin nicht miteinander glücklich geworden. Wirkliche Liebe endet nie."
„Das ist schön gesagt. Aber, wie erkennt man eine 'wirkliche Liebe'? Und vor allen Dingen, wann? Manchmal frage ich mich, warum man nur auf verschlungenen Wegen ans Ziel gelangen kann, warum man erst einmal scheitern, am Leben verzweifeln muß, so wie das die Dichter darstellen. Muß das wirklich alles so kompliziert sein? Schau dir die Geschichte von 'Siddhartha' an. Er mußte erst einmal, satt vom Überfluß kurz davor sein, Selbstmord zu begehen, bevor er zur Besinnung kam. Dabei hatte er doch alle Möglichkeiten zu sich selbst zu finden. Warum wurde er überheblich? Er hätte seinen Reichtum ja auch zu Gunsten der Armen verwenden können, anstatt das Geld zu verspielen. Ich bin mir auch sicher, daß Kamala und er sich wirklich liebten und dennoch kamen sie nicht wirklich zusammen."
„Immerhin zeugten beim letzten Zusammensein noch ein Kind", meinte ich grinsend, „aber weißt du, letztlich gibt die Geschichte ja auch nur die Vorstellungen Hermann Hesses wieder, sie ist in seiner Vorstellungswelt entstanden. Das kann man nicht als allgemein gültig ansehen. Das muß nicht der einzige Weg sein."
„Du meinst, man kann am Leben teilhaben ohne zu verderben?"
„Ja, so ungefähr. Ich denke, man muß sich nicht aus der Gesellschaft ausschließen und sich in die Einsamkeit begeben um Erkenntnis und Lebensglück zu finden. Man muß lediglich selbständig denken, stets selbst entscheiden, was gut und schlecht ist und sein Handeln danach richten. Wichtig ist nur, Distanz zu wahren, sich nicht von Stimmungen und Modeerscheinungen mitreißen zu lassen."
„Du meinst, also seinen eigenen Weg gehen; so eine Art innere Emigration?"

Ich lächelte.

„Ja, so ungefähr."

„Das ist doch genau das, was ich auch will. Ich möchte nicht den Weg gehen, den alle gehen, nicht stumpfsinnig das denken müssen, was alle anderen denken. Ich bin ein eigenständiger Mensch, der seinen eigenen Weg gehen kann, habe aber bisher keine Unterstützung erhalten, weder von meinen Eltern, noch von Christian oder Bert. Christian dachte nur daran, nach 'oben' zu kommen, reich zu werden, den großen Mann zu spielen. Mich brauchte er nur als Zierrat und um sich abzureagieren. Meine Eltern sind einfache Leute, die gut leben wollen, nicht auffallen. Sie haben längst erkannt, daß sie unten sind und eigentlich nicht zählen. Bert wußte gar nicht, was er eigentlich wollte, lebte in den Tag hinein; er wollte die große Erkenntnis, war aber der Meinung, er brauche dafür nichts zu tun, könne sie durch Drogengenuß erreichen; heute weiß ich, daß er das nur tat, weil er zu faul zum Denken war; ich war für ihn so gut wie jede andere. Für Christian war ich wenigstens noch ein Schmuckstück, mit dem man angeben konnte."

Sie lächelte.

„Es mag dumm sein, was ich jetzt sage, aber ich denke, Christian hat nur meine sexuellen Reize wahrgenommen, war auf sie fixiert und hat dabei meine geistigen Reize völlig übersehen. Wie dem auch sei. Sie alle haben mich nach unten gezogen, fast kaputt gemacht. Und dann kamst du und sagtest, ich wäre etwas Besonderes. Einfach so. Manchmal denke ich, du siehst in mir gar nicht so sehr die Frau, sondern den Menschen. Weißt du eigentlich, daß du in den sieben Wochen, die wir uns jetzt kennen, noch nie etwas von mir verlangt hast ?"

„Warum sollte ich von dir etwas verlangen ? Du sagtest gestern Abend, die Welt sei groß und du möchtest soviel geben. Und das tust du in jedem Augenblick. Du gibst Gemeinschaft, Vertrauen, Wärme, Geborgenheit, Glück und vieles mehr. Und du zeigst einen Weg in die Zukunft."

„Du meinst, den Weg, den ich gehen möchte ? Ich habe es doch nicht einmal geschafft ihn alleine zu gehen. Du hast doch gesehen, wo ich gelandet war."

Ich schüttelte den Kopf.

„Nein, es ist auch mein Weg und du bist auch nicht mehr allein. Wir sind jetzt zu zweit."

Den Freitag verbrachte ich in Mainz. Ich hatte am Vormittag dort einige Angelegenheiten zu erledigen, fuhr dann nicht mehr nach Darmstadt zurück, sondern blieb bis zum Abend in meinem kleinen Büro, das ich vor kurzem im neuen Institutsgebäude erhalten hatte. Ich arbeitete an der Begutachtung eines Manuskriptes, einer Arbeit zur Strukturuntersuchung schwerer Atomkerne, die mir zwei Tage zuvor von einen Verlag mit der entsprechenden Bitte, zugeschickt worden war. Ich fuhr erst nach acht Uhr nach Karlstein zurück.
Ich war müde als ich zuhause ankam, legte mich daher nach dem Abendessen gleich schlafen.

Während des Sommersemesters sahen wir uns weniger, da ich die Woche über in Reinheim bei meinen Großeltern wohnte. Eine Woche ohne einander zu sehen, war allerdings zu lang, daher besuchte sie regelmäßig mittwochs.
Wir verbrachten die Abende zusammen, unternahmen, sofern es das Wetter zuließ, ausgedehnte Spaziergänge, saßen oft lange irgendwo am Mainufer, unterhielten uns, schauten dem trägen Fluß des Wassers zu, in dem sich bisweilen das Mondlicht spiegelte. Unsere Herzen kamen sich näher und näher. Manchmal fuhren wir auch mit der Fähre nach Seligenstadt rüber, kauften uns dort eine Portion Eis.
Die Zeit verging; meine Eltern, speziell meine Mutter, waren anfangs gegen Carola eingestellt. Sie schaute dann auch immer böse, wenn ich sie einmal mit nach Hause brachte. Dabei lag mein Zimmer im Dachgeschoß und wir mußten gar nicht in die Wohnung.
„Was willst du mit dem Flittchen ?" begann sie dann üblicherweise, „such dir was besseres. Außerdem solltest du erst einmal fertig studieren bevor du dir eine Freundin suchst."
Anfangs blieb ich da brav, hielt mich zurück, sagte nichts darauf. Aber irgendwann platzte mir doch der Kragen.
„Woher willst du eigentlich wissen, daß Carola ein Flittchen ist ? Du kennst sie doch gar nicht."
„Ich weiß es eben, alle sagen es", antwortete Mutter trotzig.

„Mit 'allen' meinst du wohl deine Freundin Inge. Die hat dir das eingeredet. Die ist ja nur neidisch, weil ihr Robert nicht bei ihr landen konnte und macht sie daher schlecht."

Das war zwar gelogen, Robert hatte nie Kontakt zu Carola gesucht, kannte sie vermutlich gar nicht, aber es wirkte. Mutter antwortete nicht darauf und so war die Diskussion beendet. Das war nämlich ein wunder Punkt. Sie wußte, daß ich Inge noch weniger leiden konnte als ihren eingebildeten Sohn, der nichts auf dem Kasten hatte. Tatsächlich hatte sie mir aber Robert des öfteren als Vorbild hingestellt, da er, obwohl zwei Jahre jünger als ich, bereits Geld verdiente, ich aber noch Geld kostete. Ich hörte mir das einige Male an, entgegnete irgendwann.

„Es ist ja nicht meine Schuld, daß Robert das Gymnasium nicht geschafft hat und nach der zehnten Klasse abgehen mußte, während ich das Abitur als Klassenbester gemacht habe. Und es ist auch nicht mein Problem, daß du lieber einen dummen Sohn hättest als einen intelligenten."

Und hinsichtlich Carola ließ ich mich auch nicht beirren. Schließlich akzeptierte sie Freundschaft, blickte auch nicht mehr scheel, wenn Carola zu Besuch kam. Das Leben nahm ordentliche Bahnen an. Carola gesundete, blühte auf, wurde wieder rein an Körper und Seele.

Die Sommersemesterferien verbrachte ich mit der Vorbereitung auf die restlichen Vordiplomprüfungen. In der letzten Septemberwoche war alles überstanden. Wir fuhren dann für ein paar Tage in den Bayerischen Wald und fanden ein hübsches Zimmer in einer Privatpension in Mitterfels. Es war mein spezieller Wunsch gewesen dorthin zu fahren. Ich hatte während meines Militärdienstes drei Jahre zuvor meine Grundausbildung bei den Pionieren in Bogen absolviert, wollte die Gegend wieder einmal sehen. Wir unternahmen lange Spaziergänge, besuchten Straubing und auf der Rückfahrt dann Regensburg. Es waren angenehme Tage, es war Ruhe in unser Leben eingekehrt.

Bereits am ersten Abend fühlten wir uns völlig wohl und entspannt, schmusten immer intensiver miteinander, schliefen schließlich miteinander. Es war für uns beide ein wundervolles Erlebnis. Wir fühlten unsere Körper ineinanderfließen, zu einer Einheit verschmelzen. Wir hatten auch eine Flasche Sekt bereit gestellt, begossen dann unser erstes richtiges Beisammensein. Wir saßen im Schneidersitz einander gegenüber, strahlten uns an, erhoben die Gläser.

„Das müssen wir feiern, darauf haben wir schließlich lange gewartet."

„Und es war gut so", antwortete Carola, „denn erst jetzt konnten wir es so richtig genießen."

Sie küßte mich und ich sie. Wir legten uns nieder, schmiegten uns aneinander und schliefen bald ein.

Wir erwachten am frühen Morgen, lächelten uns glücklich an, wärmten uns gegenseitig, streichelten uns, liebkosten uns, liebten uns.

„Jetzt gehören wir wirklich zusammen."

Carola strahle.

„So ist es und das für immer !'

Für immer ! Für immer ?

Ich erwachte; es war kurz nach halb fünf. Ich lag alleine in meinem Bett. Die Hüfte schmerzte. Es war kalt im Zimmer. Und Carola ? Sie lag etwa zwei Kilometer entfernt in einem Grab, seit mehr als zweiundvierzig Jahren. Ihr Körper war längst zerfallen.

Ich habe nicht den Menschen gefunden, den ich suchte.

Nein, Gott war nicht mit uns gewesen.

Ich dachte über das Ende des Traumes nach. Wie weit Illusionen doch gehen können ! Aber, wie wäre denn mein Leben wirklich verlaufen, wenn es sich damals so abgespielt hätte ? Was wäre heute ? Wäre es so, wie es mir der erste Traum am Sonntag vorgegaukelt hatte oder würde ich, längst von Carola geschieden, nun im gleichen Haus, im gleichen Bett liegen und von einer anderen Jugendliebe träumen ? Es machte keinen Sinn darüber zu spekulieren. Ich konnte aber auch nicht an etwas anderes denken und auch nicht wieder einschlafen. Im Grunde war es doch so, daß ich in meinen Vorstellungen und Träumen Carola alle Eigenschaften zugeschrieben hatte, die ich mit einer idealen Partnerin verband. Diese Carola war nur ein

Traumgebilde, hatte möglicherweise mit der wirklichen Carola gar nichts zu tun. Allerdings, ich habe keine Lebensprobleme. Ich habe auch gar kein Bedürfnis, mein Leben zu ändern, wünsche auch gar nicht ein anderes Leben zu führen. Daher beunruhigten mich die Gedanken an Carola auch nicht. Sie waren ein Traum, den ich als Traum genießen konnte. Mir fiel dabei ein Satz aus einer Geschichte ein, die ich vor etwa zwanzig Jahren geschrieben hatte: Eine Frau übt auf einen Mann, der sie liebt, aber noch nicht berührt hat, einen Zauber aus, der umso stärker ist, je weniger er sie kennt. Doch in der Realität war es stets so gewesen, daß bei näherem Kennenlernen der Zauber meist rasch verflog, man mußte sie nicht einmal 'berühren'.

Ich blieb noch eine Weile liegen, stand gegen sechs Uhr auf und begann nach dem Frühstück mit meinen üblichen Samstagsarbeiten, Geschirr spülen, Wohnung putzen, Müll rausbringen.

Begegnung auf dem Friedhof

An diesem Samstag war es sonnig, auch etwas wärmer als mittwochs. Ich brach dann, nachdem ich meine samstäglichen Haushaltsarbeiten und Einkäufe erledigt hatte, erneut zum Kahler Friedhof auf. Die Grabstelle hatte ich mir gut gemerkt, ich fand sie auf Anhieb. Ich blieb zunächst kurz andächtig vor ihr stehen, sprach leise ein Gebet. Dann machte ich einige Photoaufnahmen. Ich war so sehr mit dieser Angelegenheit beschäftigt, daß ich die ältere Frau, die herantrat, zunächst gar nicht bemerkte. Erst nachdem ich die Photoaufnahmen beendet und die Kamera in meiner Jackentasche verstaut hatte, nahm ich sie wahr. Sie schaute mich etwas merkwürdig an, wagte es aber offenbar nicht mich anzusprechen. Ich blickte sie auch an, etwas ratlos, zugegeben. Ich war mir nicht sicher, was besser sei, einfach wegzugehen, schließlich war ich ihr keine Rechenschaft schuldig, oder sie anzusprechen und eine Erklärung abzugeben. Während ich so da stand und überlegte, kam mir plötzlich der Gedanke, die Frau könnte ja Carola gekannt haben und mir eventuell nähere Auskünfte über ihr Schicksal geben. Die Frau schien so in meinem Alter zu sein, war ein Stück kleiner als ich, hatte ein freundliches, recht hübsches Gesicht.

„Guten Tag", sprach ich daher, „es wundert Sie sicher, daß ich das Grab photographiere. Es ist die Erinnerung an eine lang zurückliegende Begegnung. Aber da bin ich mir nicht völlig sicher. Ich weiß ja auch nicht, ob es wirklich das richtige Grab ist."

Die Frau blickte mich groß an.

„Sie kannten meine Schwester ?" entgegnete sie, „und nun, nach mehr als vierzig Jahren kommen Sie zu ihrem Grab und photographieren es. Sie sind merkwürdig. Warum haben Sie das nicht schon früher getan ?"

„Entschuldigen Sie, ich wußte nicht, daß hier Ihre Schwester liegt. Jetzt ist mir die Sache direkt ein bißchen peinlich. Ich wollte auch Ihre Gefühle nicht verletzen. Tut mir leid. Dabei weiß ich ja nicht einmal, ob es sich um das Grab jener jungen Frau handelt, die ich meine. Ihren Namen habe ich vergessen. Und selbst wenn es das richtige Grab ist, ich kannte sie nur flüchtig, hatte sie auch lange vergessen. Sie kam mir erst wieder ins Bewußtsein als ich am letzten Sonntag Abend das 'Todeslied' hörte. Das hat mich nachhaltig beeindruckt. Und deshalb habe ich mich auf die Suche gemacht. Daher nochmals, ich wollte Ihre Gefühle nicht verletzen. Entschuldigen Sie. Ich gehe schon."

Die Frau blickte mich mit großen Augen an, wirkte nun fast ängstlich.

„Sie sprechen wirr. Ist etwas mit Ihnen ?"

Wie kam sie darauf ? Ich war doch völlig klar bei Verstand.

„Entschuldigen Sie, ich spreche keineswegs wirr. Es sind alte Erinnerungen. Es ist schließlich nicht ungewöhnlich, wenn einem Menschen im Alter Begebenheiten aus der Jugend in Erinnerung kommen und er dann beginnt, den alten Spuren nachzugehen. Ich könnte Ihnen das ganz genau erklären. Aber das wird Sie vermutlich gar nicht interessieren. Wissen Sie, meine Gefühle haben noch nie jemanden interessiert. Aber das macht mir nichts aus; damit muß ich selbst klar kommen. Und das bin ich gewohnt."

„Tut mir leid, wenn ich Sie jetzt beleidigt habe, das wollte ich nicht. Aber bitte verstehen Sie auch mich. Ich muß die Sache doch seltsam finden. Ich komme ans Grab meiner Schwester, ich besuche es zweimal die Woche, im Sommer auch jeden Abend, wenn ich wässern muß und nur selten steht dann jemand am Grab, höchsten mal eine ehemalige Schulkameradin. Und heute komme ich her, treffe einen älteren Mann, einen Fremden, der das Grab photographiert und offensichtlich Jahrzehnte nach ihrem Tod danach gesucht hat und dann auch noch von einem Todeslied redet. Das muß mir doch merkwürdig erscheinen. Wissen Sie, das Grab hätte eigentlich schon vor etwa fünfzehn Jahren eingeebnet werden sollen. Ich wollte es aber nicht. Es ist die letzte Erinnerung an Carola, meine kleine, liebe Schwester."

Ihr standen nun Tränen in den Augen.

„Und plötzlich, nach so langer Zeit, finde ich hier einen fremden Mann, der sich nach über vierzig Jahren noch an sie erinnert, irgendwie Sehnsucht nach ihr zu haben scheint, der vielleicht etwas über sie weiß, was mir unbekannt ist."

Die Frau tat mir leid. Sie wirkte nett und lieb. Hatte ich anfangs gedacht, sie würde mir Vorwürfe machen, weil ich das Grab photographierte, so spürte ich nun, daß auch in ihr Erinnerungen hochkamen, unangenehme Erinnerungen, die auch Dinge zu enthalten schienen, die sie nicht so recht verstand.

„Entschuldigen Sie, ich will Sie nicht verletzen. Ich weiß auch nicht sehr viel von dieser Frau, falls sie überhaupt Ihre Schwester war. Aber ich kann es Ihnen gerne erzählen, falls Sie das möchten. Es ist ja auch nichts dabei, für das man sich schämen müßte."

Die Frau zog ein Taschentuch hervor, wischte damit über ihre Augen. Dann blickte sie mich an und meinte.

„Irgendwie wirken Sie sympathisch. Auch wenn Sie nicht viel wissen, es interessiert mich schon. Hier wird mir aber allmählich kalt. Wissen Sie was, ich lade Sie zu einem Kaffee ein, ich wohne nicht weit von hier. Ich heiße Ursula Setzmann. Haben Sie Zeit?"

„Ich habe Zeit und nehme Ihre Einladung gerne an. Ich heiße Fritz Peter Heßberger und wohne im Nachbarort, in Karlstein, genau genommen, im Ortsteil Großwelzheim."

Wir brachen auf, gingen ein paar Straßen, erreichten schließlich ein Einfamilienhaus mittlerer Größe.

„Ich habe auch ein paar Hausschuhe für Sie. Sie können Ihre Stiefel ruhig ausziehen."

Sie führte mich ins Wohnzimmer.

„Warten Sie einen Moment. Ich mache Kaffee."

Sie kam bald zurück, brachte außer einer Kanne Kaffee zwei Tassen mit Unterteller, Zucker, ein paar Döschen Milch, auch noch eine Platte mit Streuselkuchen, Kuchenteller und kleine Gabeln.

„Der Kuchen ist richtig selbst gebacken, keine Backmischung. Den Hefeteig und die Streusel mache ich selbst. Das Rezept stammt noch von meiner Großmutter. Ich backe jeden Samstag, manchmal mit Streuseln, manchmal mit Streuseln und Äpfeln, oder auch mit Zwetschgen, wenn Zwetschgenzeit ist oder auch Käsekuchen. Das bedeutet zwar viel Aufwand, aber ich tue es gerne. Ich bin allein und habe Zeit."

„Sie leben hier allein ?"

„Ja, ich bin verwitwet, mein Mann ist vor fünf Jahren gestorben und meine beiden Kinder sind schon längst aus dem Haus. Sie wohnen auch nicht hier, besuchen mich nur gelegentlich."

„Ich lebe auch allein, bin allerdings seit siebzehn Jahren geschieden, habe auch zwei erwachsene Kinder. Meine Tochter wohnt aber mit im Haus. Sie hat aber ihre eigene Wohnung im Obergeschoß. Sie ist verheiratet."

„Ich habe drei Enkel. Die älteste ist acht, der jüngste vier Jahre."

Ich probierte den Kuchen.

„Er schmeckt herrlich, wirklich toll", meinte ich. Und das war ehrlich gemeint. Ursula strahlte.

„Das freut mich. Warten Sie ein Moment."

Nach kurzer Zeit erschien sie mit einem Photoalbum. Sie schlug es auf, blätterte ein bißchen darin, deutete dann auf das Photo eines jungen Mädchens.

„Das ist Carola. Das Photo wurde an ihrem achtzehnten Geburtstag aufgenommen, kurz bevor das Unheil begann."

Ich blickte das Photo intensiv an; es dauerte eine Weile bis ich völlig sicher war.

„Ja", sagte ich dann, „das ist das Mädchen, das ich meine."

Und dann erzählte ich Ursula von den drei Begegnungen.

„Ja, zweifelsohne, das war Carola. Ich frage mich heute noch immer, warum es so kommen mußte. Sie war ein aufgewecktes, intelligentes Mädchen, lebenslustig, unbeschwert, aber auch manchmal in sich gekehrt, nachdenklich; sie wollte alles über die Welt, das Leben und

auch über Gott wissen. Unsere Eltern verstanden das nicht. Wir waren einfache Leute. Mein Vater arbeitete in einer Fabrik, meine Mutter war Hausfrau. Sie waren brave Leute. Carola war schon in der Volksschule sehr gut, wollte aufs Gymnasium. Ich war auch nicht dumm, das dürfen Sie nicht denken. Aber unsere Eltern hatten da kein Verständnis. Ihrer Meinung nach brauchten Mädchen keine höhere Schulbildung. Sie sollten heiraten und Kinder bekommen, wenn sie erwachsen sind und vorher noch einige Jahre Geld verdienen. Meine Mutter hatte auch keinen Beruf erlernt. Ich durfte schließlich nach der Volksschule Schneiderin lernen. Carola setzte sogar durch, daß sie auf die Mittelschule gehen durfte. Sie lernte dann Steuergehilfin. Na ja, ich habe dann später auch die Mittlere Reife nachgeholt und dann in Frankfurt eine Schule für Modedesign besucht. Dann habe ich Ludwig geheiratet, er war Elektriker, zwei Töchter bekommen und als sie älter waren habe ich dann wieder in meinem Beruf gearbeitet. Er macht mir noch immer Spaß. Ich arbeite in einer Kleiderfabrik als Designerin für Damenmode."
Sie lachte.
„Unser Chef ist da noch richtig altmodisch. Denken Sie nicht, daß wir nur Sonntagskleider für die Dorfschönheiten aus dem Kahlgrund herstellen; nein, wir produzieren schon auch für den internationalen Markt. Aber unser Chef nennt den Betrieb noch immer 'Kleiderfabrik'. Er lehnt es strikt ab, ihm so einen komischen englischen Namen zu geben. Er mag so etwas nicht. Es ist auch schön, mit jungen Leuten zusammenzuarbeiten, solchen, die noch zuhören können und etwas lernen wollen. Deshalb bleibe ich auch bis April nächsten Jahres, bis ich die Altersgrenze erreiche. Und was machen Sie?"
„Ich bin Physiker, arbeite in einem Forschungszentrum in Darmstadt; ich habe auch noch ein Jahr bis zur Rente."
Die Unterhaltung zog sich so hin. Wir erzählten viel über uns, unsere Arbeit, unsere Interessen, Carola wurde dabei kaum erwähnt. Über sie erfuhr ich nichts weiter. Es wurde allmählich dunkel.
„Ich denke, ich muß gehen. Ich muß ja schließlich noch heimlaufen, und samstags abends gehe ich dann den Winter über üblicherweise in die Sauna. Es war nett mit Ihnen, hat mir wirklich gefallen. Wissen Sie, ich habe eigentlich niemanden, mit dem ich mich so richtig unterhalten kann. Mit den meisten Leuten redet man aneinander vorbei,

das heißt, im Grunde interessiert niemanden, was der andere sagt. Da kann man sich eine Unterhaltung eigentlich sparen. Bei Ihnen ist das anders. Irgendwie haben wir gleich einen Zugang zueinander gefunden. Aber über Ihre Schwester habe ich kaum etwas erfahren. Es wäre daher schön, wenn wir uns wieder einmal treffen könnten."

„In die Sauna gehen Sie?"

„Ja, den Winter über regelmäßig; schon seit zehn Jahren."

„Ich mag das auch. Mein Mann mochte es aber nicht. Deswegen ging ich oft mit einer Freundin. Sie ist allerdings vor zwei Jahren gestorben. Und alleine zu gehen, dazu konnte ich mich bisher nicht aufraffen."

„Wenn Sie mögen, dann können Sie ja auch einmal mit mir kommen. Ich fahre nach Großwallstadt. Das ist eine sehr schöne Anlage."

Das war mir jetzt gerade so herausgerutscht und ich rechnete gar nicht mit einer Reaktion. Doch zu meiner Verwunderung antwortete Ursula.

„Warum nicht? Aber wissen Sie, ich bin unkompliziert, spontan, direkt und schiebe Dinge nicht gerne auf die lange Bank. Ich habe heute Abend noch nichts vor und könnte mitkommen."

Ich war überrascht, aber nicht so überrascht, daß es mir die Sprache verschlagen hätte.

„Ich gehe üblicherweise für drei Stunden hin. Und ab acht Uhr gibt es einen Abendtarif. Wäre das in Ordnung für Sie?"

„Ja, das wäre gut, einverstanden."

„Gut, dann komme ich so kurz nach halb acht vorbei. Und dann noch etwas: wenn wir schon zusammen in die Sauna gehen, dann könnten wir uns eigentlich auch duzen. Es klingt ein bißchen komisch, wenn wir da zusammen sind und uns siezen."

„Da hast du Recht."

Ich holte sie dann zur vereinbarten Zeit ab und wir fuhren nach Großwallstadt. Ich sagte ihr unterwegs, wir müßten da nicht unbedingt die ganze Zeit über wie zwei Kletten aneinanderhängen, jeder könne durchaus seiner eigenen Wege gehen. Es genüge, wenn wir uns kurz vor elf im Umkleideraum wieder treffen. Ursula meinte darauf allerdings, der Vorschlag sei zwar im Prinzip vernünftig, sie kenne aber die Anlage nicht und so sei es beim ersten Mal sicher besser, wenn wir zusammenblieben. Sie wolle mir aber nicht lästig sein. Ich lächelte und meinte.

„Ich will dich nicht bevormunden und du willst mir nicht lästig sein. Jeder will mit besten Absichten Rücksicht auf den anderen nehmen. Ich sehe, wir finden sehr schnell zueinander. Wir sollten nur über alles reden, damit keine Mißverständnisse aufkommen."

„Das tun wir ja auch."

Es wurde ein angenehmer Abend. Ursula gefiel mir von Stunde zu Stunde besser. Sie war ihrem Alter entsprechend noch recht hübsch, hatte wohl stets auch auf ihre äußere Erscheinung Wert gelegt, war einigermaßen schlank, machte einen geistig aufgeweckten Eindruck. Sie war so unkompliziert und erfrischend. Welch ein Gegensatz zu den überdrehten Weibern, mit denen ich üblicherweise zu tun habe ! Sie war schon die Frau, nach der ich mein Leben lang gesucht hatte. Während der Rückfahrt beschlossen wir dann unterwegs noch eine Pizzeria aufzusuchen und etwas zu essen. Wir unterhielten uns angeregt, Carola kam nicht zur Sprache. Wir waren zu sehr miteinander beschäftigt.

„Für morgen ist schönes Wetter angesagt. Ich plane wandern zu gehen. Hast du Lust mitzukommen ?"

„Wandern ? Ja, das mache ich gerne."

„Größere Strecken ?"

„Ja, ich bin gut zu Fuß."

„Hast du irgendwelche Lieblingsstrecken oder Vorschläge, wo wir laufen könnten ?"

Sie überlegte kurz.

„Nein, da müßte ich nachdenken. Aber dazu habe ich jetzt keine Lust. Schlage etwas vor, du hast doch sicherlich schon einen Plan."

Gegen ein Uhr, als die Pizzeria schloß, brachte ich sie nach Hause. Wir verabredeten uns dann für elf Uhr.

Die Erzählungen der Schwester

Ich holte sie zu der vereinbarten Zeit ab. Wir fuhren dann zum Karlsteiner Wasserwerk, stellten auf dem Waldparkplatz das Auto ab, wanderten durch das Pfahlloch nach Rückersabach, von dort aus über die Höhe, an Reichenbach vorbei, zur Heimbacher Mühle, dann weiter durch Heimbach in Richtung Molkenberg. Oben auf der Höhe gibt es Rastplätze, ausgestattet mit Tischen und Bänken. Es war sonnig, fast angenehm warm.

„Ich denke, wir haben eine kurze Ruhepause verdient", meinte ich und kramte zwei mit Plastikfolie überzogene Kissen aus meinem Rucksack hervor.

„Die können wir unterlegen. Da dringt keine Nässe durch."

Wir nahmen Platz. Ursula holte eine Thermoskanne und ein Päckchen Kuchen aus ihrem Rucksack.

„Den Kuchen kennst du ja schon", sagte sie, „und in der Thermoskanne ist Früchtetee. Magst du den ?"

„Ja, sicher."

„Oh, ich habe leider nur einen Becher dabei. Macht dir das etwas aus?"

„Ich denke nicht, daß du giftig bist."

Sie lachte. Wir aßen und tranken.

„Ich gehe öfters diesen Weg, besonders im Winter, wenn die Sonne scheint. Die Strecke führt, wie du gesehen hast, weitgehend durch Felder und Wiesen und da kann man die Sonne so richtig genießen, während es im Wald schattig und kühl ist."

„Ja, es ist angenehm."

„Im Frühjahr oder Frühherbst, wenn es abends noch länger hell ist, laufe ich oft auch von Molkenberg aus zum Hahnenkamm, kehre dort in der Gastwirtschaft auf dem Gipfel ein. Im Sommer wandere ich weniger, dann bin ich meistens den ganzen Sonntag über mit dem Fahrrad unterwegs, aber normal angezogen. Ich mag diese Radfahrerkleidung mit den Werbeaufdrucken nicht."

Ursula lachte.

„Ich mag sie auch nicht. Die sehen ja auch aus, als hätten sie sich bei der Tour de France verfahren. Ich fahre im Sommer auch gerne Fahrrad, aber keine große Strecken, meistens nur ein Stück den Main – Radwanderweg entlang. Sonntags gehe ich üblicherweise in der Nähe des Dorfes spazieren oder fahre nach Aschaffenburg zum Schönbusch. Der Park ist groß und man kann lange kreuz und quer umherlaufen. Große Wanderungen im Spessart mache ich nicht. Ich würde es gerne tun. Aber allein ? Ehrlich gesagt, ich habe ein bißchen Angst davor, so einsam durch die Wälder zu laufen. Ansonsten lese ich gerne abends, im Sommer auf der Terrasse bis es dunkel wird, im Winter im Sessel im Wohnzimmer. Im Moment lese ich ein Buch von Dostojewski, es heißt 'Die Erniedrigten und Beleidigten'. Kennst du es ?"

„Ich habe es einmal gelesen, vor mehr als vierzig Jahren, erinnere mich nur noch dunkel an den Inhalt. Soweit ich noch weiß, handelt es von einem jungen Mann, der mit dem unglücklichen Schicksal anderer Menschen konfrontiert wird. Und obwohl er selbst todkrank ist, versucht er zu helfen, zu versöhnen, aber ich glaube, es gelingt ihm nur teilweise und am Ende ist er allein."

„Ja, so ungefähr ist das richtig. Das Buch hat mich sehr beeindruckt. Ich habe es noch nicht fertig gelesen. Und jetzt, wo ich dich kennen-gelernt habe, denke ich fast, daß es deine Träume von meiner Schwester beeinflußt hat. Auch wenn du den Inhalt so ziemlich ver-gessen hast. Aber im Unterbewußtsein war es noch präsent. Du denkst jetzt, du hättest ihr auch so selbstlos helfen sollen. Ich denke dabei an das Kapitel, als Natascha ihre Eltern verläßt und sich dem Sohn des Fürsten zuwendet. Es weißt gewisse Parallelen auf. Auch Carola liebte Christian. Sie ignorierte einfach, daß Christians Eltern sie im Grunde ablehnten, sich eine andere Frau für ihren Sohn wünschten. Auch der Vater des Fürsten wünschte sich eine andere Frau für seinen Sohn. Er hatte schon eine ausgesucht. Natascha igno-rierte das. Sie glaubte, sie könnte Aljoscha für sich gewinnen, wußte aber schon, daß sie scheitern würde, ihr Weg ins Unglück führte. Sei nun nicht beleidigt. Aber du glaubst wahrscheinlich auch, du hättest das ändern können. Das konntest du aber nicht. Sie hat dich ja da-mals in der Diskothek sozusagen abblitzen lassen. Und dann hast du sie bis zu dem Sonntag in der Kneipe nicht mehr gesehen. Als sie nachdem Christian mit ihr Schluß gemacht hatte ins Unglück stürzte, warst du gar nicht im Spiel."

Ich dachte kurz nach. Ursulas Worte blieben mir unklar. Sie hatte wohl auf die Ereignisse, die ins Unheil führten angespielt. Ich kannte aber die Zusammenhänge nicht, meinte daher.

„Vielleicht ist es in der Tat so. Es war mein Denken in meiner Ju-gend. Einem Mädchen zu helfen, das in Not ist und dann ihre Zunei-gung und Liebe zu gewinnen. Das ist wirklich naiv. Ich habe es auch nie erlebt. Und wenn man das zu Ende denkt, so kommt man auch zu dem Schluß, daß eine solche Zuneigung vielleicht doch einen großen Anteil an Dankbarkeit enthält. Wahre Zuneigung hält ewig. Dankbarkeit, allerdings, verblaßt mit der Zeit. Und so wird diese Art Zuneigung immer schwächer. Aber ist ist doch so, man sehnt sich nach Liebe und Zuneigung, findet sie allerdings nicht, malt sich daher in seiner Phantasie allerhand aus. Und in der Realität stellt man dann fest, daß sogenannte Zuneigung oft mit Egoismus gepaart ist. Man heuchelt Zuneigung, weil man den anderen als Werkzeug zur Erreichung der eigenen Ziele, zur Befriedigung seines Egoismus braucht. Und dann kommt irgendwann die Erkenntnis, daß es besser ist, alleine zu bleiben. Aber oft kommt sie zu spät und man ist bereits in einem Netz gefangen, aus dem es kein Entrinnen mehr gibt."

„Das ist deine Erfahrung, das muß nicht unbedingt so sein. Ich habe eigentlich eine recht gute Ehe geführt. Sie war zwar nicht das, was ich mir erträumt hatte, aber eine wirkliche Enttäuschung war sie auch nicht."

Wir brachen auf, wanderten ein Stück den Dr. Degen – Weg entlang, dann weiter Rückersbach und schließlich zurück zum Wasserwerk. Als es zu dunkeln begann erreichten wir den Parkplatz, fuhren zu Ursulas Wohnung. Ich nahm Platz auf dem Wohnzimmersofa. Sie bereitete Kaffee, brachte Kuchen, setzte sich zu mir.
Dann begann sie zu reden.
„Du wolltest ja eigentlich auch etwas über Carola wissen. Bisher haben wir hauptsächlich über uns gesprochen, haben sie ausgelassen. Ich denke, nun sollst du endlich erfahren, was damals geschehen ist. Carola war ein aufgewecktes, lebenslustiges Kind, schon von klein auf extrem wißbegierig. Sie wollte alles wissen, über die Natur, über die Umgebung, die Menschen, die Technik. Insbesondere interessierten sie die Sterne. Sie konnte oft stundenlang bei Dunkelheit aus dem Fenster blicken, schaute zum Himmel, fragte dann, wie die Sterne hießen, wie weit sie weg seien, aus was sie bestünden, warum sie leuchteten und ob da auch Menschen lebten. 'Sehen die Menschen dort aus wie wir oder sind es kleine grüne Männchen ?' fragte sie einmal, 'das mit den grünen Männchen habe ich mal gelesen. Sehen die dann aus wie die Ampelmännchen ? Und warum sind sie grün und

wir nicht ?' Unsere Eltern konnten da oft nur wenig Auskunft geben und so hieß es dann meistens: das verstehst du nicht, dazu bist du noch zu klein. Sie war dann immer ganz traurig, fragte, wann sie endlich groß sein würde und das alles verstehen könne. Als sie dann lesen konnte, vergrub sie sich oft in Bücher, meistens an Regentagen oder im Winter, wenn es früh dunkel wurde, denn bei schönem Wetter hielt sie es im Haus nicht aus, da mußte sie draußen sein. Man versteht das heute kaum noch, aber wir hatten damals noch keinen Fernsehapparat; den ersten kaufte mein Vater wegen der Fußballweltmeisterschaft in England. Es gab keine Mobiltelefone, kein Internet, keine Computerspiele, nichts von dem, was die Kinder heute unbedingt zum Leben brauchen."

„Wem sagst du das", unterbrach ich sie, „ich kenne es auch, ich war auch immer draußen, bis ich aufs Gymnasium kam. Unser Revier waren die Mainwiesen. Einmal, ich war damals in der dritten Klasse, hatten wir mit Matratzen, die wir auf einer Müllkippe fanden, das Oberbörnchen, das war so ein kleiner Bach, der durch die Wiesen zum Main hin floß, aufgestaut. Das war im November. Und nach zwei Tagen war ein größerer Teil der Wiesen überschwemmt. Als dann der Frost kam, hatten wir eine wunderbare Eisbahn. Als ich dann aber aufs Gymnasium kam, drohte mir meine Mutter an, mich wieder auf die Volksschule zurückzuholen wenn ich schlechte Noten hätte. Diese Schmach wollte ich natürlich nicht erleben und fühlte mich daher verpflichtet, den ganzen Nachmittag zu lernen. Zeit zum Spielen blieb dann nur am Samstag Nachmittag und in den Ferien."

„Soweit kam es bei uns nicht. Carola war eine sehr gute Schülerin, die Beste in der Klasse. Aber aufs Gymnasium durfte sie nicht. Unsere Eltern waren der Meinung Mädchen brauchen kein Abitur. Schließlich erreichte sie aber, daß sie die Mittelschule besuchen durfte. Nach dem Abschluß gab es dann wieder Streit. Carola interessierte sich für Technik, wollte einen technischen Beruf ergreifen. Aber unsere Eltern waren der Meinung so etwas passe nicht zu einem Mädchen, sie solle einen Büroberuf ergreifen. Also begann sie eine Lehre in einem Steuerberatungsbüro in Aschaffenburg. Das interessierte sie zwar weniger, aber sie war ehrgeizig, wollte auch in der Berufsschule die Beste sein. Allerdings, das Lernen fiel ihr leicht, sie war daher nicht darauf fixiert. Sie ging auch gerne aus, gerne zum

Tanzen. Es gab damals ja oft Sonntag nachmittags Veranstaltungen für Jugendliche. Und oft ging sie auch in eine Diskothek, meistens nach Großwelzheim. Du kennst sie ja auch. Dann lernte sie Christian kennen. Sie war damals knapp siebzehn. Er war zwei Jahre älter und ihre große Liebe. Na ja, was man eben in diesem Alter für die große Liebe hält. Ich würde eher sagen, es war eine große Schwärmerei. In der Zeit bist du ihr ja damals auch begegnet."

„Ja, das war so im Herbst 1972."

„Zunächst ging auch alles gut. Sie vernachlässigte auch weder Arbeit noch Berufsschule. Aber die Wirklichkeit wollte sie nicht sehen. Für sie war Christian eben die große Liebe; er sah das anders. Carola war für ihn eine hübsche Freundin, mit der er vor seinen Freunden angeben konnte und die auch mit ihm ins Bett ging. Er stammte auch aus ganz anderen Familienverhältnissen. Und er war ein verwöhnter Junge. Sein Vater hatte eine Führungsposition in einer Bank in Frankfurt. Sie hielten sich für bessere Leute; und ein Mädchen aus einer Arbeiterfamilie war keine passende Freundin oder Frau für ihren Sohn. Sie ließen Carola spüren, daß sie sie ablehnten. Das kränkte sie. Aber Christian versprach Carola zu ihr zu halten und seine Eltern eines Tages davon zu überzeugen, daß sie eine würdige Schwiegertochter sei. Carola glaubte ihm und ihre Schwärmerei überwog die Kränkungen. Dann übernahm der Vater die Leitung einer Bank in Köln und die Familie zog weg. Das alles kam sehr überraschend. Christian hatte mittlerweile begonnen in Mainz zu studieren, hatte dort auch eine Studentenbude und versprach natürlich hoch und heilig, daß sich nichts ändern würde. Er kam dann auch noch anfangs jedes Wochenende, übernachtete bei seiner Großmutter, die in Alzenau wohnte. Doch nach und nach wurden die Besuche seltener. Er begründete es damit, daß seine Eltern ihn auch sehen wollten. Aber das war nicht die volle Wahrheit. Kurz nach ihrem achtzehnten Geburtstag machte er dann Schluß, sagte, er habe nun eine Freundin, die besser zu ihm passe und auch seinen Eltern recht sei. Für Carola brach eine Welt zusammen. Und der Abstieg begann. Am Wochenende danach kam sie zum ersten Mal völlig betrunken nach Hause. Dann lernte sie Bert kennen. Der wohnte in Hanau in einer Kommune, war ein Taugenichts, ging keiner geregelten Arbeit nach, nahm Drogen. Aber er konnte schön daherreden, war nett. Er hatte Verständnis für

Carola, zumindest sagte er ihr das, tröstete sie, sagte, er liebe sie und er brauche sie. Er machte ihr auch weiß, sie übe einen positiven Einfluß auf ihn aus und er werde sich bessern. Alles nur leere Worte, aber Carola klammerte sich an sie. In Wirklichkeit zog er sie immer tiefer in seinen Sumpf hinein. Und sie kam mit Drogen in Kontakt, rauchte erst Haschisch, nahm dann LSD, spritzte schließlich Heroin. Du weißt sicher wie das ist. Und so nach und nach vernachlässigte sie ihre Lehre immer mehr. Und nach einem knappen halben Jahr, es war Anfang Februar 1974, hatte Bert genug von ihr und machte Schluß."

Ursula unterbrach ihre Rede. Ihre Augen waren feucht geworden. Sie nahm ein Taschentuch, wischte über ihr Gesicht. Sie ging in die Küche um sich einen Tee zu kochen, fragte mich, ob ich auch einen wolle. Dann kam sie mit zwei Tassen zurück, setzte sich.

„Nun ging alles sehr schnell. Carola hätte wirklich dringend Hilfe gebraucht. Noch war sie nicht verloren. Aber sie fand keine. Unsere Eltern hatten keinerlei Verständnis für sie, warfen ihr vor, daß sie sich herumtreibe, ein Flittchen geworden sei, ihre Lehre vernachlässige. Zu so etwas hätten sie sie nicht erzogen; sich müßten sich ja schon vor den Nachbarn schämen, weil sie so eine verkommene Tochter hätten. Sie solle sich gefälligst zusammenreißen oder das Haus verlassen. Ich hätte mich um sie kümmern, ihr Halt geben müssen, aber ich tat es nicht. Ich hatte kurz zuvor Ludwig, meinen späteren Mann, kennengelernt und hatte nur Augen für ihn. Alles andere interessierte mich damals nicht. Und sonst hatte Carola niemanden. Sie ging dann kaum noch zur Arbeit und so um Ostern 1974 herum wurde sie schließlich rausgeschmissen. Das gab natürlich Ärger mit den Eltern und zwei Wochen später verließ sie dann das Haus. Was sie danach trieb, das erfuhren wir nie. Etwa vier Wochen später fand man sie im Wald zwischen Kahl und Alzenau. Sie hatte sich mit Tabletten vergiftet. Den Todestag weiß ich nicht genau. Die gerichtsmedizinische Untersuchung ergab, daß sie bereits etwa zwei Tage tot gewesen sein mußte als man sie fand. Deswegen haben wir dann auch den 28. Mai auf den Grabstein geschrieben."

Ursula begann zu weinen. Ich wollte sie zu trösten, fand aber nicht die richtigen Worte, legte daher lediglich meinen rechten Arm um ihre Schulter.

„Tut mir leid, daß ich weine, aber es war furchtbar. Ich durchstöberte ihre Sachen, fand dann auch Aufzeichnungen aus dem späten Winter, die ihre Trostlosigkeit und ihr Elend ausdrückten. Und immer wieder war zu lesen, daß das Leben für sie seinen Sinn verloren hatte und sie sterben wolle."

Ursula blickte mich mit feuchten Augen an.

„Aber welche Kraft muß in ihr noch gesteckt haben, daß sie noch drei Monate durchhielt. Da war doch noch Hoffnung vorhanden, daß sie noch jemand finden würde, der ihr helfen würde wieder Boden unter die Füße zu bekommen, trotz dieser beklemmenden Aufzeichnungen. Ich bin sicher, sie wollte noch leben, hoffte noch auf Hilfe. Aber es kam nichts. Und so zog sie schließlich die Konsequenzen."

Ich schwieg betroffen, versuchte auch gar nicht Ursula zu beruhigen, wußte ohnehin nicht, was ich hätte tun sollen. Und so ließ ich sie ihren Schmerz ausweinen. Schließlich trocknete sie die Tränen.

„Entschuldige, daß ich mich so gehen ließ", meinte sie.

„Es ist schon gut", antwortete ich, „schließlich bin ich schuld daran. Ich wollte die Geschichte wissen und habe dabei alte Wunden aufgerissen. Es tut mir leid. Das wollte ich nicht."

„Es ist schon gut", entgegnete Ursula jetzt, „weißt du, ich habe das damals sehr rasch verdrängt, meine Eltern auch. Wir haben uns eingeredet wir hätten keine Schuld. Dieser Selbstbetrug hat hat lange funktioniert, bei meinen Eltern bis zu ihrem Tod, bei mir bis vor ein paar Jahren. Aber nachdem mein Mann gestorben und ich alleine war, da kam das alles wieder hoch. Und das schlimmste war, ich konnte mit niemandem darüber sprechen. Mit meiner Freundin wollte ich nicht darüber reden. Sie kannte das ja alles auch und ich fürchtete, sie würde mir keinen Trost geben, sondern nur Vorwürfe machen. Und vor meinen Kindern schämte ich mich, war stets froh, wenn sie nicht nach ihrer Tante fragten. Du bist der erste, dem ich das erzähle. Ich kenne dich zwar erst einen Tag, aber ich fühle, daß du mich verstehst. Sei mir jetzt nicht böse, aber irgendwie habe ich den Eindruck, daß du dich auch ein bißchen schuldig fühlst, obwohl du mit de ganzen Sache nichts zu tun hattest. Als du sie damals in der Diskothek trafst, da war sie total in Christian verliebt, da hattest du keine Chancen bei ihr, und bei der Begegnung in der Kneipe hattest du eine andere Freundin, gerade seit ein paar Wochen. Hättest du sie sitzen lassen sollen wegen einer Fremden, die einen unglücklichen Eindruck machte? Das hätte doch keiner getan."

„Aber sie brauchte doch Hilfe. Das habe ich verstanden."

„Aber ob sie gerade deine angenommen hätte? Was hättest du denn getan? Wärst zu ihr hingegangen, hättest gesagt 'Mädchen, du bist schlecht drauf. Ich will dir helfen.' Wahrscheinlich hätte sie dich nur ausgelacht und gesagt 'Typ, verzieh dich, du störst.' Im übrigen, nehme mir das nicht übel, ich glaube dir nicht ganz. Die Assoziation zwischen dem 'Todeslied' und ihrem Tod hast du vermutlich erst hergestellt, nachdem du von ihrem Selbstmord erfahren hast. In der Kneipe damals hat dich wahrscheinlich nur genervt, daß sie dauernd dieses Lied gewählt hat."

„Vielleicht; vielleicht auch nicht; vielleicht hätte sie auch meine Hilfe angenommen. Man hätte es auf jeden Fall versuchen müssen. Das mit der Freundin ist ja schließlich auch schief gegangen und mittlerweile bin ich seit siebzehn Jahren geschieden. Wenn man es nicht probiert, weiß man auch nicht, was herauskommt."

„Und was ist mit den fünfundzwanzig Jahren dazwischen? Du warst damals jung, in deine Freundin verliebt, konntest dir nicht vorstellen, wie die Sache ein Vierteljahrhundert später ausging. Vor ein paar Tagen ist dir Carola wieder eingefallen, du hast dir ein bestimmtes Bild von ihr gemacht und dir ausgemalt, wie schön dein Leben mit ihr verlaufen wäre. Aber das sind doch nur Träume. Meinst du, es wäre wirklich so abgelaufen, wie du dir das vorstellst? Es ist viel zu spät, man kann nur noch spekulieren. Aber das hilft nicht weiter."

Wir schwiegen eine Weile, schauten einander an. Ich hatte den Eindruck, daß sie das gleiche dachte wie ich, sagte aber nichts.

Es mag lächerlich klingen, aber ich hatte das Gefühl, daß uns eine Tote zusammengebracht hatte und war mir sicher, daß sie es auch so empfand. Wir kannten uns aber gerade einmal einen Tag und keiner wollte aus gutem Grund darüber reden, da es zwar ein vorhandenes, aber dennoch nur unbestimmtes Gefühl war, noch keine Form hatte, noch nicht in die Zukunft wies.

„Es ist schon recht spät geworden", unterbrach Ursula schließlich das Schweigen, „ich mache uns etwas zum Abendessen. Du bleibst doch noch?"

„Gerne."

Ich blieb noch bis etwa zehn Uhr.

„Ich glaube, ich muß jetzt gehen. Ich würde dich aber gerne wiedersehen."

Ihr Gesicht hellte sich auf. Sie strahlte.

„Sehr gerne. Und wann ? Die nächsten Tage bin ich ausgebucht, habe meinen Gymnastikkurs, ein Treffen mit ehemaligen Schulkameraden, zwei Abendtermine in der Firma. Aber am Freitag habe ich noch nichts vor. Wäre das recht ?"

„Sicher", antwortete ich, „um sieben ?"

„Ja, in Ordnung."

Ich verabschiedete mich, fuhr nach Hause.

Eine neue Freundschaft

Wir hatten uns für Freitag Abend verabredet. Ich kam so kurz vor sieben an. Ursula bat mich ins Wohnzimmer.

„Ich habe etwas für dich."

Sie überreichte mir ein Photo Carolas; es zeigte eine strahlende, hübsche, junge Frau.

„Es ist das Photo aus dem Album, das ich an ihrem achtzehnten Geburtstag aufgenommen hatte, kurz bevor das Unheil begann. Ich habe es abkopieren lassen. Das Negativ existiert nicht mehr. Wer hätte damals gedacht, daß sie ein Jahr später tot war ?"

Ihre Augen feuchteten sich.

„Ich hoffe, es gefällt dir; aber, sei mir nicht böse, laß dir gesagt sein, vergrabe dich nicht in deine Erinnerungen. Du hast keine Schuld und mit einer Toten kann man nicht leben."

Ich lächelte.

„Danke für die Worte. Aber es ist auch gar nicht notwendig mit einer Toten zu leben, wenn es eine Lebendige gibt."

„Was meinst du damit ?"

„Ich denke, ich habe mich klar ausgedrückt."

„Erwarte nicht zu viel."

„Ich erwarte gar nichts. Aber man sollte den natürlichen Verlauf der Dinge nicht behindern. Das führt zu nichts, außer zu Frust. Hinterher

bereut man es. Dann ist es aber oft zu spät, da das Leben weiterge-
wandert ist."

„Vermutlich hast du recht. Aber man sollte sich kein festes Ziel setzen, den Weg offen lassen. In eine bestimmte Richtung zu drängen
ist genau so falsch, wie eine Entwicklung zu blockieren."

„Das ist genau das, was ich meine. Niemand drängt uns zu etwas.
Und es macht auch keinen Sinn, darüber zu jammern, was man bisher versäumt hat, der Vergangenheit nachzutrauern und sich gegen
Entwicklungen zu sperren. Man sollte vielmehr darüber nachdenken,
welche Möglichkeiten sich noch bieten."

„Du meinst, unsere Zukunft ist überschaubar, aber noch nicht vorüber?"

„So kann man es sagen."

„Es ist seltsam; wir haben uns an einem Grab kennengelernt und irgendwie scheint uns eine Tote zu verbinden. Aber es verbindet uns
nicht der Tod, sondern das Leben", meinte Ursula und lachte dabei,
„ich philosophiere nun ein bißchen und vielleicht klingt es dumm.
Sagen wir es einfacher: ich wäre froh, wenn ich dich in Zukunft öfters sehen könnte."

„Da spricht nichts dagegen. Aber wir sollten jetzt essen gehen."

Wir suchten ein kleines Restaurant auf.

„Gehst du eigentlich gerne ins Theater?" fragte ich sie einmal so nebenbei während unserer Unterhaltung.

„Eigentlich schon, aber meinen Mann hatte das nie interessiert. Er
schaute lieber Fußball im Fernsehen an. Ab und zu ging ich mit meiner verstorbenen Freundin. Und du?"

„Früher ging ich öfter. Aber irgendwie wurden die Aufführungen in
den letzten Jahren immer schlechter. Meinem Eindruck nach arteten
sie immer mehr in Klamauk aus. In dieser Saison war ich noch nicht
im Theater. Ende Februar gibt es eine Aufführung der Operette 'Ein
Nacht in Venedig'. Ich habe viel davon gehört, das Stück aber noch
nie gesehen. Morgen Vormittag muß ich ohnehin nach Aschaffenburg. Da wollte ich mir eine Karte besorgen. Das muß man rechtzeitig tun. Hast du Lust mitzukommen?"

„Und wann ist das genau?"

„Am 27. Februar; das ist montags. Rosenmontag."

Ursula lächelte.

„Ja, das geht in Ordnung."

Ich lächelte. Sie einzuladen bedeutete ja nichts anderes, als eine Verabredung für ein Ereignis in vier Wochen zu treffen. Und ihre spontane, freudige Zusage bedeutete nichts anderes, daß sie es tatsächlich ernst meinte als sie sagte, sie möchte mich in Zukunft öfter sehen. Die Verbindung schien sich zu verfestigen. So sah ich es.

„Hast du eigentlich morgen Abend schon etwas vor ?" fragte sie dann.

„Üblicherweise gehe ich ja samstags abends in die Sauna. Aber da bin ich flexibel. Wenn du einen besseren Vorschlag hast. Vielleicht läuft in irgendeinem Kino ein interessanter Film."

Ursula schüttelte den Kopf.

„Nein, ich wüßte nicht. Es war letzte Woche sehr angenehm; es hat mir wirklich sehr gut gefallen und hat mir auch gut getan. Ich komme mit, wenn du mich mitnimmst."

Ich lächelte.

„Nichts tue ich lieber als das."

„Und wenn es dir möglich ist", ergänzte sie, „dann komme aber nicht erst um halb acht, sondern so um fünf. Dann können wir noch zusammen Kaffee trinken und ich backe auch wieder einen Kuchen. Hast du einen speziellen Wunsch ? Käse – Streusel vielleicht ?"

„Nein, habe ich nicht. Alles was du tust und machst ist gut."

Die Frau im Zug

Ich befand mich an jenem Morgen, es mag jetzt etwa zwanzig Jahre her sein, Ende Mai, auf der Fahrt in die Stadt K. zu einem 'Workshop', wie man gewisse Arten von Arbeitstreffen heutzutage zu nennen pflegt. Die Veranstaltung fand allerdings nicht in der Stadt selbst, sondern in einem Tagungszentrum außerhalb statt. Meine Reiseplanung hatte nun ergeben, daß die günstigste Route zu meinem Ziel nicht über den Hauptbahnhof von K. führte; ich verließ den ICE vielmehr bereits in M., nahm von dort aus die Regionalbahn nach B., einem Vorort von K. Von dort aus gab es eine Busverbindung zum Tagungszentrum.

Kurz nach acht Uhr bestieg ich in M. die Regionalbahn. Die Fahrt nach B. sollte etwa fünfzig Minuten dauern. Der Zug war zunächst gut besetzt, leerte sich aber rasch und nach dem vierten Zwischenhalt, nach knapp zwanzig Minuten, befanden sich nur noch eine Frau und ich im Abteil. Ich hatte sie bisher kaum beachtet, in einem Buch gelesen. Sie erhob sich plötzlich von ihrem Platz, ging nach vorne, musterte den vorderen Teil des Waggons. Ich muß hier anführen, es handelte sich bei dem Zug um eine recht merkwürdige Konstruktion. Etwas ähnliches hatte ich bisher noch nicht gesehen. Ich fahre aber auch nicht oft in Zügen auf Nebenstrecken. Es war ein Triebwagen, der sich aus zwei Waggons zusammensetzte. Der vordere, in dem wir uns befanden, war durch eine Wand aus Milchglas, die einen Durchgang hatte, unterteilt. Der vordere Teil, in dem wir saßen, hatte nur hinten Sitzbänke, vorne war ein größerer freier Platz mit einigen Notsitzen und Türen an den Außenwänden, der Raum für Fahrräder und größere Gepäckstücke bot. Die Vorderfront bildete allerdings keine geschlossene Einheit, sondern bestand aus einer großen, zweiflügligen Tür, die nach außen hin aufgeklappt werden konnte. Welchen Zweck dies hatte blieb mir bis heute unklar, da es meiner Meinung recht unzweckmäßig ist, einen Waggon von vorne zu beladen. Vielleicht hatte es Gründe für eine solche Konstruktion gegeben; sie hatte sich aber vermutlich nicht bewährt und so war dieser

Triebwagen wohl ein Einzelstück geblieben und wurde nun auf dieser Nebenstrecke eingesetzt. Der Vollständigkeit halber muß ich noch erwähnen, daß der Führerstand in einem Raum im Obergeschoß untergebracht war und über eine kleine Treppe erreicht werden konnte. Der Triebwagen mußte schon älter sein, denn die Dichtungslippen der Türen an der Vorderseite waren beschädigt und so strömte von außen Luft herein, was allerdings nicht störte, da es draußen bereits warm war.

Ich wurde nun auch neugierig, stand auf, betrachtete die Vordertüren näher, schaute auch nach der Frau hinüber. Sie mochte etwa vierzig Jahre alt sein. Sie war hübsch, hatte schwarze, lockige Haare, die eng am Kopf anlagen, so daß sie fast wie ein Rahmen wirkten. Sie war schlank, trug ein geblümtes Sommerkleid. Sie gefiel mir. Ich unterließ es aber sie anzusprechen, da ich fürchtete, sie könnte das als Belästigung auffassen.

Es war nun aber nicht so, daß nur die Dichtungslippen schadhaft waren und Luft einströmte, auch der Verschluß schien wohl einen Defekt aufzuweisen, denn die beiden Türflügel bewegten sich während der Fahrt und einmal war diese Bewegung so heftig, daß ich fürchtete, die Türe könnte im nächsten Augenblick aufklappen und ich umklammerte instinktiv eine nahe Haltestange. Ohne groß zu überlegen rief ich dabei der Frau zu:

„Sie sollten besser weggehen; am Ende springt die Türe noch auf und Sie fallen hinaus."

Sie blickte mich nun an, meinte:

„Sie haben Recht, aber Sie sollten auch vorsichtig sein."

„Allerdings", antwortete ich, „ich habe mir auch bereits einen Halt gesucht."

Die Frau lächelte mich an.

„Und niemand würde es bemerken, wenn wir hinausfallen."

„Nun ja", entgegnete ich, „spätestens, wenn ich meinen Vortrag halten muß, werden sich mich vermissen."

„Sie reisen geschäftlich?"

„Ja, zu einem Workshop in der Nähe von K. Ich fahre bis B., nehme dann den Bus zu dem Tagungszentrum, meinem Reiseziel."

„Na, dann haben wir ja fast das gleiche Ziel. Ich werde auch in B. aussteigen, aber den Rest des Weges dann zu Fuß gehen. Ich will

meinen Mann besuchen, muß mit ihm noch etwas abklären. Wir leben getrennt, wissen Sie. Er möchte sich schon seit längerer Zeit scheiden lassen."
„Ich bin schon seit zwei Jahren geschieden."

Sie schwieg kurz.
„Seien Sie mir nicht böse", fuhr sie dann fort, aber ich habe Sie schon seit einiger Zeit beobachtet. Sie haben gelesen. Was lesen Sie eigentlich ?"
„Es ist ein Band einer Werksausgabe von Lessing, Schriften zur Kunst, Theologie und Philosophie."
„Sind Sie vom Fach ?"
„Vom Fach ? Wie meinen Sie das ?"
„Nun ja, Lehrer oder Pfarrer oder vielleicht Professor an einer Universität. Sie sagten doch, daß Sie zu einem Workshop reisen und dort einen Vortrag geben."
Ich schüttelte den Kopf.
„Nein, ich bin Physiker. Aber solche Themen interessieren mich auch."
Sie lächelte.
„Das ist schön. Wissen Sie, ich bin Lehrerin, unterrichte Deutsch und Geschichte an einem Gymnasium in Aschaffenburg."
Der Zug näherte sich B.
„Wann fährt eigentlich Ihr Bus ?" fragte sie als wir uns zur Tür begaben.
„In einer guten halben Stunde."
„Dann haben Sie ja noch ein bißchen Zeit. Dann könnten wir ja noch einen Kaffee zusammen trinken, wenn Sie mögen. Es gibt da einen Bäckerladen direkt im Bahnhofsgebäude."
„Meinetwegen, das ist mir recht."
Wir stiegen aus. Sie holte sich einen Cappuccino, ich mir einen doppelten Espresso. Dann ließen wir uns auf einer der kleinen Sitzgarnituren vor dem Gebäude nieder.
„Vielleicht sollte ich mich erst einmal vorstellen. Ich heiße Fritz Heßberger."
„Und ich heiße Berta Weininger."

„Sie unterrichten in Aschaffenburg ? Dann sind wir ja fast Nachbarn. Ich komme aus Karlstein."

„Ich wohne allerdings nicht in der Stadt, sondern in Soden, ein paar Kilometer außerhalb. Kennen Sie den Ort ?"

„Dem Namen nach. Soweit ich mich erinnere war ich allerdings noch nie dort."

„Ich bin dort aufgewachsen, habe immer dort gelebt, von meiner Studienzeit in Würzburg abgesehen."

Sie hatte mir im Zug erzählt, sie wolle sich mit ihrem Mann treffen, habe mit ihm noch etwas abzuklären. Das hatte mich neugierig gemacht. Ich hätte gerne Näheres gewußt. Wie erwähnt, die Frau gefiel mir und ich war natürlich daran interessiert zu erfahren, ob eine gewisse Chance bestand, mit ihr eine nähere Bekanntschaft einzugehen. Ich hielt es aber für unangebracht, sie direkt darauf anzusprechen, zumal wir uns erst eine knappe Stunde kannten. Ich fragte daher:

„Sie sind doch Lehrerin. Und Sie konnten für die Fahrt heute einfach dem Unterricht fernbleiben, Urlaub nehmen ?"

Sie lachte.

„Sie haben wohl keine schulpflichtigen Kinder. Es sind doch Pfingstferien."

Sie hatte aber vermutlich erraten, worauf ich wirklich hinaus wollte und begann zu erzählen.

„Ach wissen Sie, mein Mann war, als ich ihn in Würzburg kennenlernte, so von der Art eines tollen Typen. Wissen Sie, so ein Kerl, der das große Worte führte, in seiner Clique herrschte wie ein König. Das imponierte mir. Und so verliebte ich mich in ihn."

Ich zog ein bedenkliches Gesicht, entgegnete, auch auf die Gefahr hin, daß ich sie damit beleidigte.

„Ich weiß, Mädchen mögen solche Angebertypen viel lieber als stille, eher schüchterne Jungs."

Sie lachte aber, sagte:

„Sie waren wohl auch einer von diesen stillen Typen. Nein, die waren damals wirklich nicht interessant für mich. Aber, das war vielleicht ein Fehler. Wissen Sie, Berthold, so hieß er, war nur in seiner Clique, unter Leuten, denen er sich überlegen fühlte, der große Held. Bei denen trumpfte er auf, die beherrschte er. Aber im Grunde genommen war er eine hohle Nuß. Sobald ihm jemand Widerstand entgegenbrachte wurde er klein, fügte sich. Aber das merkte ich erst viel später, da er solche Situationen tunlichst vermied, zumindest in meiner Gegenwart. Während er nach unten trat und alle Schwächeren tyrannisierte, buckelte er nach oben bis zur Selbstverleugnung. Als er dann berufstätig war, schleimte er sich bei seinen Vorgesetzten mit allen Mitteln ein, schämte sich nicht, andere schlecht zu machen, bis hin zur Verleumdung. Aber diese Untertänigkeit hatte seinen Preis. Es ist ja bekannt, daß man solche Kratzfüße gerne zur Verfolgung und Realisierung der eigenen Ziele nutzt, aber man achtet sie nicht. Bei etlichen, meist naiven Vorgesetzten kam er mit seinen Methoden an, viele aber durchschauten und verachteten ihn. Und sie ließen ihn das spüren. Er mußte dies tagsüber schlucken, aber abends wollte er dann seinen Unmut, seinen Frust loswerden. Und das richtete sich gegen mich. Er versuchte mich zu unterdrücken, zu demütigen. Es kam immer häufiger zu Streit, er schlug mich sogar. Anfangs ertrug ich das, aber irgendwann begann ich zurückzuschlagen. Das zog sich so einige Jahre hin. Eines Tages lernte er dann eine kennen, die duldsamer war als ich, die seine Launen aushielt. Da verließ er mich und zog mit ihr nach K., wo sie herkam. Er wollte sich scheiden lassen, aber ich stimmte nicht zu."

Ich schaute sie verwirrt an.

„Warum nicht, Sie mußten doch froh sein ihn loszuwerden?"

Ihr Blick wurde nachdenklich.

„So denken Sie, so denke ich mittlerweile auch. Aber damals sah ich das anders. Wissen Sie, ich hatte ihn ja geheiratet, ihm vor dem Altar Gottes Liebe und Treue geschworen, in guten wie in schlechten Tagen, bis daß der Tod uns scheide. Die Ehe war für mich etwas Heiliges und die schlechten Tage mußten daher ertragen werden. Eine Scheidung war für mich eine schwere Sünde. Da konnte ich nicht zustimmen. Verstehen Sie mich? Ich bin eben in diesem Glauben aufgewachsen."

Ich atmete tief durch.

„Ich verstehe das."

„Aber nun habe ich mich durchgerungen. Kann denn ein gütiger Gott solch eine Prüfung verlangen? Müssen wir ein elendes Leben führen um die Seligkeit zu erlangen? Es war ein schwerer Weg. Und heute möchte ich das klären. Ein bißchen Angst habe ich schon noch. Aber es war gut, vorher noch mit jemandem darüber zu reden. Ich danke Ihnen, daß Sie mir zugehört haben."

Sie schwieg kurz, schaute dann zur Uhr.

„Oh, wie die Zeit vergeht. Ihr Bus wird bald kommen. Aber ...", sie zögerte etwas, „vielleicht könnten wir uns am Nachmittag treffen und zusammen zurückfahren ? Wie lange dauert Ihre Veranstaltung ?"

„Ich weiß es nicht genau, vielleicht bis vier Uhr. Ich kann Ihnen aber meine Telefonnummer geben. Sie können mich ja dann in der Mittagspause, zwischen eins und zwei, anrufen. Bis dahin weiß ich Näheres."

„Gut, abgemacht."

Ich schrieb die Nummer auf, gab ihr den Zettel, dann verabschiedete ich mich schnell, denn der Bus fuhr bereits heran.

Die Veranstaltung hatte schon längst begonnen als ich kurz vor zehn Uhr eintraf, aber mein Vortrag war ohnehin erst in der zweiten Sitzung, die von elf bis ein Uhr dauerte, eingeplant. Er lief recht gut gut, obwohl ich etwas unkonzentriert war, weil mich die Begegnung mit der Frau beschäftigte.

Berta meldete sich dann gegen dreiviertel zwei. Ihre Stimme klang freudig.

„Das Gespräch ist recht gut verlaufen. Ich bin zufrieden. Und wie sieht es bei Ihnen aus ?"

„Auch gut. Wir haben um zwei Uhr noch eine Diskussionsrunde, aber ich denke, ich kann den Bus um fünf nach vier nehmen; notfalls gehe ich etwas früher. Dann bin ich gegen viertel fünf am Bahnhof in B. Wäre das recht ?"

„Bestens", lautete die Antwort.

Berta wartete bereits als ich mit dem Bus am Bahnhof eintraf.

„Unternehmen wir einen Spaziergang bei dem herrlichen Wetter. Das muß Ihnen doch angenehm sein, nach so einer langen Sitzung. Ich hoffe Ihr Rucksack wird Ihnen nicht zu schwer."

Wir erreicht bald den Ortsrand, durchquerten ein Stück das Feld, gelangten an einen Bach, an dem entlang ein Spazierweg führte und an dessen Rand in regelmäßigen Abständen Bänke standen. Nach etwa einer halben Stunde ließen wir uns nieder.

„Haben Sie für heute Abend eigentlich schon Pläne ?" fragte sie mich dann.

„Nun ja, wir hatten heute Vormittag darüber gesprochen, daß wir eventuell zusammen zurückfahren könnten."

„Nein", erwiderte sie, „ich meine jetzt, welche Pläne hatten Sie bevor wir uns trafen ?"

„Hm, heute ist Freitag. Ich hatte daran gedacht, mir nach der Veranstaltung in K. ein Zimmer zu suchen und mir morgen die Stadt anzuschauen. Ich kenne sie noch nicht. Ich habe mir auch Wäsche mitgenommen, deswegen ist mein Rucksack auch etwas prall gefüllt."

„Das könnten wir auch zusammen tun. Ich kenne die Stadt auch noch nicht."

„Dann sollten wir aber bald in die Stadt fahren und uns ein Hotel suchen."

Berta lachte.

„Das wird nicht notwendig sein. Das habe ich schon erledigt."

Ich blickte sie fragend an.

„Was haben Sie schon erledigt ?"

Sie lächelte.

„Ich habe bereits ein Doppelzimmer für uns reserviert, bis Sonntag. Hier in B. gibt es einen ordentlichen Gasthof und das Zimmer ist sehr schön."

Ich war wie vor den Kopf gestoßen.

„Ein Doppelzimmer ?"

„Ja", entgegnete sie mit unschuldiger Miene, „ich hoffe, es macht Ihnen nicht aus mit einer Frau zusammen in einem Zimmer zu übernachten ?"

Ich schüttelte den Kopf.

„Nein, ich habe keine Vorurteile."

Sie lachte.

„Dann habe ich Sie ja richtig eingeschätzt. Sie sahen mir nämlich nicht nach so einem verklemmten Typen aus."

„Nein, das bin ich auch ganz und gar nicht. Aber wie sind Sie eigentlich dazu gekommen ein Doppelzimmer zu reservieren."

Sie zuckte mit den Achseln.

„Die haben nur ein Einzelzimmer und das ist für uns beide zu klein. Ich war mir aber trotzdem nicht ganz sicher ob Sie mitkommen würden. Ich sagte daher zu dem Wirt, daß mein Mann noch kommen wolle. Das sei zwar noch nicht ganz sicher, da er noch Termine in Stuttgart habe, die sich im ungünstigsten Falle noch bis morgen hinziehen könnten, aber das Zimmer werde ich auf jeden Fall nehmen."
Ich lachte.
„Also bin ich jetzt Ihr Mann ?"
„Für den Wirt zumindest."
„Nun ja, wenn das so ist, dann sollten wir auch 'du' zueinander sagen. Die Zeiten, in denen sich Eheleute siezten, sind lange vorbei."
„Abgemacht."
Sie beugte sich zu mir und wir küßten uns.
„Na, schön", meinte ich dann, „wenn die Zimmerfrage geklärt ist, können wir noch weiterhin den warmen Spätnachmittag genießen."
„Von mir aus gerne; aber ist es dir nicht lästig, den schweren Rucksack herumzuschleppen ?"
„Keineswegs, ich gehe oft wandern und trage immer einiges mit mir herum."

Wir brachen auf, gingen weiter den Bach entlang.
„Was hast du da eigentlich heute Morgen gelesen ?" fragte Berta nach einer Weile.
„Es war eine Abhandlung über Widersprüche in den Evangelien hinsichtlich der Auferstehungsgeschichte. Sie heißt 'Eine Duplik', Lessing reagiert damit auf eine andere Abhandlung, die sich offensichtlich wiederum mit einer dritten Abhandlung auseinandersetzte. So ganz verstehe ich das noch nicht, vielleicht müßte man die anderen Abhandlungen auch kennen. Es liegt aber auch an der sprachlichen Gestaltung des Textes selbst. Die Darstellung ist so weitschweifig, daß man oft den sprichwörtlichen 'roten Faden' verliert und am Ende gar nicht mehr so recht weiß, worauf Lessing überhaupt hinaus will."
„'Eine Duplik' sagtest du ? Ich habe diese Abhandlung auch einmal gelesen, vor etlichen Jahren. Ich erinnere mich kaum noch daran. Ich fand sie recht amüsant, obwohl ich auch nicht so ganz verstanden habe, worauf er hinaus wollte, aber die oft blumige Ausdrucksweise

und der Stil, in dem er schrieb, haben mir gefallen. Heutzutage drückt man sich lieber knapp aus und kommt gleich auf den Punkt." Ich hielt kurz inne.

„Von den vielen Schwaflern natürlich abgesehen. Aber die sagen nichts aus, dreschen nur leeres Stroh. Damals war das aber nicht üblich. Ich weiß nicht, woran das lag, aber vielleicht war eine einfache, knappe Ausdrucksweise nicht das Zeichen von Gelehrsamkeit, auf die es natürlich ankam. Weißt du, an manchen Stellen hat man auch den Eindruck, daß er nicht nur niederschrieb, was er gerade dachte, sondern auch, was er gerade fühlte, wie er es fühlte und wie er sich dabei fühlte. So schreibt heutzutage kein Mensch mehr."

„Das ist so. Es ist aber auch erstaunlich zu erfahren, worüber sich die Gelehrten in jener Zeit stritten, mit welchen Problemen sie sich beschäftigten."

„Ja, ja, das erinnert mich an eine andere Abhandlung, sie heißt 'Wie die Alten den Tod darstellten', wenn ich mich recht erinnere. Es ging darum, ob die Alten, gemeint sind die Griechen und Römer, den Tod überhaupt darstellten und wenn ja, wie sie ihn darstellten. Und es ging auch um die Frage, was die Alten durch Skelette, die mittelalterlichen Darstellungen des Todes, ausdrücken wollten, wenn sie in deren Werken auftauchten. Man fragt sich dabei natürlich, ob die Gelehrten damals keine anderen Themen hatten, mit denen sie sich hätten beschäftigen können."

„Du meinst, sie hätten ihre Zeit nützlicher zubringen können als große Abhandlungen über Probleme zu schreiben, die kaum jemand wirklich interessieren. Das ist aber heutzutage ähnlich", bemerkte ich, „wenn ich so manchmal auf Tagungen höre, mit welchen Themen sich Professoren beschäftigen, welche Experimente sie durchführen, das heißt, meist machen die Arbeit ja ihre Assistenten und Doktoranden, welche große Bedeutung sie oft kleinen Effekten beimessen, so kann ich nicht anders als annehmen, daß sich zwar die Themen verändert haben, aber nicht die prinzipielle Denkweise. Und dann frage ich mich manchmal, ob es nicht sinnvoller wäre, mir einen anderen, nützlicheren Job zu suchen."

„Das ist ein Punkt, den man anführen könnte, aber ist es nicht so, daß sie bestrebt waren, Dinge zu verstehen, scheinbare Widersprüche aufzudecken; man war tiefgründiger als heute, unterzog das kulturelle Erbe der Antike einer Prüfung und verglich den Geist der Antike, das heißt, den geistigen Hintergrund der Werke, mit der herrschenden, oder abgeschwächt gesagt, mit der aktuellen Geisteshaltung." Ich lächelte.

„Da gebe ich dir völlig Recht, aber vielleicht kommt auch noch hinzu, daß sie in einer Zeit des Umbruchs lebten, die Denkschemata des Mittelalters endgültig hinter sich gelassen hatten, diese geistigen Fesseln, welche die Kirche den Menschen auferlegt hatten und nun anfingen selbständig zu denken."

„Ja, das kann schon sein. Und das hat dann zu merkwürdigen Blüten geführt."

„Es ist schon seltsam", fuhr ich dann fort, „aber fast alle unsere großen Denker und Dichter vom siebzehnten bis Anfang des neunzehnten Jahrhunderts entstammten protestantischen Familien. Bei den Katholiken war selbständiges Denken damals offensichtlich noch nicht so sehr in Mode."

„Ich bin katholisch", wandte nun Berta energisch ein.

„Das habe ich befürchtet."

„Wieso?"

„Wegen deiner Ansichten über die Heiligkeit der Ehe heute Morgen."

Sie blickte mich nun etwas grimmig an. Ich versuchte sie zu beruhigen.

„Sei mir jetzt nicht böse, Katholiken sind auch Menschen, genauso wie Frauen. Und ich hege gegen keine von beiden Vorurteile."

Ihr Gesicht heiterte sich auf.

„Du bist wohl evangelisch? Das paßt aber nicht so recht zu dem Dorf wo du herkommst."

„Ich war auch ein Außenseiter. Aber jetzt bin ich ein freier Christ."

„Was bedeutet das denn?"

„Ich bin aus der Kirche ausgetreten. Ich denke, ich bin intelligent und gebildet genug um mich selbständig mit Gott auseinanderzusetzen. Ich brauche keine Belehrung durch einen Pfarrer."

Ich streichelte sie.

„Und was dich betrifft, es spielt doch keine Rolle, wie man in einer bestimmten Sache denkt, wichtiger ist, daß man miteinander reden, sich auseinandersetzen kann ohne gleich in Polemik und Beschimpfungen zu verfallen und sich zu verkrachen und auch einmal einen kleinen ironischen Seitenhieb aushalten kann."

„Das hast du schön gesagt. Und ich denke auch, daß wir uns verstehen. Aber diesen Prozeß zum selbständigen Glauben hin habe ich auch durchgemacht und das heutige Gespräch war das erste Resultat. Und ich verstehe auch", sie lächelte, „was du mit 'keine Vorurteile haben' wirklich meinst, nämlich mit anderen unbefangen umgehen zu können, auch wenn sie anders sind, anders fühlen, anders denken und in konkreten Fällen auch anders handeln als du. Ich halte das für entscheidend und versuche dies auch meinen Kindern beizubringen."

„Du hast Kinder ?"

„Ja, zwei Töchter, vierzehn und sechzehn Jahre alt, ein schwieriges Alter so zwischen Kindheit und Erwachsensein."

Wir liefen noch eine Weile händchenhaltend weiter ohne viel zu reden.

„Ich denke, wir sollten aber langsam umkehren. Wir müssen schließlich noch zurück nach B.", meinte sie schließlich.

Wir kehrten um.

„Aber eigentlich sind die Widersprüche in den Evangelien gar nicht so erstaunlich", begann sie nach einer Weile, „sie wurden ja Jahrzehnte nach Jesu Tod verfaßt. Die Evangelisten waren keine Zeugen der Ereignisse gewesen, auf Berichte aus zweiter, dritter oder wievielter Hand angewiesen. Und die wesentliche Aussage ist doch, daß Christus auferstanden ist. Spielt es denn wirklich eine große Rolle, wie viele Weiber zu seinem Grab liefen um den Leichnam zu salben, ob sie ihre Spezereien vor dem Sabbat oder nach dem Sabbat gekauft hatten und ob die Engel im oder vor den Grab standen oder saßen. Das sind doch alles nur Kleinigkeiten, nicht das wesentliche. Damit zerpflückt man den Glauben. Aber weißt du, wie es ist, das Gefühl zu haben, geächtet zu werden, wenn man sich scheiden läßt, der ewigen Sünde, dem Höllenfeuer zu verfallen, wenn man das Sakrament der Ehe bricht ? Das ist ein wirklich schlimmes Gefühl. Insbesondere, wenn man all diese Ansichten von Kindheit an eingetrichtert bekommen hat, völlig verinnerlicht hat. Das sind geistige Ketten, die man nicht einfach sprengen kann."

Ich zögerte einen Moment mit der Antwort.

„Ich empfinde zwar nicht so, aber wenn ich das alles durchdenke, kann ich solche Gefühle durchaus nachvollziehen und auch Verständnis für diejenigen haben, die so empfinden."

„Das hast du sehr geschickt ausgedrückt. Du wolltest mir beipflichten ohne meine Einstellung zu übernehmen. Und das war sogar ehrlich gemeint. Das heißt aber, daß du Verständnis für Menschen hast, die nicht so sind wie du, daß du ihre Gefühle nicht geringschätzt, auch wenn sie dir im ersten Moment lächerlich erscheinen. Anders ausgedrückt, du trennst die Gefühle nicht von den Menschen."

Ich grinste.

„Das kann schon sein, das bedeutet aber auch, daß ich das gleiche Gefühl bei unterschiedlichen Menschen durchaus unterschiedlich bewerte."

Es war bereits kurz vor acht Uhr als wir den Gasthof erreichten. Berta führte mich ins Zimmer. Es war keine Luxussuite, sah aber ordentlich aus, war sauber, auch einigermaßen geräumig. Ich war zufrieden.

Wir machten uns kurz frisch, begaben uns dann auf die Terrasse zum Abendessen.

„Um noch einmal auf Lessing zurückzukommen", begann sie während wir aßen, „ich mag am liebsten ein weniger bekanntes Stück von ihm, es heißt 'Der junge Gelehrte', eine herrliche Satire auf den damaligen Zeitgeist, die sogenannte Gelehrsamkeit, den Pathos der leidenden Helden, die gar keine Helden waren, sondern nur armselige Schwätzer, die versteckte Gier nach Geld, welche Menschen letztlich zur Handelsware reduzierte, was sich dadurch ausdrückt, daß der Vater sein Mündel mit seinem Sohn verheiraten oder nichtverheiraten will, je nach Aussicht ihr verlorenes Vermögen doch noch zurückzugewinnen. Ich nehme das im Unterricht so halb illegal durch, da es nicht auf dem Lehrplan steht. Bei den Schülern kommt es aber gut an."

„Ich kenne es, es ist auch in meiner Werksausgabe enthalten."

Ich lachte.

„Und bei der Lektüre ist mir ein lustiges Mißverständnis unterlaufen. Das betraf die Abhandlung über die Monaden, bezüglich welcher der junge Mann den Preis der preußischen Akademie der Wissenschaften erwartete. Ich hielt das Wort 'Monade' nämlich für eine altertümliche Schreibweise für 'Monate'. Erst einige Zeit später, nachdem mir der Begriff noch öfters begegnet war, erfuhr ich, daß er etwas ganz anderes bedeutete."

Berta lachte nun auch.

„Mir ging es ähnlich. Aber, weißt du, trotz zahlreicher Bemühungen habe ich bis heute nicht so richtig verstanden, was Monaden wirklich bedeuten."

„Ich auch nicht, aber sie waren insbesondere im siebzehnten und achtzehnten Jahrhundert groß in Mode, Leibnitz hat eine große Theorie darüber entwickelt und sie waren Gegenstand gewaltiger geistiger Auseinandersetzungen. Später hat man dann erkannt, daß man sich offensichtlich über Unsinn gestritten hatte."

„Du mußt das jetzt nicht so despektierlich sagen, das ist die heutige Sicht, aber es war doch damals wirklich so, daß man den Kern alles Seins, der materiellen und der geistigen Welt finden wollte und auch glaubte, daß er existiert. Aber ist das heute so viel anders ? Namen ändern sich, ebenso Bezeichnungen: Atome, Quarks, Strings ….? Sucht ihr in der Physik nicht noch heute die kleinste Einheit der Materie und die Vereinheitlichung aller Naturkräfte ? Und es würde mich nicht wundern, wenn es auch heute noch Leute gäbe, welche noch immer die kleinste Einheit des Geistes suchen. Ich meine jetzt nicht die Gehirnzellen."

„Hm", meinte ich, „es gibt sicher Leute, die sich damit beschäftigen. Ich bin da allerdings nicht so tiefgründig. Mir genügen die Atomkerne und ihre Bausteine, die Protonen und Neutronen. Da gibt es noch genügend unverstandenes."

Berta lächelte süffisant.

„Ist das jetzt das Eingeständnis, daß du weit vom Genie entfernt bist ?"

„Wenn du das so siehst. Ich habe kein Problem damit."

„Weißt du", fuhr sie dann nach kurzer Pause fort, „das Schöne ist, daß man sich mit dir über solche Themen so unverkrampft unterhalten kann. Mit Berthold war das nicht möglich. Der war Betriebswirt. Ihn interessierten Geld und Bilanzen. Sinnvoll waren für ihn nur Tätigkeiten, welche Profit brachten. Beschäftigung mit Philosophie oder Theologie hielt er für unnütze Zeitverschwendung. Und Literatur maß er nicht an dem geistigen Gehalt der Bücher, sondern an den Verkaufszahlen. Bestseller, das war gute Literatur. Ab und zu schaffte ich es allerdings ihn zu einem Theaterbesuch zu bewegen, aber die gefielen ihm nur dann, wenn die Aufführung ein Spektakel war. Weißt du, was ich meine ? Wenn so ein moderner Regisseur ein Stück zum Klamauk degradierte. Das gefiel ihm. Ansonsten sah er sich am liebsten im Fernsehen allen möglichen Blödsinn an, am liebsten Fußball. 'Mein Job ist hart', pflegte er zu sagen, 'da will ich am Abend entspannen und mich nicht mit sogenannten geistigen Dingen auseinandersetzen. Beschäftigung mit geistigen Dingen nach Feierabend ? Das ist doch nur etwas für Leute, die tagsüber nicht viel gearbeitet haben und noch ausgeruht sind.' Und dabei konnte er nicht verstehen, daß ich an Fußball nichts fand. Zuzusehen, wie sich zweiundzwanzig erwachsene Männer um einen Lederball streiten. Gibt es etwas blöderes ?"

Ich muß hier kurz unterbrechen: Jahre später hatten wir eine Doktorandin, welche ein T-Shirt mit der Aufschrift 'Fußball ist kein Thema für Menschen welche die Zukunft gestalten' besaß. Als ich es das erste Mal sah, mußte ich unwillkürlich an das Gespräch mit Berta an jenem Abend denken.

Da mußte ich Berta natürlich Recht geben.

„Man kann es ja noch verstehen, wenn sich ein paar Jungs austoben wollen; aber dabei zuschauen ? Na ja, das ist heute eben so; die Tendenz zur Seichtheit ist der Trend unserer Zeit."

Es war bereits dunkel als wir uns auf das Zimmer begaben und schon bald die innigste Zweisamkeit genossen.

Am nächsten Morgen, nach dem Frühstück fuhren wir zur Besichtigungstour in die Stadt. Wir unternahmen sie ganz entspannt, ließen uns Zeit, suchten zwischendurch immer wieder ein Cafe oder ein Restaurant auf. Wir unterhielten uns angeregt, führten aber keine großen philosophischen Gespräche wie am Vortag, sondern plauderten über Dinge unseres Alltag, über private und berufliche Angelegenheiten, unsere Freizeitinteressen. Am Abend besuchten wir dann ein Konzert, auf das wir während unseres Stadtrundgangs durch ein

Plakat aufmerksam geworden waren. Mit dem letzten Zug fuhren wir nach B. zu unserem Gasthof zurück.

Am Sonntag war es bereits am Morgen angenehm warm. Nach dem Frühstück bezahlten wir unsere Rechnung, fragten, ob wir unser Gepäck noch bis zum Nachmittag deponieren könnten, was gewährt wurde. Gegen eine geringe Gebühr konnten wir auch Badetücher ausleihen. Es war uns am Freitag aufgefallen, daß der Bach an einigen Stellen zu einem kleinen See erweitert worden war, an dessen Ufern man sich niederlassen und sonnen konnte. Auch war es möglich, im See selbst ein erfrischendes Bad zu nehmen und auch eine kleine Strecke zu schwimmen. Nachdem wir uns niedergelassen und eine kleine Weile schweigend nebeneinander gelegen hatten, fragte ich sie schließlich.
„Was hältst du eigentlich von Goethes Faust ?"
Sie blickte mich mißtrauisch an.
„Goethes Faust ? Wie kommst du gerade jetzt da drauf ? Du bezweckst doch etwas mit deiner Frage ?"
„Nnneiin", antwortete ich unschuldig, „ganz und gar nicht. Ich möchte nur die Meinung einer Deutschlehrerin erfahren. Das war jetzt ein ganz spontaner Einfall."
„So ? Ganz spontan ! Ja, solche Einfälle hat man üblicherweise, wenn man faul in der Sonne liegt."
Sie lächelte.
„Willst du jetzt meine offizielle oder meine wirkliche Meinung hören?"
„Am besten beide."
„Nun ja, offiziell muß ich es ja meinen Schülern als eines der bedeutendsten Werke deutscher Dichtkunst verkaufen."
„Das klingt aber jetzt so, als seist du im Grunde davon gar nicht so recht überzeugt. Na ja, das ist ja auch mein Problem. Wir haben das Werk auf dem Gymnasium gar nicht durchgenommen, statt dessen Kafkas 'Der Prozeß' gelesen. Gut, ich sehe das heute nicht mehr unbedingt als eine sinnvolle Alternative. Ich war allerdings damals auf Christopher Marlowes 'Doktor Faustus' aufmerksam geworden, hatte das gelesen. Das hat mir auch gefallen. Goethes Faust las ich erst viel

später. Und ich habe, ehrlich gesagt, keinen so rechten Zugang zu dem Werk gefunden. Die Sprache ist mir zu schwülstig und zu hochtrabend. Und er erscheint mir auch ein bißchen als Karikatur eines gelehrten Professors und als Dummschwätzer, der in seinem Leben noch nichts gescheites geleistet hat. Und die Handlung ? Ist das wirklich eine Handlung ? Auf mich wirkt das alles eher zusammenhanglos, irgendwie zusammengestoppelt."

„Ich habe auch meine Schwierigkeiten damit, aber ganz so negativ sehe ich das nun nicht. Und was die deiner Meinung nach schwülstige Sprache betrifft, dann schau dir doch einmal zum Beispiel Lessing genauer an. Das ist eben der Stil, in dem die Gelehrten der damaligen Zeit schrieben und konsequenterweise vermutlich auch sprachen."

„Ja, schon, mich hat aber auch abgestoßen, wie schäbig er sich Margarethe gegenüber benommen hat. Erst tut er so, als sei sie seine unsterbliche Liebe und verführt sie. Dann läßt er sie fallen, einfach so. Einen triftigen Grund hierfür konnte ich ich aus dem Werk nicht herauslesen. Heute würde man sagen, der Kerl hat einfach keinen Charakter."

„Magst du Goethe nicht ? Vielleicht, weil er aus Frankfurt kommt ? Mir scheint, du siehst das alles absichtlich zu oberflächlich. Das ist doch sonst nicht deine Art. Wirf das doch nicht Goethe vor. Faust ist eine Figur seiner Dichtung, die er darlegt oder auch charakterisiert. Man kann einem Dichter doch nichts vorwerfen, wenn er in seinem Werk eine Person negativ darstellt. Es ist doch so, daß sich Faust unter dem Einfluß Mephistos von einem weltfremden, trockenen Stubengelehrten in einen gewissenlosen Lüstling verwandelt. Wo bleibt denn seine Suche nach Erkenntnis ? Sieh es doch einmal so: Faust ist ein Mensch, ein Gelehrter, der zwischen Mittelalter und Neuzeit steht. Er lebt noch in dem Glauben, ein Universalgelehrter zu werden, der die Welt insgesamt verstehen kann. Das mag auf dich befremdlich wirken, da wir diesen Anspruch heute längst aufgegeben haben. Aber damals war das noch üblich. Er saugt daher alles Wissen seiner Zeit in sich auf. Du hast gestern von selbständigen Denken geredet, aber meiner Ansicht nach, fehlte Faust noch die Fähigkeit hierzu. Er konnte noch nicht über den von den Dogmen der Kirche geformten Geist seiner Zeit hinausgehen, beschäftigte sich daher auch mit Okkultismus, diesem dunklen geistigen Pfad abseits der kirchlichen Lehre. Und als dies auch zu keinem befriedigenden Ergebnis führte, versuchte er schließlich durch einen Pakt mit dem Teufel weiterzukommen. Aber der trieb ihn nicht zu geistigen Höhen, sondern zur Befriedigung irdischer Lüste. Darin liegt vermutlich seine Tragik. Aber laß es damit gut sein. Ich will noch ein bißchen schwimmen. Kommst du mit?"

Wir begaben uns in das angenehm warme Wasser, plantschten eine Weile umher, legten uns dann wieder in die Sonne.

Kurz nach zwei Uhr meinte Berta dann.

„Laß uns zurückgehen. Ich will nicht zu spät zuhause ankommen. Morgen beginnt der Unterricht wieder und am Dienstag fahre ich dann mit meiner Klasse für zehn Tage nach Rom. Es ist eine zwölfte Klasse, und es ist die sogenannte Abschlußfahrt vor dem Abitur. Ich habe noch einige Vorbereitungen zu treffen."

Als wir dann knappe vier Stunden später in Hanau auf den Regionalzug nach Aschaffenburg warteten meinte ich.

„Jetzt geht unser erstes gemeinsames Wochenende zu Ende."

„Erstes gemeinsames Wochenende?"

Sie blickte mich skeptisch an.

„Du gehst davon aus, daß noch viele folgen werden? Daß dies nur der Beginn einer langen Beziehung ist?"

„Ja, davon gehe ich aus."

Sie lächelte. Sie küßte mich.

„Das ist schön. Ich gehe auch davon aus. Ich werde mich melden, wenn ich wieder zurück bin."

Mit gemischten Gefühlen kam ich zuhause an.

Gewiß, ich hatte ein wundervolles Wochenende verbracht, eine wundervolle Frau getroffen, Liebe kennengelernt. Eine wundervolle Zukunft schien vor mir zu liegen. Fast war es mir, als hätte ich alles nur geträumt, so unwirklich kamen mir die Erlebnisse der letzten Tage vor. Und dann schlich sich Mißtrauen in meine Seele ein. Ich fragte mich, ob es nicht lediglich um ein schönes, kurzes Spielchen gehandelt hatte und ich einer Illusion erlegen war. Vielleicht bereute Berta in ein paar Tagen bereits alles, was sich zwischen uns ereignet hatte, beschloß dann, sich nicht wieder mit mir zu treffen, den Kontakt abzubrechen. Das beunruhigte mich, zumal es mich nicht überrascht hätte, da ich ähnliche Situationen bereits öfter erlebt hatte.

Nun trat erst einmal eine Pause ein. Sie würde ab Dienstag mit ihrer Klasse unterwegs sein; erreichen konnte ich sie nicht, da sie mir nur ihre Festnetznummer, nicht aber die ihres Mobiltelefons gegeben hatte. Zehn Tage sollte die Fahrt mit der Schulklasse dauern. Und da ich nicht davon ausging, daß sie mich unmittelbar nach der Rückkehr anrufen würde, sie hatte dann sicherlich wichtigere Dinge zu tun, bedeutete dies, daß sie sich wohl frühestens in zwei Wochen meldete. Bis dahin herrschte für mich der übliche Alltag. Je mehr sich nun diese Zwei – Wochen – Frist dem Ende neigte, desto unruhiger wurde ich, desto sehnlichster erwartete ich ihren Anruf. Doch der kam nicht. Ich begann allmählich daran zu zweifeln, daß sie noch Kontakt mit mir wünschte. Eine ungeheure seelische Spannung baute sich in mir auf. Nach drei Wochen hielt ich sie nicht mehr aus, rief Berta an. Sie meldete sich nicht. Ich versuchte es an diesem Tage mehrmals, auch in den folgenden Tagen. Das Ergebnis war stets das gleiche. Niemand nahm den Hörer ab. Meine Unruhe wuchs. Es ergaben sich für mich zwei Möglichkeiten: entweder, sie wollte in der Tat keinen Kontakt mehr mit mir, nahm daher den Hörer nicht ab oder es war ihr etwas zugestoßen. Ich überlegte. Wir hatten lediglich Telefonnummern ausgetauscht, nicht aber die Adressen. Ich schaute im Telefonbuch nach. Sie war nicht aufgeführt. Es machte aber auch wenig Sinn, nach Soden zu fahren, dort durch die Straßen zu streifen, in der Hoffnung sie zufällig zu treffen. So eine Begegnung hätte doch lächerlich ausgesehen. Ich konnte natürlich auf der Gemeindeverwaltung anrufen, mich als ehemaligen Schulkameraden ausgeben und ihre Adresse erfragen, sie dann aufsuchen und um eine Aussprache zu bitten. Diesen Gedanken verwarf ich nach einigen Überlegungen. Welchen Sinn hätte das gehabt? Falls sie keinen Kontakt mit mir wünschte, und davon ging ich mittlerweile aus, dann hätte ich mir doch nur eine Abfuhr geholt.

Aber Klarheit wollte ich schon.

So verfiel ich auf den Gedanken in der Schule anzurufen und nach ihr zu fragen. Das konnte zwar auch blamabel werden, doch die Leute dort kannten mich nicht, sie waren mir auch einerlei. Das erschien mir daher noch am unverfänglichsten und je nach Auskunft konnte ich dann über mein weiteres Vorgehen entscheiden.

Ich rief also in der Schule an; die Sekretärin des Direktors meldete sich.

„Guten Tag, mein Name ist Dr. Heßberger. An Ihrer Schule unterrichtet doch eine Frau Weininger. Sie ist eine gute Bekannte. Wir hatten eine Verabredung, zu der sie nicht erschienen ist. Ich kann sie aber auch telefonisch nicht erreichen. Ich mache mir daher schon Sorgen."

Ich kam mir bei der ganzen Sache einigermaßen lächerlich vor. Was mußte die Sekretärin von mir denken ? Ein guter Bekannter, der offensichtlich ihre Adresse nicht kannte. Das klang doch nicht plausibel, widersprach sich fast. Und wenn sie sich am Telefon nicht meldete, dann mußte doch die Sekretärin schließen, daß dies seine Gründe hatte. Ich rechnete daher, daß sie Ausflüchte machen würde in der Richtung, daß es sich hier wohl um eine Privatangelegenheit handele und sie mir keine Auskünfte geben könne oder dürfe. Doch sie antwortete mit ernster Stimme:

„Leider steht es mir nicht zu, Ihnen in dieser Sache Auskunft zu geben, aber ich verbinde Sie mit dem Herrn Direktor, er ist gerade anwesend und vielleicht bereit mit Ihnen zu reden."

Mein Herz begann laut zu klopfen. Das klang irgendwie unheilschwanger. Was hatte das zu bedeuten ?

„Marbach", meldete sich schließlich eine Stimme.

„Spreche ich mit dem Herrn Direktor ?" fragte ich höflich.

„Ja, das tun Sie."

Ich wiederholte meinen Satz, den ich bereits der Sekretärin gesagt hatte.

„Ein guter Bekannter von Frau Weininger sind Sie also ?"

Zweifel lagen in seiner Stimme.

„Nun ja", antwortete ich jovial, „der Ausdruck 'guter Bekannter' ist vielleicht ein bißchen übertrieben. Wir haben uns vor etwa vier Wochen im Zug nach K. kennengelernt. Wir haben uns recht nett unterhalten und vereinbart in Kontakt zu bleiben. Sie hat sich aber bisher nicht gemeldet und ich kann sie auch telefonisch nicht erreichen. Und ihre Adresse kenne ich auch nicht."

„Hm", ertönte die Stimme aus dem Hörer, „dann muß ich Ihnen leider eine böse Nachricht melden. Frau Weininger ist während der Klassenreise tödlich verunglückt. Tut mir leid."

Ich bedankte mich für die Auskunft, legte den Hörer auf.

Meine bösen Ahnungen hatten mich also nicht betrogen, wenn sie sich auch anders als erwartet erfüllt hatten. Es gab keine Zukunft !

Es gab nur eine Erinnerung an drei wundervolle Tage, die aber stets mir Wehmut vermischt sein würden.

Ich holte eine Flasche Whisky aus dem Bücherschrank, betrank mich, so sehr, daß ich am nächsten Tag Urlaub nehmen mußte.

Am darauffolgenden Sonntag fuhr ich nach Soden, suchte auf dem Friedhof nach dem Grab, das ich bald fand.

Ich besuche es häufig, heute noch, aber nur, wenn ich alleine bin.

Manchmal stehen Leute am Grab, Bekannte, Freunde, ihre Kinder ?

Ich weiß nicht, wer sie sind. Ich habe auch nie versucht Kontakt aufzunehmen um nach den näheren Umständen ihres Todes zu fragen.

Ich werde es auch in Zukunft nicht tun. Was hätte das auch für einen Sinn ?

Ihr Tod hatte ein Tor verschlossen, das für kurze Zeit offen schien. Wer würde das verstehen ?

Der Sommer ohne Karin

Wol mich der stunde, daz ich sie erkande,
diu mir den lip und den muot hat betwungen,
sie deich die sinne so gar an si wande,
der si mich hat mit ir güete verdrungen,
daz ich gescheiden von ir niht enkan,
daz hat ir schoene und ir güete gemachet,
und ir roter munt, der so lieplichen lachet.

Ich han den muot und die sinne gewendet
wol an die reinen, die lieben, die guoten,
daz müeze uns beiden wol werden volendet,
swes ich getar an ihr hulde gemuoten,
swas ich noch vreuden zer werlde ie gewan,
daz hat ir schoene und ir güete gemachet,
und ihr roter munt, der so lieplichen lachet.

Walther von der Vogelweide (um 1200)

Was ist ein 'Fauxpas' ?

„Wenn ich wüßte, daß es kein Fauxpas ist, würde ich Sie einmal einladen."

Was glauben Sie eigentlich, wie viele Liter Weizenbier man getrunken haben muß, bis einem solch ein Spruch einfällt ? Nach meiner Erfahrung etwa zehn ! Natürlich habe ich diese Menge nicht auf einmal eingesaugt. Auch ist mir der Spruch logischerweise nicht spontan eingefallen. Nein, er war das Ergebnis langen Nachdenkens in diversen Biergärten an mehr oder weniger warmen Frühsommerabenden und er kristallisierte sich letztlich aus verschiedenen Varianten heraus. Manchmal reichte auch das eine oder andere Bier nicht aus, es mußte noch ein Schnaps dazu kommen, weil ich fror. Denn der Sommer begann recht kühl.

Das Trinken hat übrigens philosophische Bedeutung. Ich meine das jetzt nicht so platt wie es die alte Volksweisheit 'weil er viel soff, nannte man ihn Philosoph' aussagt. Es ist vielmehr so, daß zahlreiche Gelehrte über die menschliche Existenz nachgedacht haben, der Frage nachgegangen sind, woher wir kommen und wohin wir gehen. Manche sind sogar noch einen Schritt weitergegangen, wie ich meine, haben sich gefragt, ob unsere Existenz Realität ist oder nur durch einen bösen Geist vorgetäuscht wird. Einer, ich glaube es war Descartes, ich lasse mich aber gerne eines Besseren belehren, brachte es auf die Formel ‚cogito, ergo sum', das heißt, ich existiere, weil ich denke. Ich halte das nicht für so ganz richtig, denn viele Menschen denken nur sporadisch, also dürften sie auch nur sporadisch existieren. Das geht aber nicht. Andererseits, Durst hat jeder und immer und daher muß jeder trinken. Also existieren wir wirklich, weil wir trinken, anders ausgedrückt: ‚bibo, ergo sum'. Man kann das natürlich auch noch einen Schritt weiterführen, das Trinken mit dem Denken verbinden und sagen 'cogito, ergo bibo'. Und so kommt man auf die alte Volksweisheit 'Intelligenz säuft'. Damit ist aber auch bewiesen, daß man im Grunde genommen gar keine Philosophen braucht, denn das Volk gewinnt die entscheidenden Erkenntnisse auch von alleine.

Im übrigen beweist das Trinken aufs deutlichste unsere Existenz. Stellen Sie sich einmal das Kopfweh am Tag nach einer Trinkerei vor. Dies vorzutäuschen schafft selbst der böseste aller Geister nicht. Und wer das bestreitet, hat es noch nie erlebt.

Es ist daher völlig klar, daß der obige Spruch nur unter Einfluß starken Trinkens entstehen konnte.

Damit möchte ich das Thema dann aber abschließen und mit der Geschichte fortfahren.

Begegnung im Park

Nach der Hitzewelle Anfang Juni lagen die Temperaturen in der zweiten Monatshälfte nur noch bei etwa fünfzehn bis zwanzig Grad. Das genügt mir aber, ich mag ohnehin keine Hitze. Und Gottes Wille ist es auch nicht, daß ich Hitze liebe, sonst hätte er mich in Afrika zur Welt kommen lassen.

Ich hatte an jenem Freitag Abend keine Lust, damit möchte ich das Thema dann aber endgültig abschließen, zuhause herumzusitzen und mich zu betrinken, letzteres konnte ich ja später auch noch nachholen und so brach ich zu einer Fahrradtour den Main entlang zum Park Schönbusch auf.

Meiner Gewohnheit entsprechend stellte ich das Fahrrad ab und unternahm eine kleine Wanderung durch den Park. Das mache ich immer um mir nach dem Radfahren etwas die Beine zu vertreten bevor ich mich im Biergarten niederlasse und mir ein Weizenbier gönne. Üblicherweise dehne ich ihn nicht groß aus, weil sonst zu wenig Zeit für den Besuch des Biergartens bleibt, sondern begnüge ich mich mit einem Spaziergang um den Teich.

In der Nähe des kleinen Schlosses Schönbusch fütterte eine Frau Enten. Sie stand aber keineswegs nur so eher steif da und warf das Futter ins Wasser. Sie hüpfte vielmehr hin und her wie ein übermütiges Kind, schleuderte ihre Gabe mal weit in den kleinen See hinein, legte sie auch mal direkt an den Rand. Ab und zu bückte sie sich oder ging in die Hocke, lockte die Enten herbei, warf ihnen dann etwas hin. Manchmal neckte sie auch die Tiere, wartete, bis sich die gesamte Meute am Ufer versammelt hatte, warf dann das Futter weit in den Teich hinein und ergötzte sich an dem folgenden Schauspiel, der wilden Jagd der schnatternden Entenschar über das Wasser hin zu den Brotbrocken. Sie drehte mir den Rücken zu. Sie war mittelgroß, schlank, hatte blondes, lockiges, bis zu den Schultern reichendes Haar, das zu beiden Seiten eines Mittelscheitels herabfiel. Sie trug ein langes, dunkles, bis über die Hüften reichendes T-Shirt, darunter eine Jeanshose.

Die Szene erregte mein Interesse und so trat ich nahe an sie heran, beobachtete das Schauspiel. Vermutlich betrachtete ich aber mehr die Frau als die sich um das Futter streitenden Wasservögel. Ab und zu wandte sie ihr Gesicht zu mir hin. Sie war zweifelsohne sehr hübsch, hatte einen blassen Teint. Auffallend war ihre leicht spitze Nase.

Sie trug eine Brille mit schmaler Fassung. Das war auffällig, denn in diesem Jahr waren breite Fassungen mit breiten Bügeln modern. Den meisten Frauen standen sie gar nicht, verunstalteten lediglich ihre Gesichter, gaben ihnen Ähnlichkeit mit Hexen. Die Frau hier sah aber nicht aus wie eine Hexe. Das war sicher. Hierfür war sie auch viel zu jung, denn ihr Alter schätzte ich so auf Mitte bis Ende vierzig. Einen Ehering trug sie nicht, soweit ich das erkennen konnte, was ich als gutes Zeichen auffaßte.

Zunächst beachtete sie mich nicht. Irgendwann wandte sie sich mir zu, lächelte freundlich, sagte ‚Hallo'. Dann gab sie sich wieder ihrer Beschäftigung hin. Ihr Gesicht wirkte dabei meistens ernst, vielleicht sogar etwas traurig. Ich bemerkte allerdings, daß sie gelegentlich zu mir herblickte und dabei strahlte. Ich muß hier betonen, daß ich mir dies gewiß nicht eingebildet habe; es fiel mir schon daher auf, weil es praktisch nie vorkommt, daß mich eine Frau anstrahlt.

Mich hatte ihr Verhalten überrascht. Eher hätte ich einen bösen Blick ihrerseits erwartet, der ausdrückte, ich störe sie und ich solle mich fortscheren.

Nach einiger Zeit drehte sie sich erneut zu mir um. Sie hielt mir ein Stück Weißbrot entgegen, sagte: „Probieren Sie es doch auch einmal." Sie brach das Brot, gab mir das größere Stück. Dabei lächelte sie mich an. Dann setzte sie ihre Tätigkeit fort. Ich stand etwas verlegen da, wußte nicht so recht, was ich als nächstes tun sollte. In der Überraschung hatte ich ihr gar nicht geantwortet, dachte nun darüber nach, wie ich sie ansprechen sollte.

Zu sagen ‚füttern Sie hier öfters Enten', erschien mir zu banal, zu sagen ‚ich füttere auch gerne Enten' erschien mir zu platt. Also schwieg ich und betrachtete sie lediglich, begann allerdings zu träumen, mit ihr zusammen im Biergarten zu sitzen und ein nettes Gespräch zu führen.

Plötzlich warf sie eine handvoll Krümel ins Wasser, drehte sich zu mir hin, meinte:

„Ich muß jetzt gehen, ich bin ohnehin schon zu spät dran. Füttern Sie ruhig weiter."

Sie schritt auf den Weg zu, verschwand dann zwischen den Bäumen.

„Verpaßt!" raunte ich leicht ärgerlich vor mich hin, warf das restliche Stück Weißbrot ins Wasser, setzte meinen Spaziergang in mieser Stimmung fort.

„Vielleicht sehe ich sie im Biergarten wieder", beruhigte ich mich dann unterwegs, obwohl ich genau wußte, daß ich mich damit selbst belog, denn ihre Worte hatten ja auf einen, vielleicht wichtigen Termin oder eine Verabredung hingedeutet. Sicherlich war damit kein Treffen im Biergarten gemeint. Und im letzteren Falle wäre sie dann ja auch nicht alleine gewesen.

Es ist schon fast überflüssig zu erwähnen, daß ich sie dort in der Tat nicht antraf. Etwas lustlos trank ich mein Weizenbier, machte mich dann auf den Heimweg.

Wanderung im Spessart

Wandern war in jenem Jahr zu meiner Leidenschaft geworden, zumindest in der kühleren Jahreszeit. Im Sommer mag ich das weniger, dann ist es mir unangenehm bei großer Hitze stundenlang durch die Wälder zu laufen. Ende Juni war es allerdings nicht sonderlich warm, es regnete auch oft. Und nachdem ich samstags bereits eine ausgedehnte Fahrradtour absolviert hatte, wollte ich dies am Sonntag nicht schon wieder tun. Und da ich keine sonstigen Pläne hatte, entschloß ich mich fürs Wandern. Ich habe mir für meine Touren ein Wandergebiet im Hochspessart ausgesucht, eine knappe halbe Stunde Autofahrt von meinem Wohnort entfernt. Für Ortsunkundige sei angemerkt, es liegt in der Gegend der Autobahnraststätte ‚Spessart' der Autobahn A3 zwischen Frankfurt am Main und Würzburg. Ich stellte mein Auto auf dem Parkplatz Steintor ab, brach dann zu einem Marsch über die Berge auf. Die angenehme Frische des frühen Vormittags war mittlerweile einer eher unangenehmen Schwüle gewichen. Es regnete aber nicht.

Nachdem ich etwa vier Stunden kreuz und quer durch den Wald gelaufen war, steuerte ich eine Gaststätte an. Denken Sie jetzt bloß nicht, ich hätte mich verlaufen. Ich kenne mich in der Gegend aus, habe auch stets eine Karte dabei. Ich liebe es aber über die Berge und durch die Täler zu streifen und nicht vom Parkplatz aus auf kürzestem Weg die nächste Kneipe anzusteuern. Die Gaststätte war gut besucht. Die Tische der Gartenwirtschaft, man könnte auch sagen, der ‚Gartenlaube', waren fast alle besetzt. Ich schaute mich nach einem freien Plätzchen um; an einem Tisch am Rand schien eine Familie der üblichen Größe, also ein Ehepaar, ich vermute jetzt, daß sie verheiratet waren, mit zwei Kindern zum Aufbruch zu rüsten. Der Mann bezahlte gerade die Rechnung. Zwei Stühle waren ohnehin noch frei. Ich fragte trotzdem höflich:

„Sie haben doch nichts dagegen, wenn ich mich setze ?"
Der Mann schaute mich etwas verwirrt an, sagte dann „Nein". Auf solchen Fragen, die Verneinungsformen enthalten, antworten die Leute normalerweise falsch. Somit war die Antwort korrekterweise ablehnend. Ich zog das aber in Betracht, wertete sie daher als Zustimmung, setzte mich, erntete auch keine bösen Blicke. Die vier waren ohnehin anderweitig beschäftigt. Die beiden Kinder hüpften bereits davon, die Frau mußte noch einmal zur Toilette. Und dem Mann fiel die Aufgabe zu, die auf dem Tisch verstreut liegenden Spielsachen und Bilderbücher einzusammeln und in den Rucksack zu verstauen. Das nahm ihn so sehr in Anspruch, daß er sogar vergaß ‚Auf Wiedersehen' zu sagen. Die Kellnerin eilte herbei, räumte Gläser, Teller und Bestecke ab. Ich benutzte die Gelegenheit, eine Flasche Apfelsaftschorle zu bestellen.

„Glas oder Strohhalm?" fragte die Kellnerin etwas geistesabwesend.
„Keine Umstände", erwiderte ich, „ich trinke ohnehin aus der Flasche."
Die Ruhe am Tisch währte nur sehr kurz, ein Pärchen erschien. Beide mochten wohl so Anfang vierzig sein. Die Frau hätte man als einigermaßen hübsch bezeichnen können, wenn sie nicht so griesgrämig dreingeblickt hätte. Sie hatte halblanges, dunkles Haar, ihre Figur ließ sich so in den Grenzbereich zwischen schlank und mollig einordnen. Sie hieß Annette. Der Mann war eher dünn, einen guten Kopf größer als die Frau, hatte kurzes, bereits stark grau durchsetztes Haar, einen Drei-Tage-Vollbart. Sein Name war Rainer. Die beiden wirkten etwas gereizt. Der Grund wurde mir bald klar. Rainer fragte, ob an meinem Tisch noch zwei Plätze frei seien, ich lächelte, sagte, es seien sogar noch fünf Plätze frei. Sie setzten sich, Annette sich mir schräg gegenüber, Rainer an die Stirnseite des Tisches. Die Kellnerin brachte mein Getränk, Rainer fragte nach der Speisekarte. Umgehend brachte die Bedienung zwei Exemplare. Annette blätterte hin und her, ihr Gesicht nahm einen noch mürrischeren Ausdruck an.
„Die haben ja gar keine vegetarischen Gerichte."
„Du könntest dir einen Salat bestellen", versuchte Rainer sie zu besänftigen.
„Nein, ich will etwas ordentliches."
„Es gibt auch verschiedene Sorten von Omelett."
„Das mag ich nicht."
Rainer unterließ es, ihr weitere Vorschläge zu unterbreiten.
Annette blätterte noch eine Weile hin und her, entschied sich schließlich:
„Ich nehme einen ‚Strammen Max'."
(Für alle, die es nicht wissen: so bezeichnet man in unserer Gegend ein garniertes Schinkenbrot mit Spiegelei, üblicherweise mit gekochtem Schinken, manchmal aber auch mit rohem.)
„Ein sehr vegetarischer Schmaus", dachte ich, lächelte leicht.
Die Kellnerin kam um die Bestellung aufzunehmen, Annette wollte einen trockenen Frankenwein.
„Den haben wir im Moment nicht da; wir haben im Moment nur Moselwein da."
„Der Frankenwein steht aber auf der Karte", mischte sich Rainer ein.

„Ja, schon", seufzte die Kellnerin, „er ist halt im Moment aus. Am Mittwoch kommt eine neue Lieferung."

„Solange wollen wir aber nicht bleiben", bemerkte Annette, „dann bringen Sie mir eben eine Cola."

„Ein rascher Geschmackswandel um hundertachtzig Grad", dachte ich.

Rainer machte der Bedienung weniger Probleme, er wollte ein Kännchen Kaffee und ein Stück Streuselkuchen.

Kaum war die Angelegenheit erledigt, da wurde Rainer unruhig.

„Ich muß eben mal nachschauen, ob er anspringt."

„Das hilft doch nichts", antwortete Annette grantig, „wenn er jetzt anspringt, heißt das noch lange nicht, daß er nachher auch anspringt."

Doch Rainer ließ sich nicht beruhigen. Er stand auf, eilte zum Parkplatz. Dieser lag etwas unterhalb der Gartenwirtschaft und so konnte ich sehen, daß er an einem alten Jeep herumhantierte. Aber der Motor schien nicht anzuspringen. Nervös kehrte Rainer zurück.

„Es hat nicht geklappt. Was machen wir jetzt?"

„Was machst du jetzt?" antwortete Annette giftig, „das ist ja schließlich dein Auto."

Rainer schwieg.

Kaffee, Kuchen und Cola wurden serviert. Rainer schenkte sich ein, trank einen großen Schluck.

„Der Kaffee schmeckt scheußlich, da muß etwas mit der Maschine nicht in Ordnung sein. Probier auch mal."

Annette nahm einen Schluck.

„Ich kann nichts feststellen."

„Nein, nein", erwiderte Rainer heftig, „dieser Kaffee ist unzumutbar."

Er rief nach der Kellnerin. Sie hörte seine Beschwerde an.

„Das verstehe ich nicht, aller Kaffee, den ich in der letzten halben Stunde serviert habe, kommt aus der gleichen Charge und bisher hat sich noch keiner beschwert."

Rainer ließ sich nicht beirren.

„Nein, nein, der Kaffee ist ungenießbar."

Unfreundlichkeit lag in seiner Stimme.

„Die anderen trauen sich vielleicht nicht etwas zu sagen oder nehmen viel Milch und Zucker oder haben einfach keinen Geschmack. Ich möchte einen anderen."

„Das geht in Ordnung", sagte die Kellnerin und nahm den verschmähten Kaffee zurück.

„Ich werde den Kaffee aber nicht bezahlen", bemerkte Rainer.

„Das mußt du auch nicht."

„Ja, aber wir haben schon die Hälfte getrunken."

„Die Hälfte wird sie dir bestimmt nicht berechnen", spottete Annette.

Kaum war diese Angelegenheit geklärt, so blickte sich Rainer erneut nervös um.

„Jemand müßte den Jeep anschieben, dann könnte ich ihn an einer abschüssigen Stelle parken und wenn wir dann gehen anrollen lassen."

Am Nachbartisch hatte eine Gruppe junger Leute gesessen. Die brachen jetzt auf. Rainer hatte die Lösung, er eilte ihnen nach.

Kaum war er weg, da brachte die Kellnerin den frischen Kaffee.

Annette wandte sich nun mir zu. Ihr finsteres Gesicht hatte sich aufgehellt, sie lächelte mich an.

„Wenn sie so schaut, ist die Maus echt hübsch", dachte ich.

„Rainer ist etwas hektisch", begann sie, ihre Stimme klang sanft und freundlich, glich nicht mehr dem Schnattern einer Gans wie vorher, „ich kenne ihn erst seit ein paar Wochen. Ich bin erst vor kurzem aus Berchtesgaden nach Kreuzwertheim gezogen. Aber das mit dem Jeep ist schon ein Hammer. Unterwegs ist der Motor an einer Ampel ausgegangen und er hat ihn nur mit Mühe wieder angebracht. Und dann erzählte er noch, daß er letzte Woche, als er im Wald war und Brennholz aufarbeitete, schon die gleichen Schwierigkeiten hatte. Er rief damals einen Bekannten an, der ihn mit dem Traktor abschleppte. Er hatte anschließend ein bißchen am Anlasser herumgewerkelt; dabei wäre es besser gewesen, den Jeep in die Werkstatt zu bringen. Er hätte heute ja auch seinen Kombi nehmen können. Aber eine Spazierfahrt mit einem Jeep macht eben mehr Eindruck."

Die Maus war echt süß. Wir setzten das Gespräch noch kurz fort. Es war eine nette Plauderei, der Inhalt hatte aber für den weiteren Verlauf der Geschichte keine Bewandtnis. Dann brachte die Kellnerin den 'Strammen Max'.

Zufrieden kehrte Rainer zurück. Sie hatten den Jeep in Gang setzen können und er hatte ihn dann auf einem abschüssigen Feldweg abgestellt.

Er wandte sich dem Kaffee und dem Kuchen zu. Der Kaffee war inzwischen kalt geworden, schmeckte nun offensichtlich noch scheußlicher als der Vorgänger, wie ich seinem Gesichtsausdruck entnehmen konnte. Er wagte aber jetzt nicht mehr sich zu beschweren.

„Du hättest dir einen Pfefferminztee bestellen sollen, der schmeckt auch kalt", spöttelte Annette. Rainer antwortete nicht, denn es plagten ihn neue Sorgen. Der Himmel hatte sich mittlerweile zugezogen, es begann nun leicht zu regnen.

„Ich habe kein Verdeck dabei, bald steht der gesamte Innenraum unter Wasser."

Und der Regen nahm an Stärke zu. Rainers Gesicht verfinsterte sich für eine Weile; plötzlich hellte es sich auf.

„Ich hab die Lösung", strahlte er, „ich laß mir vom Wirt einen Sonnenschirm geben. Den spanne ich dann übers Auto."

„Das hat keinen Zweck", gab Annette zu bedenken, „der Wind wird ihn wegblasen."

„Nicht wenn ich ihn gut festbinde."

Rainer eilte davon. Die Gartenwirtschaft war überdacht, so daß wir im Trockenen waren. Annette saß jedoch mit dem Rücken zur Außenseite, klagte nun, daß ihr Rücken naß würde. Ich sagte, sie könne sich ja neben mich setzen, doch sie entschied sich anders. An einem Tisch zur Mitte hin saß ein altes Ehepaar. Dort waren noch Plätze frei. Als sie fertig gegessen hatte, stand sie auf, begab sich zu den Alten, begann mit ihnen sofort ein Gespräch. Rainer kehrte bald zurück. Er war wohl auch wieder zufrieden.

Nach etwa einer Stunde hörte der Regen auf. Ich wartete noch eine Weile, beobachtete, wie sich das Wetter weiterentwickelte. Es hellte sich etwas auf, und so entschloß ich mich nicht den kürzeren Weg das Tal entlang, sondern den längeren Weg über die Berge zurückzugehen. Nach einigen Schritten erblickte ich tatsächlich den auf einem Feldweg abgestellten Jeep mit dem an allen Ecken festgezurrten Sonnenschirm darüber.

Der Regen hatte die Wanderer vertrieben. In den ersten anderthalb Stunden meines Marsches traf ich keine Menschenseele an. Dabei war es angenehm im Wald. Die drückende Schwüle war verschwunden, es war angenehm kühl, aber nicht so kalt, daß man ohne Jacke fröstelte. Ein leichter Dunst lag über dem Boden, während die Sonne durch einen dünnen Wolkenschleier ein mildes Licht auf die Erde warf.

Ich war daher überrascht als mir nahe einer größeren Wegkreuzung eine mittelgroße, blonde Frau entgegenkam. Sie trug eine blaue Jacke unter der ein langes T-Shirt, es konnte auch bereits ein kurzes Minikleid sein, hervorlugte. Darunter trug sie eine Jeanshose. Ihr Gesicht konnte ich aus der Ferne nicht so genau erkennen, aber sie war zweifelsohne hübsch, schien einen blassen Teint zu haben. Sie trug eine Brille mit schmaler Fassung. Und beim Näherkommen glaubte ich eine hübsche, leicht spitze Nase zu erkennen. Als sie mich erblickte, hob sie ihren Arm, rief mir ein freundliches ‚Hallo' zu. Ich freute mich schon auf ein Wiedersehen. Doch dann, kaum zwanzig Schritte von mir entfernt, bog sie nach rechts in einen Waldweg ab. Ich überlegte kurz, beschloß dann ihr zu folgen. Der Weg teilte sich nach wenigen Metern in drei Pfade auf, die alle ins Unterholz führten. Die Frau war verschwunden. Spuren waren auf Anhieb nicht zu erkennen. Ich mußte mir erst die Pfade genauer ansehen; nach zwei bis drei Minuten war ich mir sicher, den richtigen gefunden zu haben. Ich folgte ihm. Er führte recht steil bergab, war durch den Regen glitschig geworden. Ich kam nur langsam voran. Die Frau konnte sicherlich auch nicht schneller laufen, aber es schien mir aussichtslos sie einzuholen. Weit sehen konnte ich auch nicht, da der Weg von dichten Büschen gesäumt war. Ich folgte ihm einige Minuten, ohne daß sich die Verhältnisse besserten. Dann erschien mir mein Vorhaben schließlich sinnlos und ich kehrte um, marschierte leicht frustriert in Richtung Parkplatz. Verstehen konnte ich das Verhalten nicht. Warum hatte sie mir zugewinkt? War das nur Einbildung gewesen? Hatte sie mit überhaupt zugewinkt? Ich überlegte. Vielleicht hatte sie mich gar nicht wiedererkannt, wollte mit der Handbewegung nur eine lästige Fliege verscheuchen und dabei ein Wort gerufen, das ich als ‚Hallo' mißverstanden hatte.

Heutzutage ist eben alles kompliziert, das fängt schon bei den ganz gewöhnlichen Dingen an. Früher war das einfacher. In meiner Kindheit konnte man den Unterschied zwischen Buben und Mädchen daran erkennen, daß Buben Hosen trugen und Mädchen Röcke oder Kleidchen. Meine Mutter hat das oft genug ausgenutzt und gedroht, sie würde mir zur Strafe ein Kleid anziehen, auch noch ein abgelegtes meiner älteren Schwestern, wenn ich nicht brav sei. Heute ist das viel schwieriger, da ist der Unterschied nicht mehr so leicht zu erkennen. Deshalb gibt es auch so viele Schwule.

Museumsnacht

Anfang Juli hatten wir wieder einmal ein Experiment, eine 'Strahlzeit', wie wir im Laborjargon sagen. Die meiste Arbeit blieb natürlich, wie üblich, an mir hängen, besonders am Wochenende. Da haben alle so ihre Ausflüchte, haben Golfturniere, müssen klettern oder surfen gehen, sich mit alten Freunden in der Schweiz treffen, ihre Söhne zu Fußballturnieren begleiten, ihre Mutter besuchen und so fort. Wichtig sind all diese Vergnügen nicht, zeigen bloß, daß sie im Grunde keinerlei Interesse an der Wissenschaft haben.
Diese Heuchler !
Mir ist das einerlei und ich rege mich darüber auch schon lange nicht mehr auf, zumal die Experimente erfahrungsgemäß ohnehin nur dann ordentlich laufen, wenn ich mich persönlich darum kümmere. Und so fuhr ich auch an jenem zweiten Samstag im Juli morgens gegen zehn Uhr zum Dienst. Ich vernahm schlechte Nachrichten. Ein kurzzeitiger Spannungsausfall am Morgen hatte zu einem Ausfall der gesamten Beschleunigeranlage geführt. Möglicherweise waren einige Schäden entstanden, aber so ganz klar war das nicht. Unsere Anlage war auch betroffen, aber nach zwei Stunden hatte ich alles wieder in Gang gesetzt. Nun hieß es Warten. Gegen halb fünf teilten mir schließlich die Operateure mit, es sei alles ungewiß. Mit Strahlbetrieb sei wohl nicht vor morgen früh zu rechnen. Es könne aber auch schneller gehen oder auch länger dauern. Etwas Genaues wisse man nicht.

Unter diesen Umständen erschien es nicht sinnvoll noch länger zu warten, zumal ich bereits Pläne für den Abend geschmiedet hatte. In Aschaffenburg stand schließlich die 'Museumsnacht' an. Ich hinterließ meine Mobiltelefon-Nummer, sagte dem Schichtleiter, sie könnten mich bis ein Uhr nachts anrufen, falls es eine positive Entwicklung geben sollte.

Dann fuhr ich nach Hause, duschte, wusch meine Haare, zog mein bestes Hemd, meine beste Hose und meinen besten Sakko an, schließlich wollte ich aus leicht zu erratenden Gründen an diesem Abend nicht wie der letzte Penner herumlaufen. Dann brach ich in die Stadt auf.

Bei dieser Veranstaltung herrscht unter den Besuchern üblicherweise ein deutlicher Frauenüberschuß. Allerdings sollte man sich da keine allzu große Hoffnung auf eine Bekanntschaft machen. Tatsächlich haben lediglich die Dorfschönheiten aus dem Spessart freien Ausgang. Sie treten auch nur in größeren Gruppen auf, aus denen sich nur schwerlich eine abspalten läßt. Es ist offenbar so, daß sich die Männer weniger für Kultur, sondern lediglich für Fußball und was anderes, das auch mit ‚f' anfängt interessieren. Und da im Sommer die Bundesliga Pause hat und man das andere auch mit ständig tun kann, trifft man sich abends in der Kneipe beim Bier und diskutiert wenigstens über diese Themen. Die mehr oder weniger braven Ehefrauen haben dann frei und nutzen die Gelegenheit zu einem Besuch der Stadt außerhalb der üblichen Ladenöffnungszeiten, um zumindest für ein paar Stunden die ‚große Welt' zu genießen. Hübsch angezogen, frisch gewaschen und gut parfümiert hinterlassen sie ja auch einen sehr adretten Eindruck, zumindest solange sie nicht zu reden beginnen.

Ich brauche wohl nicht zu betonen, daß in diesem Jahr die Hoffnung, die blonde Frau mit der leicht spitzen Nase und dem Mittelscheitel zu treffen, die Haupttriebfeder für den Besuch der 'Museumsnacht' war. Ich hatte mir mittlerweile ein gewisses Bild von ihr zurechtgezimmert und daher schien es mir ausgeschlossen, daß sie in einer der oben beschriebenen Weibergruppen anzutreffen sei. Das erleichterte meine Arbeit etwas, denn der Abend war mild und sonnig und so waren sehr viele Besucher gekommen. Schwierig blieb die Aufgabe trotzdem. Die Veranstaltung zieht sich schließlich über die gesamte

Innenstadt hin, die Museen sind geöffnet und voller Menschen. In diesem Getümmel eine bestimmte Person zu finden, deren Vorlieben man gar nicht kennt, ist so ziemlich hoffnungslos, gleicht der sprichwörtlichen Suche nach einer Nadel im Heuhaufen. Wüßte man wenigstens etwas über ihre Interessen, so könnte man Schwerpunkte setzen, an einem bestimmten Platz Posten beziehen und warten. So blieb mir aber nichts anderes übrig als unstet durch die Innenstadt zu streifen und Ausschau zu halten. Die Museen ließ ich dabei außer Acht, in der Meinung, daß ich sie in dem dort herrschenden Gedränge ohnehin nicht finden würde, eine Suche daher nur unnötig Zeit koste.

Ohne besondere Absicht, einfach nur, weil ich diesen Ort bisher ausgelassen hatte, begab ich mich kurz nach neun Uhr zur Mainwiese unterhalb des Frühstückstempels. Dort waren Skulpturen ausgestellt. Es handelte sich dabei um sogenannte 'moderne' Kunst, und man mußte schon die Beschreibung lesen um zu erfahren, was diese Werke eigentlich darstellten. Am meisten beeindruckte mich dabei allerdings die Phantasie der Künstler bei der Namensgebung.

Das Ausstellungsgelände lag etwas abseits und die Kunstwerke hatten nicht allzu viele Besucher angelockt, so daß ich mir recht leicht einen Überblick verschaffen konnte. Vor einem Bildnis, es zeigte eine Gruppe von fünf Personen, nur Körper, ohne Gliedmaßen, grob geschnitzt aus rohen Eichenstamm – Stücken, an denen sich noch teilweise die Rinde befand, erblickte ich eine mittelgroße, blonde Frau. Ihr lockiges Haar fiel zu beiden Seiten eines Mittelscheitels herab und reichte bis zur Schulter. Sie trug ein hellblaues, mit Blumenmustern verziertes, kurzes Sommerkleid mit schmalen Trägern, darunter eine weiße Bluse oder ein T-Shirt, sowie eine weiße Hose. Obwohl ich ihr Gesicht nicht sehen konnte, war ich doch aufgrund ihrer Figur und der Art ihrer Kleidung ziemlich sicher, daß es sich um die gesuchte Maus handelte. Vorsichtig pirschte ich mich näher. Es galt ja zunächst einmal festzustellen, daß es sich tatsächlich um die Frau aus dem Park handelte, schließlich hatte ich ja kein Interesse, mich mit einem x-beliebigen Weibsbild anzubändeln. Zu anderen mußte auch sichergestellt werden, daß sie allein war. Der erste Teil der Aufgabe war leicht zu erledigen, ich brauchte mich dazu lediglich unauffällig auf die gegenüberliegende Seite des Bildwerkes zu stellen. Und es war kein Zweifel möglich; das Gesicht, der blasse Teint, die Brille mit schmaler Fassung und die leicht spitze Nase waren untrügliche Zeichen dafür, daß meine Vermutung stimmte. Nun folgte das schwierigere Kapitel. Ich mußte feststellen, ob sie allein war. Es stand zwar kein Begleiter neben ihr, aber das hatte wenig zu bedeuten, er konnte ja auch gerade ein anderes Kunstwerk bestaunen. Irgendwann würden sie sich allerdings treffen. Jetzt könnte man natürlich einwenden, es könnte natürlich auch sein, daß sie sich hier auf der Mainwiese die Skulpturen betrachtet, während er sich oben auf dem Marktplatz vor der Stadthalle die Oldtimer - Parade ansieht. Das ist natürlich im Prinzip richtig, aber wenn man solche Spitzfindigkeiten auch noch berücksichtigt, kommt man nie zu einem Entschluß zur Tat. Gewisse Risiken müssen eben eingegangen werden und mehr als schiefgehen kann die Sache ja nicht. Ansonsten müßte man ja auch noch in Erwägung ziehen, daß der 'Freund' oder wie auch immer man ihn nennen möchte, zuhause sitzt und sich im Fernsehen das 'Festival der Volksmusik' ansieht.

Mein Vorhaben machte es nicht notwendig, in ihrer Nähe herumzuschleichen. Ich mußte sie lediglich gut im Auge behalten können. Sie ließ sich Zeit, schlenderte von einer Skulptur zu nächsten, betrachtete jede ausgiebig, las offensichtlich auch sorgfältig die Beschreibungen; sie sprach mit niemandem, niemand gesellte sich zu ihr und sie schaute sich auch nie in der Art um als suche oder erwarte sie jemanden.

Meine Beobachtungen überzeugten mich daher nach einer knappen Viertelstunde, daß sie tatsächlich allein war. Es sprach also nichts dagegen, sich ihr zu nähern und sie anzusprechen. Das mußte allerdings sorgfältig angegangen werden, denn die Begegnung sollte als zufällig erscheinen. Ich wollte unbedingt negative Eindrücke, zum Beispiel den, daß ich hinter ihr her sei, vermeiden, da solches am Ende nur abschreckt. Eine solche Tolpatschigkeit wäre auch unverzeihlich, denn die ausgestellten, eher abstrakten Skulpturen luden ja gerade dazu ein, ein völlig unverfängliches Gespräch über irgendein Thema, das nicht einmal banal erscheinen mußte, zu beginnen.

Ich pirschte mich langsam an sie heran.

Da klingelte das Mobiltelefon. Ich schaute auf die Nummer. Es konnte eine gute, aber auch eine schlechte Nachricht sein. Innerlich leicht erregt nahm ich das Gespräch an.

„Hier ist Kimmrich; eine gute Nachricht, Herr Heßberger, wir sind soweit, in einer halben Stunde können wir den Strahl abliefern."

Schlagartig wurde mir klar, obwohl ich das schon lange vermutet hatte, daß ‚gut' und ‚schlecht' auch nur relative Begriffe sind. Ich hätte ihr natürlich jetzt auch noch schnell ‚Guten Abend' sagen und ein paar Worte mit ihr wechseln können. Ich hatte meinen Dienstausweis nicht dabei, mußte ohnehin noch mal nach Hause fahren, konnte also frühestens in einer Stunde in Darmstadt sein. Da kam es auf einige Minuten nicht an. Aber war das mein Ziel? Ich wollte eigentlich den restlichen Abend mit ihr verbringen, nicht bloß schnell einmal ‚Hallo' sagen. Das war aber nun gestorben. Und mich nur einmal kurz ins Gedächtnis zu bringen erschien mir nicht sinnvoll, zumal ich nicht wußte, ob sie sich an die Begegnung im Park überhaupt noch erinnerte. Und welch einen Eindruck hätte in diesem Fall der 'Überfall' eines fremden Mannes hinterlassen? Sichtlich frustriert gab ich daher mein Vorhaben auf, wandte mich meiner Pflicht zu.

Der Chirurg

Es war ein warmer Abend. Der Biergarten war gut gefüllt und ich fand keinen freien Tisch, mußte mich irgendwo dazusetzen. Ich blickte mich um. An den meisten Tischen saßen größere Gruppen, da war wenig Platz. Nur einer war noch einigermaßen frei, an ihm saßen ein Mann und eine junge, recht aufgetakelte, aber ziemlich unförmige Frau. Ich fragte, ob noch ein Plätzchen frei sei und als sie bejahten setzte ich mich an das andere Tischende. Meine Anwesenheit störte sie nicht im geringsten, sie setzten ihre Auseinandersetzung, die bereits im Gange war, fort. Ich achtete nicht sonderlich auf das, was sie redeten, schnappte nur einige Satzfetzen in der Art ‚nie nimmst du auf meine Gefühle Rücksicht', auf.

„Das übliche Gezänk", dachte ich.

In solchen Augenblicken ist man froh alleine zu sein. Da bleiben einem derartige Nervereien wenigstens erspart. Das Wortgefecht steigerte sich, ich konnte nun mehr von ihren Gerade verstehen, fand Spaß daran ihnen zuzuhören, nippte ab und zu an meinem Bier. Die Worte wurden im Laufe der Zeit von wilden Gestiken begleitet. Irgendwann stieß der Mann sein Bierglas um; die Brühe floß quer über den Tisch zu mir hin und bevor ich mich umsah, rieselte ein Teil der Flüssigkeit auf meine Hose, glücklicherweise an den Beinen. Ich spürte die Nässe, nahm das aber nicht sonderlich tragisch, sah das Ungemach eher als den Preis für die Belustigung an. Außerdem trage ich bei Fahrradtouren immer alte Hosen. Diese nun war eine abgelegte Hose meines Sohnes. Da er größer ist als ich, hatte ich die Beine ein Stück abgeschnitten. Die beiden merkten in der Hitze ihrer Auseinandersetzung zunächst nichts von dem Unglück, der Mann warf der Frau lediglich vor, es sei ihre Schuld, daß er nun sein Bier verschüttet habe und das Glas sei schließlich noch fast voll gewesen. Kurz darauf erhob sich die Frau, rannte wütend davon. Der Mann begab sich nun zum Ausschank, holte zwei Gläser Bier, setzte sich dann wieder. Das eine Glas schob er zu mir hin.

„Nehmen Sie es als Entschuldigung für die nasse Hose."

„Danke", sagte ich, „es ist schon in Ordnung."

Dann zündete er sich eine Zigarette an, achtete nicht mehr auf mich.

Wenige Minuten später erschien ein älterer, gut gekleideter Mann, ein volles Bierglas in der Hand. Er mochte so Mitte fünfzig sein, begrüßte meinen Tischnachbarn, setzte sich dann neben ihn. Sie unterhielten sich leise.

Irgendwann ging ihnen wohl der Gesprächsstoff aus, denn der neu Hinzugekomme wandte sich zu mir hin, sprach mich an. Er bemerkte so dies und jenes, ich antwortete knapp, da ich keine große Lust auf eine Konversation hatte. Das störte ihn aber nicht. Ich muß aber gestehen, daß er keinen Unsinn daher faselte. Vielmehr schien er über ein umfangreiches Wissen zu verfügen. Er sprach auch hochdeutsch. Ich fand, daß die beiden nicht zusammenpaßten, denn der andere machte keinen sonderlich intelligenten Eindruck, sprach auch ‚tiefsten' Dialekt und sein Streit mit der Frau war von vielen Kraftausdrücken durchsetzt gewesen. Er hatte inzwischen sein Glas leer getrunken und erhob sich.

„Ich muß nun gehen", sagte er zu seinem Nachbarn, dann blickte er zu mir und meinte, „glaub ihm nichts, er ist der größte Lügner der Stadt, ein arbeitsloser Schauspieler."

Dann ging er. Der angebliche Schauspieler grinste mich an.

„Ihm dürfen Sie nichts glauben, er lügt. Außerdem ist er besoffen. Und Schauspieler bin ich schon gar nicht; ich bin Arzt."

Ich zog die Augenbrauen hoch. Niemand weiß, was an solchen Biertischreden stimmt, aber ausgeschlossen war das nicht. Der Mann wirkte immerhin gebildet.

„Ich bin Chirurg", setzte er seine Rede fort, „mein Spezialgebiet ist das Verlängern von Zwergen. Fünfundzwanzig Zentimeter schaffe ich mittlerweile. Ich mache das durch Einsetzen von Knochenstücken in die Beine. Morgen früh um neun Uhr habe ich eine Operation in der Universitätsklinik in Würzburg. Keine große Sache, nur fünfzehn Zentimeter. Und was sind Sie von Beruf?"

„Ich bin Physiker", sagte ich.

„Na ja", sagte er, „dann dürften Sie ja wissen, daß ich keinen Unsinn rede."

Er erhob sich, holte sich noch ein Bier.

Dann unterhielten wir uns noch eine Weile. Er wollte wissen, was ich so arbeite und ich erklärte es ihm. Das interessierte ihn, er stellte häufig Fragen, aus denen ich herauslesen konnte, daß er auch einiges über Kernphysik wußte. Zwischendurch holte er sich noch ein Bier, spendierte mir auch ein Glas. Es war schon gegen zehn als ich mich verabschiedete.

Das Gerede des angeblichen Chirurgen hatte mich beeindruckt, beschäftigte mich und so machte ich mich gedankenversunken auf den Weg zum See, wollte mich noch ein bißchen am Ufer hinsetzen und nachdenken bevor ich den Heimweg antrat. Ich wußte nicht so recht, was ich von dem Mann halten sollte. Am meisten wunderte ich mich darüber, daß er so spät abends noch halb betrunken im Biergarten saß, wenn er doch am nächsten Morgen, schon recht früh, eine, meiner Ansicht nach, recht schwierige Operation durchführen mußte. Es gibt schon seltsame Menschen.

Ein schriller Ton einer Fahrradklingel riß mich aus meinen Träumen. Unwillkürlich sprang ich zur Seite, nahm gerade noch wahr, wie eine

Radfahrerin in die entgegengesetzte Richtung auswich. Der Schreck hielt vermutlich nur den Bruchteil einer Sekunde an, ich blickte dann unwillkürlich auf den Weg, sah eine blonde Frau mit lockigen Haaren. Sie entfernte sich langsam. Ihr Gesicht konnte ich nicht sehen, ich war trotzdem ihrer Person völlig sicher. Ich eilte zum Fahrradabstellplatz, in der Hoffnung die Radfahrerin mit dem Mittelscheitel und der leicht spitzen Nase noch einzuholen. Aber das war nur ein Wunschtraum. Ich durchquerte zwar noch ein paarmal den Park, entdeckte sie aber nicht. Dann begann es zu dunkeln und ich fuhr nach Hause.

Die Frau mit dem ernsten Gesicht

Während der dunklen Jahreszeit, großzügig, wie ich bin, zähle ich hierzu die Monate September bis April, verbringe ich seit einigen Jahren meine Samstagabende in der Sauna, falls ich mich nicht krank fühle, gerade auf Dienstreise bin oder nichts anderes vorhabe. Im Laufe der Zeit erhält man eine gewisse Übersicht, was die Besucher betrifft. Die meisten Gäste gehören der Kategorie 'Laufkundschaft' an, das heißt, man sieht sie lediglich einmal. Andere kommen alle paar Wochen, man trifft sie so drei bis vier Mal in der Saison an. Und dann gibt es die 'Stammkunden', die mehr oder weniger regelmäßig anwesend sind. Doch handelt es sich bei ihnen auch um eine, ich nenne sie einmal so, dynamische Gruppe. Das heißt, man trifft manche Personen in einer Saison bis ins Frühjahr hinein regelmäßig, im darauffolgenden Herbst sind sie aber dann verschwunden, tauchen nie mehr auf. Ich habe bisher dort niemanden kennengelernt, weiß daher über die Gründe nicht Bescheid, frage mich aber manchmal danach. Haben sie ihre Gewohnheiten geändert ? Oder einen Partner gefunden, der andere Vorlieben hat ? Vielleicht sind sie auch weggezogen oder gestorben. Es bleibt unbekannt. Es bleibt lediglich die Erinnerung an einen Menschen, der irgendwann auftauchte und nach einiger Zeit wieder im Nebel der Zeit verschwand, wie meine Jugendliebe Carola, die ich seit mehr als fünfunddreißig Jahren nicht mehr gesehen habe. Ich habe keine Ahnung, wo sie wohnt, ob sie überhaupt noch am Leben ist.

Ich bedauere das nicht, da ich die Leute ohnehin nicht kannte, es symbolisiert mir lediglich die Vergänglichkeit und ich komme mir dann als Außenstehender vor, der den Lauf der Welt beobachtet ohne selbst daran teilzunehmen.

Ich will jetzt nicht abschweifen, aber manchmal ist es auch gut, wenn man Menschen aus den Augen verliert und nichts mehr von ihnen hört.

Natürlich fragte ich mich bereits damals, wie es diesbezüglich mit der Frau mit dem Mittelscheitel und der leicht spitzen Nase weitergehen würde. Würde sie in ein paar Monaten auch nur noch eine verschwommene Erinnerung an einen einsamen Sommer sein ?

Selbst die Menschen, denen man regelmäßig in der Sauna begegnet, bleiben ein Geheimnis. Man trifft sie einmal pro Woche, zu einer bestimmten Zeit, an einem bestimmten Ort. Über ihr restliches Leben weiß man nicht. Es bleibt sozusagen hinter einem Schleier verborgen. Ein Beispiel hierfür ist die ‚Frau mit dem ernsten Gesicht'. Ich bezeichne sie so, mangels Kenntnis ihres Namens, da sie immer finster dreinblickt. Zum ersten Mal aufgefallen ist sie mir gegen Ende des letzten Jahres. Im Spätwinter und im Frühjahr traf ich sie dann regelmäßig an. Anfangs grüßte sie sogar. Später unterließ sie es, beachtete mich schließlich gar nicht mehr. Ich will daraus nicht schließen, daß sie tatsächlich eine mürrische Person ist. Vielleicht trägt sie auch nur ein grimmiges Gesicht zur Schau um andere Leute vor sich abzuschrecken. Sie war auch immer allein, redete mit niemandem, ja, sie schien sogar anderen aus dem Weg zu gehen. Vielleicht war mein Eindruck auch nur subjektiv und sie war eigentlich gar nicht mürrisch. Sie hatte ein schmales, längliches Gesicht, das in ein spitzes, leicht nach vorn gewölbtes Kinn auslief, während die Stirn auch etwas hervorstand. Deshalb erinnerte mich die Form ihres Gesichtes an eine Mondsichel. Das ist aber jetzt kein Negativurteil, denn bei näherer Betrachtung, wirkte sie recht hübsch. Bei freundlichem Blick hätte man sie sogar fast als schön bezeichnen können. Ihre Gestalt war zierlich, sie hatte langes, braunes Haar, ihr Alter schätzte ich auf Anfang dreißig.

Ich war daher überrascht, als ich sie eines Abends nahe der 'Roten Brücke' antraf. Sie kam von der Straße her, lief eilig in Richtung Biergarten. Mich wunderte das etwas. Sie hatte ihr Auto offenbar nicht auf einem der Parkplätze abgestellt, eher im Hafengebiet jenseits der Straße. Ich hatte sie einmal nach Verlassen der Sauna in ihr Auto steigen sehen. Es trug ein Kennzeichen des Landkreises Miltenberg; also konnte sie nicht in der Nähe wohnen und zu Fuß hergekommen sein. Das schreibe ich jetzt nur zur Klarstellung. Möglicherweise, so sagte ich mir daher, arbeitet sie in einem der im Hafengebiet ansässigen Betriebe und besucht jetzt nach Feierabend den Biergarten. Grußlos und ohne mir einen Blick zuzuwenden war sie vorbeigelaufen. Wahrscheinlich hatte sie mich auch gar nicht erkannt. Ich sah keinen Grund ihr zu folgen, setzte meinen Weg in entgegengesetzter Richtung fort, erreichte dann zehn Minuten später den Biergarten, holte mir an der Theke meinen Standardtrunk, schaute mich dann nach einem Platz um. Zu meiner größten Verwunderung erblickte ich die Frau mit dem ‚ernsten Gesicht' inmitten einer größeren Gruppe weiblicher Wesen, die, wie üblich, lebhaft miteinander schwatzten. Es müssen sehr lustige Gespräche gewesen sein, denn ihr Lachen war weithin zu hören. Die Frau machte gar kein ernstes Gesicht mehr, sondern lachte, strahlte, nahm intensiv an den Gesprächen teil. Erstaunt blieb ich stehen, betrachtete die Szene. Noch überraschter war ich allerdings als ich neben ihr sitzend eine blonde Frau mit Mittelscheitel, einer leicht spitzen Nase und blassem Teint erblickte. Wo war hier der Zusammenhang ? Woher kannten sie sich ? Ich erfuhr es nie. Am Nebentisch war ein Platz frei und so ließ ich mich nieder. Nach einer Weile stellte ich fest, daß mich die Frau mit den blonden, lockigen Haaren offenbar wahrgenommen hatte. Auffällig oft blickte sie zu mir herüber, lächelte dabei. Zufall war das sicherlich nicht.
Ich überlegte, was zu tun sei. Es erschien mir nicht sehr ratsam, einfach hinüberzugehen und ihr 'Guten Abend' zu sagen. Ich zog in Erwägung, sie könne sich dann vielleicht einen Scherz erlauben, zu erklären, sie kenne mich nicht, ich müsse sie mit einer anderen verwechseln und das Ganze dann noch mit irgendeiner dummen Bemerkung untermauern. Eigentlich traute ich ihr so ein Verhalten nicht zu, aber in Bierlaune, innerhalb einer Gruppe reagiert man oft anders,

insbesondere in gelöster Stimmung. Da ist man dann versucht, die Stimmung auf Kosten anderer weiter anzuheben. Blamieren wollte ich mich aber nicht. Ich beschloß daher zu warten bis sie aufbrechen würden. Hatte sie wirklich Interesse an einer Begegnung, so mußte sie mir dann unbedingt eine Gelegenheit geben mit ihr Kontakt aufzunehmen. Endlich, nach einer guten Stunde, erhoben sie sich. Die Braunhaarige setzte wieder ihr ernstes Gesicht auf, trennte sich von der Gruppe, lief in Richtung 'Rote Brücke' davon. Die anderen blieben zusammen, bildeten einen schwatzenden und lachenden Pulk, schlugen den Weg in Richtung Parkplätze ein. Die hübsche Frau mit der etwas spitzen Nase war mitten unter ihnen, machte keinerlei Anstalten sich von den anderen abzusondern, schaute sich auch gar nicht nach mir um. Tatenlos mußte ich schließlich mit ansehen, wie sie sich zusammen mit zwei anderen in ein Auto begab und davonfuhr.

Zickentreffen

Zwei Sorten von Weibern sind mir unsympathisch, solche, die auf der Straße rauchen und solche, die in Supermärkten telefonieren. Nicht, daß ich etwas gegen Frauen hätte die rauchen. Ganz im Gegenteil, in meiner Jugend galt Rauchen bei Frauen als Zeichen der Emanzipation. Und ich mag emanzipierte Frauen, wenn sie lieb sind. Mir mißfällt es nur, wenn sie mit der qualmenden Zigarette in der Hand die Straße entlang schlendern. Das gibt ihnen das Aussehen von Huren. Diese Einschätzung kommt vielleicht daher, daß ich das selbst nicht mag. Verspüre ich unterwegs ein entsprechendes Bedürfnis, so setze ich mich auf eine Bank oder gegebenenfalls auf die Bordsteinkante. Das könnten sie ja auch tun. Niemand wird sie deswegen für eine Bordsteinschwalbe halten. Zumindest ich nicht. Und was andere denken ist mir ohnehin einerlei.
Telefonieren im Supermarkt ist allerdings störender, insbesondere an der Kasse, wenn sie, das Mobiltelefon zwischen Kinn und Schulter eingeklemmt umständlich ihre Waren aufs Band legen und dann kaum in der Lage sind, den Geldbeutel aus der Handtasche zu zie-

hen. Ihren Redefluß unterbrechen sie dabei nie. Und ich stehe dann hinten an, warte bis ich an der Reihe bin, während die tiefgefrorene Pizza allmählich auftaut. Ich frage mich dann, was es so wichtiges zu erzählen gibt. Dabei fiel mir schon öfters eine Szene aus Hermann Hesses Roman ‚Der Steppenwolf‘ ein. Harry Haller war mit ‚Mozart‘ im ‚Magischen Theater‘ unterwegs als ihnen ein alter Herr mit langem Bart, den er als Brahms identifizierte, begegnete, der einen gewaltigen Zug von einigen zehntausend schwarzgekleideten Männern anführte. Jeder, so erklärte ‚Mozart‘, repräsentierte eine Stimme oder Note, welche nach göttlichem Urteil in seinen Partituren überflüssig gewesen waren.

„Vielleicht“, so kam es mir dann in den Sinn, „könnte man diesen Weibern für jedes überflüssige Wort, das sie sprechen, im Jenseits einen solchen Begleiter geben.“

In der Tat heißt es ja auch im Matthäus – Evangelium 'Ich sage euch aber, daß die Menschen Rechenschaft geben müssen am Tag des Gerichtes von jedem nichtsnutzigen Wort, das sie geredet haben'.

Das setzt natürlich voraus, daß es ein solches 'Jüngstes Gericht' überhaupt einmal geben wird, worin ich mir allerdings nicht so sicher bin. Und warum sollte man auch so lange warten ? Die Strafe könnte doch schon gleich nach dem Tode vollzogen werden.

Aber andererseits, vielleicht wäre das gar keine Strafe. Es könnte ihnen sogar gefallen, so viele Männer um sich zu haben. Es wäre daher eher so halten wie in Charles Dickens' Weihnachtsgeschichte. Dort bekam Jakob Marley für jede Sünde ein Stück Kette, die er mit sich herumschleppen mußte. Ja, so etwas wäre nicht schlecht, ein Kettenglied für jedes überflüssige Wort. Die meisten würden sich dann gar nicht mehr fortbewegen können, ewig am Platze der Verdammnis ausharren. Ohne Ausweg. Ich stellte mir das so richtig bildlich bei jener Frau vor, der ich an einem Samstag Nachmittag begegnete. Sie war groß, schlank, hatte kurzes, blondes Haar, aber keine leicht spitze Nase. Sie war etwa fünfzig Jahre alt und trug, das war auffallend, trotz sommerlicher Temperaturen lange, schwarze Stiefel, die bis zu den Knien reichten. Sie telefonierte offenbar mit einer Bekannten.

„Ich gehe morgen Vormittag zum Brunch in den Dalberg – Garten. Du könntest sozusagen als ‚surprise‘ kommen.“

Ich mußte Grinsen. Wo hatte sie diesen Ausdruck gelernt ? Und ‚Brunch' sprach sie tatsächlich mit ‚u' aus. Ihr Gerede weckte mein Interesse. Was für Zicken würden sich da versammeln ? Und da ich für den Sonntag ohnehin noch keine Pläne hatte, beschloß ich die Örtlichkeit aufzusuchen und mich umzuschauen. Ich brach gegen zehn Uhr auf, erreichte den ‚Dalberg – Garten' gegen elf.

Die Morgen – Orgie war schon voll im Gange. Etwa fünfzehn Damen, meist älteren Semesters, waren versammelt. Ich musterte stehend die Versammelten bevor ich mich an einem Nebentisch niederließ. Ich erkannte die Zicke von gestern. Sie hatte ihr Haar zu einem Schopf zusammengebunden, der durch ein grell-grünes, breites Stirnband verunziert wurde. Von ihrem Hinterkopf aus fielen zwei Bänder, je eines rechts und links, gleicher Farbe bis etwa Brusthöhe herab, an deren Enden knallrote Bommel befestigt waren. Auf dem Stirnband waren goldene Figuren aufgestickt. Es könnte sich dabei um Elefanten, vielleicht aber auch um Kühe gehandelt haben. So genau konnte ich das aber nicht erkennen, da sie etwa fünf Meter von meinem Standort entfernt saß. Die anderen waren ähnlich zurechtgemustert. Auf eine detaillierte Beschreibung verzichte ich aber, das würde zu weit führen, zumal mein Hauptinteresse darin bestand, herauszufinden, ob sich unter den Anwesenden auch eine blonde Frau mit Mittelscheitel, leicht spitzer Nase und schmalrandiger Brille befand. Das war aber nicht der Fall. Und das beruhigte mich. Die Stimmung war gelöst, wozu die zahlreichen Sektflaschen, die auf dem Tisch herumstanden, nicht unerheblich beigetragen haben dürften. Es war entsprechend laut, doch bei dem herrschenden Stimmengewirr war es beinahe unmöglich etwas von der Unterhaltung mitzubekommen. Anzumerken ist hierbei noch, daß ständig irgendein Mobiltelefon läutete und stets vier bis fünf der Weiber am Telefonieren waren. Ich lauschte so gut es ging, während ich auf den Kellner wartete.

„… auf den Malediven war es herrlich", hörte ich die gestrige Zicke schwärmen; ich verstand ihre Worte nur deshalb, weil im Überschwang der Gefühle sich ihre Stimme fast überschlug, „traumhafte Strände und dann dieser hübsche, braungebrannte Animateur mit den dunklen Glutaugen …"

Dabei seufzte sie so stark, daß man es vermutlich bis zur Sandkirche hören konnte.

„Die Sache ist nur", warf ihre Tischnachbarin ein, die so aussah als sie das ‚surprise', „daß seine Glutaugen nur auf mich gerichtet waren."

Ich schaute geistesabwesend zu der einen und zu der anderen hin. Der arme Kerl mußte ja in argen Nöten gewesen sein. Aber das geht mich ja nichts an. Mich geht überhaupt nie etwas an.

„Es war unbeschreiblich wundervoll", fuhr sie dann fort, „von einem zwanzig Jahre jüngeren Mann so leidenschaftlich als Frau begehrt zu werden."

„Ha", schallte es dann von der anderen Tischseite herüber, „ich wußte ja gar nicht, daß es so alte Animateure gibt."

Die gestrige Zicke erkannte nun ihre Chance sich zu rächen.

„Die Kinder sagten auch alle ‚Opa' zu ihm."

„Da sieht man mal wieder die hessische Provinzialität", dachte ich mir, „bei so knackigen Animateuren muß man doch keinen Pizzabäcker aus Dudenhofen mit auf die Malediven nehmen."

„Was wünschen Sie ?"

Die Stimme ließ mich fast zusammenzucken.

„Das Brunch ist leider schon ziemlich abgeräumt, aber für den halben Preis können Sie sich noch bedienen."

„Und das wäre ?"

„Acht Euro."

Ich schaute den Kellner skeptisch an.

„Aber für das Geld bekommen Sie auch noch den Sekt dazu. Es ist schon spät. Tut mir auch leid, daß Sie solange warten mußten. Aber es sind zwei Kellner ausgefallen und da muß ich auch noch bedienen. Auf das Personal ist heutzutage eben kein Verlaß mehr."

„Ich kenne das", erwiderte ich gelassen, „bei uns in der Firma ist das genauso. Da muß ich mich auch um alles kümmern. Aber ich wollte eigentlich gar nichts essen. Mir genügt ein bulgarisches Frühstück."

Der Mann grinste.

„Eine Kanne Kaffee und zwei Zigaretten also."

Ich blickte ihn erstaunt an.

„Ich bin Bulgare", sagte er, „Sie etwa auch ?"

„Nein", antwortete ich, ‚aber ich hatte einmal einen Arbeitskollegen, der war Bulgare. Von dem habe ich den Spruch."

Der Mann überlegte.

„Darauf müssen wir einen trinken; nicht viele kennen die großen bulgarischen Weisheiten."

Er eilte davon, kehrte bald mit einer Flasche Sekt zurück.

„Ja", fuhr er dann fort, „eigentlich habe ich Jura studiert, aber mit bulgarischer Juristerei kann man hier nicht viel anfangen. Ich habe daher eine Kneipe eröffnet; sie läuft nicht schlecht. Ich heiße übrigens Victor."

„Ich heiße Fritz."

Wir prosteten uns zu

„Tut mir leid, aber ich muß mich jetzt wieder um die anderen Gäste kümmern. Es war schön, dich kennengelernt zu haben. Den Sekt schenke ich dir."

Dann ging er. Ich wandte mich wieder den Zicken zu. Wenig später brachte eine junge Kellnerin den Kaffee. Ich zündete mir eine Zigarette an. Im Freien ist das Rauchen ja noch erlaubt.

„Dreht dein Alter eigentlich noch Pornofilme mit seiner Neuen ?" sagte eine und fuhr nach einer kurzen Pause fort.

„Na ja, ich habe mir mal einen solchen Streifen angeschaut."

Es folgte dann eine abfällige Bemerkung, die ich hier nicht wiedergeben möchte.

„Ich kann verstehen, daß du dir einen anderen gesucht hast. Ich habe mir auch die Neue mal angeschaut. Was Besseres hat er nicht gefunden."

„Diese Suche war sicherlich nicht leicht", warf eine andere schnippisch ein, „na ja, die Kerle finden halt nicht mehr was Gescheites und geben sich mit der erstbesten zufrieden."

„Die braucht dann ja auch nur eines zu können", bemerkte eine Dritte.

„Bei Weibern ist das auch nicht anders", dachte ich im Hinblick auf eigene Erfahrungen.

Üblicherweise trinke ich nur abends, in der Regel nach Sonnenuntergang. Nur im Sommer mache ich eine Ausnahme, da wird mir sonst das Warten zu lang und ich muß auch morgens wieder früh aufstehen. Daher spürte ich bald die Auswirkungen des Sektes. Mein Kopf wurde dumpf, ich wurde müde, konnte dem Gespräch der Weiber nicht mehr so recht folgen. Ich bezahlte daher meinen Kaffee, brach dann auf. Das Fahrrad schob ich bis ich den Main-Radwanderweg erreicht hatte. Es war mittlerweile heiß geworden. Auf einer Bank nahe der Eisenbahnbrücke zwischen Mainaschaff und Stockstadt ließ ich mich nieder, betrachtete den Fluß. Klar denken konnte ich nicht mehr. Möglicherweise schlief ich zwischendurch auch kurz ein. Die nachfolgende Begegnung ist daher die einzige, für die ich mich nicht verbürge. Ich könnte das geträumt oder mich auch getäuscht haben. Auf dem Main waren zahlreiche Motorboote unterwegs, einige zogen Wasserskiläufer. Einmal erblickte ich nämlich eine blonde Frau mit blassem Teint, die Wasserski lief. Sie schien eine leicht spitze Nase zu haben. Ich wartete eine Weile, aber sie kehrte nicht zurück. Gegen vier Uhr hatte sich mein Zustand einigermaßen gebessert. Ich fuhr nach Hause, war dann aber erneut sehr müde. Ich legte mich schlafen.

Handwerkermarkt

Der Besuch des jährlich am ersten Augustwochenende im Schloßhof stattfindenden Kunsthandwerkermarktes hat für mich eine besondere Tradition. Warum das so ist, weiß ich gar nicht und sie ist sicherlich nicht dadurch begründet, daß ich ihn in meinem früheren Leben regelmäßig mit meiner Ex-Gattin und später mit meiner Stiefcousine aufsuchte. Im Grunde genommen brauche ich auch gar nichts von alldem, was da so angeboten wird. Ich hatte in den letzten Jahren auch nie etwas gekauft. Was kann ich denn auch mit irgendwelcher Haus- und Wohnungsdekoration anfangen, die nur den Platz wegnimmt, der dringend für Bier- und Schnapsflaschen sowie für Aschenbecher gebraucht wird ? Oder, was nützen mir handgestrickte, biologisch gefärbte Pullover aus reiner Wolle von ökologisch geschorenen Schafen, wenn man sie nicht in der Maschine waschen kann ? Zugegeben, manches wäre selbst für mich brauchbar, zum Beispiel, handgeschusterte Wanderstiefel aus dem Leder artgerecht gehaltener Büffel. Die paßten sogar hervorragend. Der Preis entsprach allerdings dem von zwanzig Flaschen schottischem Whisky besserer Sorte und das erschien mir als eine schlechte Relation.

Es ist auch nicht unbedingt die Atmosphäre eines milden Sommerabends, da ich auch in Jahren hingehe, wenn es regnet und kalt ist.

Ich schlenderte also über den Markt, wie Sie sicherlich schon vermuten, dieses Jahr in der Hoffnung, der Frau mit den blonden Haaren, dem Mittelscheitel und der schmalrandigen Brille zu begegnen, betrachtete mir die Auslagen der einzelnen Stände, kaufte mir dann am Getränkestand eine Flasche Wasser, setzte mich an einen freien Tisch, trank, rauchte eine Zigarette, überlegte, was ich so mit dem restlichen Abend anfangen sollte. Es war erst kurz nach neun. Schließlich entschloß ich mich zu einem zweiten Rundgang, konzentrierte mich dabei, zunächst ohne besondere Absicht, auf die Schmuckpavillons. Mein nun folgendes Verhalten ist schwer zu erklären, ich habe mich schon damals darüber gewundert. Aber es nun einmal so. Manchmal setzen sich Ideen im Gehirn fest, wachsen und gedeihen. Da mag der Verstand sie für noch so unsinnig halten, es hilft nicht. Sie lassen sich nicht eindämmen und schon gar nicht unterdrücken. Nein, sie nehmen das gesamte Denken in Anspruch und verlangen Handeln.

Ich war beim Herumschlendern etwas in Träumen geraten, hatte mir vorgestellt, ich würde Hand in Hand mit der blonden Frau mit der etwas spitzen Nase und dem blassen Teint über den Markt bummeln und ihr schließlich ein kleines Geschenk, etwa ein hübsches Schmuckstück, kaufen. Aus diesem Traum heraus entstand nun der Gedanke, für die erste Verabredung ein 'Antrittsgeschenk' zu brauchen. Ich war mir zunächst nur noch nicht schlüssig, was es sein sollte.

An einem Stand wurde Silberschmuck angeboten; es waren keine Kostbarkeiten, aber recht schöne Handwerksarbeiten. Und plötzlich gewann ich die Überzeugung hier das richtige zu finden. Ich betrachtete die vor mir liegenden Ringe, Armreife und Kettchen näher. Es durfte nicht Kostbares, aber auch nichts billiges sein. Meine Wahl fiel schließlich auf eine Halskette, eine fein gearbeitete Blüte mit einem kleinen, rötlich-braunem Stein in der Mitte. Ich kaufte das Schmuckstück.

Schon zwei Minuten später kam mir die ganze Sache recht töricht vor.

„Das Geld ist praktisch zum Fenster herausgeworfen", sagte ich mir.

Doch bereits eine Minute danach schalt ich mich selbst wegen dieses Anfalls von Geiz und Kleinmütigkeit, stellte mir die Szene des Überreichens des Geschenks beim ersten Stelldichein bildlich vor, sah das freudestrahlende Gesicht der schlanken Frau mit dem Mittelscheitel und dem blonden, lockigen Haar mit meinem geistigen Auge, genoß bereits im voraus diese Szene.

Konnte es etwas Schöneres im Leben geben ?

„Hallo, wie geht's ?"
Eine Stimme weckte mich aus meinen Träumen. Ich kannte sie. Es war Ilse, die Cousine meiner Stiefcousine Sonja. Ich muß das erklären. Sonja ist die Stieftochter meines Onkels, der Sonjas Mutter erst im Alter heiratete. Daher die Bezeichnung. Sonja war bereits Mitte vierzig als ich sie kennenlernte. Sie hatte sich damals kurz zuvor von ihrem Mann getrennt. Wir verstanden uns aber auf Anhieb recht prächtig, sie war ja auch so der Typ, mit dem man ohne Scheu über alles reden konnte. Und da mich damals gerade mein Eheweib verlassen hatte und Sonja bald zur Überzeugung kam, ich sei unglücklich, was aber gar nicht stimmte, faßte sie den Plan, mich mit ihrer Cousine zu verkuppeln. Ilse ist die Tochter des Bruders ihrer Mutter, von Beruf Grundschullehrerin in Dieburg und war nach Sonjas Meinung ‚eine gute Partie', eine geeignete Frau für mich. Ilse war noch ledig und trotz ihrer gut vierzig Jahre vermutlich noch Jungfrau. Nachgeprüft habe ich das allerdings nicht. Heute, zehn Jahre später, ist sie noch immer unverheiratet, und ich denke das wird sich auch nicht ändern.

Ich weiß nicht, ob Sonjas Plan bei Ilse auf Gegenliebe stieß oder ob sie überhaupt in diesen Plan je eingeweiht wurde, jedenfalls hielt ihn Sonja nach einiger Zeit offensichtlich doch nicht mehr für so gut und ließ ihn fallen. Statt dessen entwickelte sich dann zwischen ihr und mir ein recht inniges Verhältnis, das einige Jahre anhielt, mittlerweile aber aufgrund meines eher liederlichen Lebenswandels sein natürliches Ende gefunden hat.

Ilse war nicht allein, sondern in Begleitung einer Kollegin. Die war verheiratet, hatte aber an jenem Abend freien Ausgang, da ihr Mann sich im Fernsehen ein Fußballspiel ansehen mußte. Ich wußte, was nun kommen würde.

„Was machst du hier ?"

Das war natürlich eine recht dumme Frage, auf die ich bloß antwortete:

„Mich umschauen."

„Hast du schon was gekauft ?"

„Nein", log ich, „und du ?"

Ich hatte natürlich keine Lust, ihr etwas von dem Kettchen zu erzählen. Sie hätte mich sicher für verrückt erklärt und die Geschichte außerdem Sonja erzählt, was dann wiederum stundenlange Telefongespräche zur Folge gehabt hätte, da Sonja noch immer an meinem Wohlergehen sehr interessiert ist und daher unbedingt die Hintergründe meines Handelns hätte erfahren wollen. Außerdem wäre mir der Vorwurf nicht erspart geblieben, ich hätte das Geld besser für ein Waisenhaus im Senegal stiften sollen als es so unsinnig zum Fenster herauszuwerfen.

„Ja", antwortete Ilse strahlend.

Sie öffnete die offensichtlich ökologisch genähte Stofftasche, die sie bei sich trug, zog einen Hut hervor.

Er war flach, lila, ein Band aus Tigerfellimitat umgab ihn. Zu allem Überfluß stecke in ihm noch eine große Feder. Ich lächelte. Sie mißverstand meinen Gesichtsausdruck.

„Ich sehe, er gefällt dir."

„Ja", log ich etwas gedehnt, ich wollte sie ja schließlich nicht beleidigen, meinte aber dann süffisant, „und er steht dir sicher auch gut. Aber ich frage mich, wo willst du ihn tragen ? Für die Schule ist er doch sicherlich nicht das Richtige."

Sie schaute mich skeptisch an.

„Typisch für dich, du denkst nur an den Beruf. Nein, der ist für den Urlaub."

Diese Antwort hatte ich jetzt nicht unbedingt erwartet, eher, daß sie sagen würde, er sei für Theaterbesuche gedacht. Dabei war er meiner Meinung nach am besten für einen Faschingsball geeignet. Aber meine Meinung interessiert ja keinen.

„Warst du denn schon im Urlaub ?" fragte sie mich nach kurzem Schweigen.

„Nein", antwortet ich, diesmal wahrheitsgemäß.

„Und wann machst du Urlaub ?"

„Ich weiß es noch nicht, vielleicht im September."

„Und wo fährst du hin ?"

„Vermutlich nirgends; ich habe auch noch am Haus zu arbeiten. Au-ßerdem fahre ich demnächst für drei Tage nach Boston und muß im Oktober nach Dubna."

Sie schüttelte den Kopf. Sie konnte nicht verstehen, daß es Leute gibt, die nicht mindestens viermal im Jahr in Urlaub fahren.

„Ich war über Pfingsten am Schwarzen Meer und nächste Woche fliege ich für vierzehn Tage nach Madagaskar."

„Da wäre es mir im Sommer viel zu heiß."

„Ach, am Meer ist es angenehm."

„Woher weißt du das ?"

„Das steht im Prospekt. Na ja, viel Spaß noch."

Ihre Begleiterin und sie schlenderten weiter. Ich atmete auf.

Die verwunschene Frau

Ich habe einen Hund, genauer gesagt, eine Hündin. Meine Ex-Frau hatte sie kurz nach der Trennung gekauft. Sie heißt Skylar. Der Name soll dänischen Ursprungs sein und soviel wie ‚Schüler' bedeu-ten. Warum sie die Hündin so genannt haben ist mir unklar, denn sie ist weder zur Schule gegangen, noch hat sie eine sonstige Erziehung genossen.

Die Umstände, unter denen ich schließlich in den Besitz des Hundes kam, möchte ich hier nicht näher erläutern, da sie für die Geschichte auch gar keine Rolle spielen.

Ein Hund hat gegenüber einer Ehefrau einige Vorteile. Abgesehen davon, daß er niemals widerspricht und nie beleidigt ist, freut er sich stets, wenn man nach Hause kommt, egal ob es um sechs Uhr abends ist oder erst gegen Mitternacht. Allerdings muß man dann damit rechnen, daß er den Kellerflur zwischenzeitlich als Toilette benutzt hat. Das ist der Nachteil gegenüber einer Ehefrau, die so etwas übli-cherweise nicht tut. Zumindest ist mir ein derartiger Fall bisher nicht bekannt geworden.

Ich gehe oft mit Skylar spazieren, normalerweise in der näheren Umgebung meines Wohnorts. Zu meinen Wanderungen und Fahrradtouren nehme ich sie nur selten mit.

An jenem Samstag war es allerdings trüb, Regen drohte. Ich hatte abends keine Lust zuhause zu bleiben, wollte aber auch nicht naß werden, unterließ daher eine Fahrradtour, sondern fuhr mit dem Auto zum Park Schönbusch, brach dann zu einem längeren Rundgang auf. Den Hund nahm ich ausnahmsweise mit. Da Skylar zwar ungezogen, aber nicht aggressiv ist, ließ ich sie frei umher laufen. Sie ging allerdings ihrer eigenen Wege und ich mußte sie des öfteren herbeirufen, wenn sie sich zu weit von mir entfernte.

Eine dickliche Frau mittleren Alters, die nicht der Kategorie ‚Maus' zugeordnet werden konnte, nahm daran Anstoß.

„Müssen Sie denn so herumschreien ? Andere Besucher möchten schließlich ihre Ruhe haben und außerdem ist es hier nicht erlaubt Hunde frei herumlaufen zu lassen. Lesen Sie mal die Parkordnung !" herrschte sie mich wenig freundlich an.

„Das mag durchaus so sein", entgegnete ich lächelnd, „aber es handelt sich hier um keinen gewöhnlichen Hund."

„Was soll das denn bedeuten ?" fragte sie barsch.

„Nun ja", entgegnete ich ruhig, „eigentlich ist das gar kein Hund, sondern meine Ex-Gattin."

Die dickliche Frau sah mich verwirrt an.

„Ich habe", erklärte ich ihr, „sie in einen Hund verwandelt, da sie zu viel Unterhalt verlangte. Schließlich hatte ich keine Lust mich zu ruinieren. Das verstehen Sie doch, oder ? Den Trick habe ich von einem indischen Fakir gelernt, dem ich einst das Leben gerettet habe."

„Sie wollen mich wohl auf den Arm nehmen ?"

„Keineswegs, ich will mir schließlich keinen Bruch heben."

Die Frau blickte mich zornig an. Mit der Anspielung auf ihre Körperfülle hatte ich wohl einen wunden Punkt getroffen.

„Wieso bezweifeln sie das ?" fuhr ich fort, „Fakire können auf Nagelbrettern schlafen, ihre Eingeweihte in den Brustkorb heben, sie können Seile emporsteigen lassen, die dann so fest sind, daß ein Mann daran hochklettern kann. Haben Sie nicht den Film ‚Der Tiger von Eschnapur' gesehen ? Er ist doch schon mehrmals im Fernsehen gezeigt worden. Da ist es doch für einen Fakir eine Kleinigkeit eine Frau in einen Hund zu verwandeln. Oder etwa nicht?"

Die Frau starrte mich ungläubig an.

„Sehen Sie", erklärte ich mit ernster Mine, „vor zehn Jahren hielt ich mich für einige Monate in Indien auf, genauer gesagt, an der Universität in Neu-Delhi. Der Institutsleiter entstammte der Kriegerkaste und als alter Soldat verstand ich mich mit ihm prächtig. Wir tauschten oft unsere militärischen Erfahrungen aus. Daß ich nur Obergefreiter gewesen war, verschwieg ich natürlich. Eines Tages lud er mich zur Jagd ein. In einem Waldstück hörte ich gellende Hilferufe. Ohne auf die Warnungen meines Jagdgenossen zu achten, rannte ich in Richtung der Schreie. Auf einer Lichtung kämpfte ein Mann mit einem Tiger. Ich erhob mein Gewehr und in einem günstigen Augenblick, als der Tiger kurz von dem Mann abließ, schoß ich, traf die Bestie im Kopf. Sie war auf der Stelle tot. Der Mann, er war alt und dürr, rannte zu mir her, warf sich vor meine Füße, begann erregt zu reden. Ich verstand natürlich nicht, was er sagte, fragte ihn daher, ob Englisch spreche. Er konnte es leidlich. Er bedankte sich tausendfach, sagte, er sei Fakir und verstehe sich auf vielerlei Künste. Da ich ihm das Leben gerettet habe, wolle er mir einen Wunsch erfüllen, soweit das möglich sei. Ich überlegte kurz und mir fielen die Probleme mit meinem Ex-Eheweib ein. Ich fragte ihn, ob er böse Menschen in ein Tier verwandeln könne, einen Raben zum Beispiel. Er antwortete, in einen Vogel könne er niemanden verwandeln, aber in einen Hund. Ich sagte ihm, ein Hund ginge auch, aber es müsse ein kleiner sein, der nicht beißt. Das sei nicht schwer, entgegnete er, aber dazu brauche er ein Bild. Ich hatte aber natürlich kein Photo meiner Ex-Gattin dabei, da ich keine Horrorbilder mag. Das sei ein Problem, entgegnete er, aber wenn ich mich genau an seine Anweisungen halte, meinte er nach kurzem Nachdenken, müsse es auch klappen, wenn ich es versuche. Ich hörte ihm aufmerksam zu. Nun ja, nach meiner Rückkehr vereinbarte ich ein Treffen mit meiner Ex-Frau, die sich gerade wegen einer Erbschaftsangelegenheit in der Gegend aufhielt, probierte die Sache aus und sogleich stand ein kleiner, schwarzer, struppiger Hund vor mir. So war es und nicht anders."

Die Frau starrte mich an.

„Könnten Sie den Hund auch wieder zurückverwandeln?"

Ich blieb ernst.

„Ich denke, im Prinzip geht das wohl. Aber das hat mir der Fakir nicht verraten. Ich habe ihn auch nicht gefragt. Dazu gab es ja auch keinerlei Grund. Mit dem Hund komme ich prächtig aus. Ich brauche nur das Futter zu bezahlen und die jährliche Impfung. Aber das kostet nicht viel."

„Ja, aber das Verschwinden der Frau muß doch wohl bemerkt worden sein ? Ist denn nicht nach ihr gesucht worden ?"

Ich unterdrückte mein Grinsen.

„Sicher, es hat natürlich eine polizeiliche Untersuchung gegeben. Und ich mußte mehrere Verhöre über mich ergehen lassen, da ich der letzte war, mit dem sie sich getroffen hatte. Aber es ist nichts dabei herausgekommen. Sie hatte damals nur eine Handtasche bei sich und die habe ich sofort entsorgt. Ich fuhr nämlich gleich zur Mainspitze und habe sie dort in den Rhein geworfen. Sie wurde nie gefunden. Und nach ein paar Wochen wurden die Untersuchungen eingestellt. Der Freund geriet natürlich auch in Verdacht. Aber auch dem konnten sie nichts anhängen."

Ich merkte, meine Rede hatte der Frau Angst eingejagt. Das nutzte ich aus um sie loszuwerden, indem ich so beiläufig hinzufügte „den Trick kenne ich noch immer, aber ich werde nicht noch einen zweiten Hund versorgen."

Entsetzen stand in ihrem Gesicht. Sie entfernte sich eilig.

Ich setzte den Spaziergang mit Skylar fort. Allerdings, das muß ich gestehen, wurde mir mein Scherz allmählich unheimlich. Schließlich konnte die Frau schnell ihre Fassung wiedergewinnen, mir nachspionieren, meinen Namen herausfinden und mich anzeigen. Ich achtete daher darauf ihr nicht wieder zu begegnen und insbesondere schaute ich mich gründlich um bevor ich mein Auto bestieg und nach Hause fuhr.

Gespräch mit der Stiefcousine

Es war am darauffolgenden Tag, am Sonntag Morgen gegen halb zehn.

Das Telefon klingelte, das heißt, es gab Laute von sich, die man heutzutage als Klingeltöne bezeichnet. Ich hob den Hörer ab.

„Hallo Fritz, grüß dich", tönte es. Die Stimme war so laut, daß man sie auch ohne Telefon gehört hätte. Mein Bürozimmergenosse hat sogar einmal die Vermutung geäußert, es sei überhaupt kein Telefon notwendig um sich mit dieser bestimmten Person über größere Distanzen zu unterhalten. Wenn sie in Groß-Zimmern rede, könnte ich sie problemlos in Darmstadt hören. Klarer Weise erkannte ich daher schon an der Lautstärke, wer es war: Sonja.

Die hatte mir gerade noch gefehlt. Mir ging es nicht sonderlich gut, ich spürte einen furchtbaren Druck im Kopf, was letztlich wohl daran lag, daß ich am Abend zuvor nach Rückkehr aus dem Park mein neues Whiskyglas ausprobiert hatte.

„Wie steht es mit der blonden Frau?" fragte sie unverblümt.

„Woher weiß sie denn schon wieder davon?" fragte ich mich, „schließlich habe ich doch niemandem davon erzählt."

Ich stellte mich also erst einmal unschuldig.

„Was für eine blonde Frau meinst du eigentlich?"

„Na, diese Saskia aus Miltenberg."

Also hatte sie doch keine Ahnung.

„Sie heißt Susi", verbesserte ich, „außerdem ist die Sache schon lange vorbei. Also, worum geht es?"

„Und für wen hast du dann auf dem Handwerkermarkt die Halskette gekauft?"

„Können wir uns mal sehen", wich ich aus.

„Lenk nicht vom Thema ab", entgegnete sie.

Ich fragte mich natürlich, woher sie davon wußte. Ilse konnte mich unmöglich gesehen haben und wie ich Ilse kannte, hätte sie mich ja auch sofort gefragt, ob ich eine neue Freundin hätte.

„Läßt du mich beobachten? Man kommt sich ja vor wie einst in der Ostzone."

„Reg dich nicht auf. Die Frau Meier, die mit mir im Kirchenchor singt, hat dich gesehen. Sie stand neben dir, hat sich gewundert und gedacht, wir hätten wieder etwas miteinander."

Ich dachte kurz nach. Ich konnte mich nicht daran erinnern Frau Meier gesehen zu haben. Anderseits ist sie auch nicht attraktiv und so hatte es auch keinen Grund gegeben nach ihr zu schauen.

„Die Idee, daß es für eine andere Frau sein könnte, ist ihr wohl nicht gekommen ?"

„Doch !" entgegnete Sonja mit fester Stimme, „was hast du eigentlich ? Warum stellst du dich so an ? Warum willst du es mir nicht sagen ? Hast du etwa ein schlechtes Gewissen ?"

Allmählich wurde mir die Sache zu dumm. Um endlich Ruhe zu haben log ich.

„Es war ein Geburtstagsgeschenk für eine Bekannte. Es war auch nicht teuer."

Mit der Annahme, die Angelegenheit sei damit erledigt, hatte mich allerdings getäuscht, denn Sonja ließ nicht locker.

„Wie heißt sie denn ? Und warum war sie nicht dabei ?"

Ich sann kurz nach einer Ausrede.

„Sie heißt Karin und sie war mit ihren Kindern in Urlaub gefahren."

„Wie viele Kinder hat sie denn ?"

Es war zum verzweifeln.

„Zwei", antwortete ich, „sie heißen Horst und Christine, sind vierzehn und sechzehn."

„Dann ist sie noch recht jung ?"

„Siebenundvierzig."

„Dann hat sie ihre Kinder aber spät bekommen."

„Das ist nicht meine Schuld."

„Das habe ich auch nicht behauptet. Wie sieht sie denn aus ?"

„Sie ist etwa ein Meter siebzig groß, hübsch, schlank, hat blondes Haar, eine leicht spitze Nase und trägt eine Brille mit schmalem Gestell. Und außerdem verkörpert sie für mich das Sinnbild weiblicher Reinheit. Aber nicht, weil sie sich regelmäßig wäscht."

Ich sagte das leicht grantig.

Sonja lachte.

„Das Sinnbild weiblicher Reinheit ! Es ist zum Lachen. Aber ich weiß schon, was du damit meinst. Zu mir hast du das nie gesagt."

„Dazu gab es auch keinen Grund."

Jede andere Frau hätte sich jetzt wohl beleidigt gefühlt und das Gespräch beendet. Bei Sonja wirkte das allerdings nicht, dazu ist sie viel zu neugierig. Zumindest ließ sie sich nichts anmerken.

„Sinnbild weiblicher Reinheit", wiederholte sie, „das sieht dir ähnlich. Gibt es denn das überhaupt für dich ? Das ist doch nur eine Wunschvorstellung. Vor deinen Augen kann schließlich niemand bestehen. Du siehst doch in allen nur ihre Fehler und die sind für dich unverzeihlich. Vermutlich gibt es diese Karin überhaupt nicht."

„Dann hätte ich ja wohl kaum die Kette gekauft."

Sonja schwieg eine Weile. Sie schien nachzudenken.

„Wie gut kennst du sie ? Ich denke, nur oberflächlich, nur soweit, daß du noch alle ‚Idealvorstellungen' in sie hineininterpretieren kannst. Aber in ein paar Monaten wirst du sie für genauso eine Schlampe halten wie mich."

„Ich habe nichts gegen Schlampen. Außerdem, ich rede hier nicht von Jungfräulichkeit, sondern von der Reinheit des Geistes, der Seele und des Herzens. Aber das wirst du niemals verstehen."

Sonja ließ sich nicht beeindrucken.

„Du kannst mir nichts vormachen", sagte sie, „ich kenne dich. Klar, mit einer ‚Schlampe' kannst du dich schon mal unterhalten, mit ihr zusammen einen Kaffee trinken, aber im Grunde genommen verachtest du sie. Als Lebenspartnerin kommen sie für dich nicht in Frage. Du willst das ‚Reine'. Aber wie rein bist du selbst ? Du fühlst dich doch als der ‚große Doktor Heßberger', der über allen steht. Denk mal über dich nach und steige von deinem hohen Roß herunter. Denn in Wirklichkeit bist du nur zynisch, gemein und böse. Außerdem trinkst Du unmäßig. Da brauchst du dich gar nicht zu wundern, daß dich niemand mag, zumindest niemand, der dich ein bißchen kennt."

„Wenn ich böse bin, so liegt das daran, daß mich das Leben böse gemacht hat. Anders kann man nicht überleben. Ich wollte immer ein guter Mensch sein."

„Rede dich nicht heraus. Niemand kann dir etwas Gutes tun. Ich habe das oft genug versucht. Aber du lehnst es ab. Das anzuerkennen hieße ja, Gefühle zu zeigen, Dankbarkeit. Und das ist für dich ein Zeichen für Schwäche. In Wirklichkeit willst du alleine sein, niemanden in dein Inneres blicken lassen, damit niemand dein wahres

Ich erkennt. Deshalb erschaffst du dir auch deine Traumfrauen, denn in Wirklichkeit kann niemand so sein wie du ihn dir vorstellst. Und selbst wenn du einmal von Gefühlen redest, dann ist das nur ein Spiel, schönes Gerede, um die anderen von deinem wahren Charakter abzulenken. Denn andere könnten ja erkennen, daß du auch nur ein gewöhnlicher Mensch bist. Und genau das willst du verhindern. Aber das wirst du niemals einsehen."

„Und wenn es so wäre, dann ist das mein Problem."

„Sicher, darum bleibe meinetwegen wie du bist, vergrabe dich in deine Träume."

Sie schwieg eine Weile.

„Na ja, schönen Sonntag noch. Tschüß."

Damit war das Gespräch beendet. Ich atmete auf. Es wäre aber falsch, aus dem unfreundlichen Ende des Telefonats zu schließen, Sonja wäre mir auf Dauer böse. In ein paar Wochen würde sie sich sicher wieder melden und erneut nach der blonden Frau mit dem Mittelscheitel fragen. Dafür würde schon ihre Neugier sorgen. Aber immerhin, vorerst war das einmal überstanden. Im allgemeinen ist sie ja auch ganz lieb, mich stören nur ihre unberechtigten Vorwürfe, insbesondere, wenn ich schlecht aufgelegt bin, zum Beispiel, daß mir niemand etwas Gutes tun kann. So hat mir meine Ex-Alte ja durchaus zumindest einmal im Leben etwas Gutes getan: als sie mich verließ. Allgemein gesagt, man tut mir immer etwas Gutes an, wenn man mich in Ruhe läßt. Aber Weiber kapieren das eben nicht.

Ich bereitete mir ein Frühstück, ging dann eine gute Stunde mit Skylar spazieren, dachte unterwegs über das Gespräch nach.

Es war noch immer trüb, mittlerweile auch noch unangenehm schwül.

Tatsächlich ist es gar nicht wahr, daß ich alle anderen niedermache. Ich bin lediglich allergisch gegen Dummköpfe, die sich aufblasen. Kann mir das jemand verdenken? Und von der Sorte gibt es schließlich viele. Und ich habe auch noch nie schlecht über jemanden geredet, das unterstellen mir lediglich meine Feinde. Denn in Wirklichkeit verhält es sich ja so: für viele ist es sogar ein Lob, wenn man sie als ‚Idioten' bezeichnet.

Den Nachmittag über arbeitete ich an dem Vortrag für die Konferenz in Boston, zu der ich in zwei Wochen reisen würde.

Gegen Abend verzogen sich die Wolken. Die Schwüle verschwand. Die Sonne schien herrlich, es war nun angenehm warm. Nichts hielt mich mehr im Haus. Ich brach zu einer Fahrradtour auf, fuhr Richtung Norden, überquerte an der Großkrotzenburger Schleuse den Main, ließ mich dann zwischen Kleinkrotzenburg und Seligenstadt auf einer Bank am Ufer nieder, blickte auf den Fluß, der träge dahin strömte.

„Es ist angenehm", dachte ich bei mir „so ruhig, kein keifendes Weib. Vielleicht hat Sonja Recht, vielleicht ist es besser, gar nicht mehr nach der blonden Frau mit dem Mittelscheitel Ausschau zu halten. Wer weiß, was mich erwartet falls es zu einer näheren Bekanntschaft kommt. Möglicherweise ist es dann aus mit meinem angenehmen Lotterleben, das mir keine großen Pflichten auflädt. Vielleicht verbietet sie mir das Rauchen und das Trinken und ich werde nur noch bemüht sein müssen ihre Wünsche zu erfüllen. Da ist es doch besser alleine und niemandem gegenüber verantwortlich zu sein."

Das entscheidende Problem liegt nämlich darin, daß es heutzutage kaum noch echte Lebensgemeinschaften gibt, sondern fast nur noch ,Beziehungen', die durch ,Beziehungskonflikte' charakterisiert sind. Es geht dabei insbesondere den Weibern darum, in der ,Beziehung' zu dominieren. Eine gleichberechtigte Partnerschaft wollen sie nicht. Deshalb mögen sie auch keine Männer, die ihnen geistig überlegen sind. Ich kenne das aus eigener Erfahrung. Und bei der Stiefcousine war das schließlich auch nicht anders.

Aber schon bald schämte ich mich wegen solcher Gedanken. Denn, gibt es etwas Schöneres als von jemanden geliebt zu werden ? Anderseits, niemand weiß wie sich die Dinge entwickeln. Was anfangs als himmlisch erscheint, kann im Laufe der Zeit zur Hölle werden. Jedoch, soll man sich deswegen abkapseln ? Nein, nur wenn man den Weg bis zum Ende geht, wird man erfahren wie das Ziel beschaffen ist. Ich dachte dabei an die schlanke Frau mit den blonden Haaren und dem Mittelscheitel. Sie ist anders, zweifelsohne. Sie ist sympathisch, nett und lieb. Dessen war ich mir völlig sicher. So saß ich noch lange in Gedanken versunken da. Erst als es zu dunkeln begann fuhr ich nach Hause zurück.

In der Pizzeria

Es war abends, so gegen sieben Uhr und ich hatte Hunger, schlenderte ohne rechtes Ziel durch die Stadt, suchte lediglich ein geeignetes Lokal fürs Abendessen. Ich esse nur selten in Gastwirtschaften, da dies mit unnötigen Ausgaben verbunden ist, wußte daher nicht genau, wohin ich mich wenden sollte. Ein kleines italienisches Restaurant wirkte einigermaßen einladend. Ich ging hinein und fand noch zwei kleine, freie Tische mit je zwei Plätzen vor. Eine freundliche, alte Dame, die ungefähr wie Miss Marple aussah, speiste am Tischlein dazwischen. Sie empfahl mir den am Fenster, vermutlich deshalb, weil auf der Bank hinter dem anderen ihr Krückstock lag, den sie sonst hätte wegräumen müssen. Ich nahm also Platz und schon gleich eilte eine adrette, junge Kellnerin mit blondem Pferdeschwanz herbei, fragte nach meinen Wünschen. Ich bestellte ein Getränk und bat um die Speisekarte. Die alte Dame pries unterdessen den Fisch an, der sei hier wirklich ausgezeichnet, sagte sie. Sie selbst aß Lachs. Während ich so wartete erschien ein eher unfreundlich wirkender älterer Mann, offensichtlich der Inhaber und bat mich, allerdings höflich, an dem anderen Tisch, rechts neben der alten Dame Platz zu nehmen. Mir war es im Grunde einerlei, wo ich saß, fragte mich natürlich nach dem Sinn dieses Spiels, zumal die Kellnerin bereits das zweite Gedeck abgeräumt hatte. Ich wechselte also und die alte Dame entschuldigte sich vielmals, weil sie mir durch ihren Ratschlag Unannehmlichkeiten bereitet hätte. Ihren Krückstock mußte sie auch wegnehmen.

Der Wirt versuchte mir nun eine Vorspeise aufzudrängen, wurde sogar leicht mürrisch als ich ablehnte, schließlich wollte ich ja nur meinen Hunger stillen und nicht mich vollfressen. Dann legte er wieder das zweite Gedeck auf den Tisch am Fenster, murmelte bei dieser Arbeit der alten Dame zu, ‚er brauche den Tisch‘. Endlich stellte er noch ein Schild dazu; wahrscheinlich trug es die Aufschrift ‚Reserviert‘; das vermutete ich aber lediglich, denn ich konnte es von meiner Position aus nicht lesen. Einige Zeit später betrat eine größere Gruppe, etwa sieben Personen, das Lokal. Unter ihnen befand sich eine Frau, vielleicht Mitte bis Ende vierzig. Sie hatte lockiges, blondes Haar, eine hübsche, leicht spitze Nase und einen bleichen Teint. Ich freute mich schon auf ein Wiedersehen, dachte aber auch, ich müßte erst einmal feststellen, ob sie auch keinen Begleiter habe. Zwar schienen die Männer alle jünger als sie zu sein, aber dies hat heutzutage wenig zu bedeuten, denn bei Frauen geht bekanntlicherweise der Trend zum jüngeren Zweitliebhaber. Deshalb glaube ich auch manchmal, daß ich erst für Frauen ab siebzig interessant bin. Unter diesen Umständen wird wohl jeder verstehen, daß ich lieber allein bleibe. Oder glauben Sie etwa, daß ich mich nach einer Miß Marple mit Krückstock umsehe? Doch alles kam anders. Der Wirt musterte die Leute, wies sie mit der Begründung ab, es seien nicht genügend freie Plätze vorhanden, obwohl sich dieses Problem mit etwas gutem Willen hätte lösen lassen, zumal die alte Dame schon um die Rechnung gebeten hatte und dem Wirt gegenüber eine Bemerkung machte, die ich zwar nicht verstand, aber offenbar soviel bedeutete wie „ich gehe sowieso gleich". Und einer aus der Gruppe, ein jüngerer Mann, meinte, man müsse nur drei Tische zusammenschieben, dann könnten sie auch zusammensitzen. Der Wirt ließ sich jedoch nicht beirren und antwortete, mit Blick auf den Platz am Fenster, er habe immer gern einen Tisch frei.

Die Leute verließen murrend das Lokal, blieben aber noch eine Weile draußen vorm Eingang stehen, berieten vermutlich, wohin sie sich nun wenden sollten. Dann gingen sie. Der Wirt andererseits blickte unterdessen, sehnsüchtig, wie mir schien, durch das Fenster den entschwindenden Gästen nach, so, als trauere er um die verlorene Einnahme.

Bald darauf erhielt ich mein Essen, schlang es hinunter, die Küche kann ich nicht weiterempfehlen, verlangte anschließend die Rechnung. Der Wirt schaute mich etwas unfreundlich an als ich ihm das Geld gab. Ich vermute, er hätte gerne noch ein Trinkgeld gesehen, womit ich ihm allerdings nicht zu dienen bereit war. Ich ging, spazierte noch ein bißchen in der Stadt umher, dachte dabei noch kurze Zeit über dieses merkwürdige Benehmen nach, ohne es allerdings zu verstehen. Ich schaute mich auch nach der Gruppe um. Die Suche erschien mir aber bald aussichtslos. Ich machte mich auf den Heimweg, trank unterwegs noch ein Weizenbier.

Das Experiment am Wochenende

Mitte August hatten wir wieder einmal Strahlzeit. Diesmal stand die Messung der Massen einiger für den sogenannten pv – Prozeß wichtiger Atomkerne auf dem Programm. Sie wissen nicht, was ein pv – Prozeß ist ? Das macht nichts, möglicherweise ist er auch gar nicht so wichtig wie manche Theoretiker ihn halten. Und für die Geschichte ist er nur insofern von Bedeutung als wegen der Massenmessung wieder einmal ein Wochenende für eine Strahlzeit vergeudet wurde. Das Experiment erwies sich als schwierig, da die interessanten Atome im Vergleich zu den uninteressanten nur in kleinen Mengen erzeugt wurden, was umfangreiches Vorreinigen des Strahls der Reaktionsprodukte notwendig machte. Wir probierten den gesamten Samstag bis zum späten Nachmittag hin verschiedene Verfahren aus, konnten schließlich ein Isotop isolieren. Die Messung der Masse sollte dann voraussichtlich mehrere Stunden in Anspruch nehmen. Das weitere Vorgehen war noch unklar, das heißt, es sollte erst nach der Massenmessung entschieden werden, welches Nuklid als nächstes untersucht werden sollte. Mir erschien es zu langweilig, bis zum späten Abend zu warten, zumal meine Anwesenheit auch gar nicht notwendig war, sagte, sobald die Dinge klarliegen könnte man mich ja anrufen, ich würde dann telefonisch mitteilen, wie die nächste Einstellung vorzunehmen sei, hinterließ meine Mobiltelefonnummer, verabschiedete mich dann.

Der Abend war mild und da ich ihn nicht zuhause verbringen wollte, brach ich zum Biergarten im Park Schönbusch auf.

Es herrschte reger Betrieb, ich fand aber dennoch einen freien Platz. Am Tisch gegenüber saß eine blonde Frau, ihre lockigen Haare reichten bis zur Schulter. Ihre Nase war leicht spitz. Sie strahlte mich an, zumindest schien mir das so. Sie war allein. Mein Herz bebte. Ich überlegte fieberhaft, wie ich sie ansprechen solle. Trotz anstrengenden Nachdenkens fielen mir aber nicht die richtigen, unverfänglichen Worte ein. Und so entschloß ich mich endlich, einfach zu ihr hinzugehen und sie wegen der Entenfütterung anzusprechen, obwohl das etwas platt wirken mußte. Gerade als ich mich erheben wollte klingelte das Mobiltelefon. Andreas, unser Postdoc, meldete sich.

„Wir sind soweit", sagte er.

Ich begann mit meinen Instruktionen, behielt dabei die Frau im Auge; sie rührte sich nicht. Das gab Hoffnung. Denn die Sache ging rasch voran. Wenn sie noch eine Weile blieb, so konnte ich sie hinterher noch ansprechen. Doch mein Wunsch sollte nicht in Erfüllung gehen.

Gerade als ich erklärte, wie die Einstellwerte des letzten Quadrupoltripletts des Separators modifiziert werden müssen um eine optimale Transmission und Fokussierung auf das Eintrittsfensters der Gaszelle zu erreichen, erhob sich die Frau. Sie nahm ihren Rucksack in die Hand, ging langsam davon. Ausgerechnet jetzt ! Ich saß auf glühenden Kohlen, denn die Prozedur zog sich noch etwas hin, da ich auch noch erklären mußte, wie die berechneten Werte gesetzt werden und wie man ihre korrekte Einstellung überprüft. Endlich war es geschafft ! Hastig trank ich mein Glas leer, schritt eilig in die Richtung, in der sie entschwunden war. Aber die vielen Weggabelungen im Park gestalteten die Suche nach ihr von vornherein schwierig. Sie konnte irgendwo hingegangen sein. Vielleicht hatte sie auch ihr Fahrrad in der Nähe des Biergartens abgestellt und war längst weggefahren. Dennoch, es mußte versucht werden, denn, so sagte ich mir, wenn ich von vornherein aufgebe, würde ich sie niemals finden. So hatte ich wenigstens noch eine, wenn auch kleine Chance. Aber die reichte nicht aus. Zweimal durchstreife ich den Park, hielt scharf Ausblick, ohne sie zu entdecken. Als es anfing dunkel zu werden gab ich schließlich auf.

Frustriert fuhr ich nach Hause; wieder ein Fehlschlag.

Die Reise nach Boston

Die Reise nach Boston zu einer Konferenz Ende August sollte etwas Abwechslung in mein sonst eher eintöniges Leben in jenem Sommer bringen, das fast ausschließlich aus meiner Arbeit tagsüber und den abendlichen Fahrradtouren und Trinkereien in irgendwelche Biergärten bestand.

Ich brach recht früh zum Flughafen auf. Es herrschte dort nicht allzu viel Betrieb. Das Einchecken und die Kontrollen verliefen trotz verschärfter Sicherheitsmaßnahmen recht zügig, die Boeing 747-200 hob fast pünktlich ab. Ich hatte einen Platz in der Mittelreihe. Meine rechte Nachbarin war eine ältere Dame mit feuerrotem Haar, das zu einer Hochfrisur ausgebildet war. Ihr Aussehen erinnerte an einen Kobold, der vor mehr als fünfundzwanzig Jahren Mittelpunkt einer Kinderserie im Fernsehen war. Sie erzählte, sie sei Apothekerin, wohne im Oldenburger Land. Sie erzählte mir weiter, sie unternehme eine zwölftägige Studienreise, die sie vom Nordosten der USA bis nach New Orleans führen werde. Sie hatte die Reise von ihrem Mann geschenkt bekommen. Vermutlich wollte er sie für einige Zeit loswerden. Wir führten zeitweise eine recht nette Unterhaltung, dabei erwähnte ich einmal beiläufig, daß ich alleinstehend sei.

„Das ist nicht gut für einen Mann ihres Alters", meinte sie, „Sie sollten sich eine Frau suchen."

Ich blickte sie fragend an.

„Aha, ich sehe, Sie wissen nicht, wo Sie suchen sollen. Das ist kein Problem. Besuchen Sie einmal einen Apothekerball. Das wird sich lohnen. Sie werden sich wundern. Es gibt viele alleinstehende, gut aussehende Apothekerinnen im passenden Alter."

Ich dachte nach. Ich hatte noch nie von derartigen Veranstaltungen in Aschaffenburg gehört. In Oldenburg mochte es vielleicht so etwas geben. Das erschien mir aber ein bißchen zu weit weg.

„Andererseits", so überlegte ich, „vielleicht ist die blonde Frau mit dem Mittelscheitel tatsächlich Apothekerin, ausschließen kann man das nicht."

Und so wäre es vielleicht sinnvoll, sagte ich mir weiter, einmal alle Apotheken in Aschaffenburg abzuklappern und Aspirin, Halstabletten oder Franzbranntwein zu kaufen. Solche Mittel kann man immer einmal brauchen. Und ich stellte mir vor, daß die blonde Frau, hinter dem Ladentisch stehend, mir das gewünschte Päckchen überreicht und dann, während ich das Geld aus dem Portemonnaie hervorhole, mich anlächelt und sagt, „nett, Sie zu sehen. Haben Sie Lust, sich einmal mit mir zu treffen?"

Ich wandte mich zu meiner Nachbarin hin.

„Das ist ein guter Vorschlag, ich werde ihn beherzigen."

Doch sie hörte mich nicht, sie war mittlerweile eingeschlafen.

Die Reise nach Boston wurde sozusagen auch zur Nagelprobe, denn ich zweifelte allmählich an meinem Verstand. Die ständigen Begegnungen mit der blonden Frau beunruhigten mich. War sie Wirklichkeit oder nur Einbildung, hervorgerufen durch eine übersteigerte Phantasie ? In der Heimat konnte ich mir darüber keine Klarheit verschaffen. In Boston war es möglich, denn es war nach menschlichem Ermessen völlig unwahrscheinlich sie hier anzutreffen.

Ich durchstreifte also in meiner freien Zeit die Umgebung des Hotels und das Kongreßzentrum, in dem die Tagung stattfand. Ich sah viele Frauen, weiße, schwarze, braune, blonde und dunkelhaarige, aber keine, die auch nur eine entfernte Ähnlichkeit mit der blonden Frau mit dem Mittelscheitel und der etwas spitzen Nase besaß. Das beruhigte mich aber nur halbwegs. Denn wie kam es, daß ich ihr zuhause ständig begegnete, ohne daß sich die Möglichkeit ergab, näheren Kontakt zu ihr aufzunehmen ? War dies Zufall oder Gottes Fügung ?

Noch eine andere Besonderheit der Reise ist mir im Gedächtnis geblieben.

Ich saß oft herum, beobachtete die Menschen. Es ist schon erstaunlich, wie viele Menschen es gibt, denen man nichts bedeutet. Sie gehen achtlos an einem vorüber. Das darf man allerdings nicht persönlich sehen. Schließlich bist du ja in der Fremde, gehörst nicht dazu. Warum also sollte dich da jemand beachten ? Hierfür gibt es gar keinen Grund. Du kannst dich daher vielmehr auf die Rolle des Beobachters konzentrieren, der den Ablauf der Dinge zwar registriert, auch beurteilen kann, aber keinen Anteil daran hat. In der Heimat ist das anders. Einsamkeit bedeutet dort, daß man von den anderen gemieden wird. Anders ausgedrückt, in der Fremde ist die Einsamkeit weniger bedrückend.

Etwas beklommen trat ich die Heimreise an, denn am Wochenende darauf fand in Aschaffenburg das jährliche Stadtfest statt. Würde sie mir wieder begegnen ? Ich rechnete fest damit.

Das Stadtfest

Am darauffolgenden Samstag Abend fuhr ich in die Stadt.
Als ich die Menschenmassen auf den Straßen erblickte, begann ich
am Sinn meines Vorhabens zu zweifeln. Wie sollte ich die blonde
Frau mit der schmalrandigen Brille in dieser Menge finden ? Anderseits, nach kurzem Nachdenken erschien mir die Sache so unsinnig auch wieder nicht. Schließlich erlebt man es doch immer wieder,
daß man in solchem Getümmel Bekannte trifft. Warum sollte ich
also nicht der hübschen, schlanken Frau mit den blonden Haaren und
der etwas spitzen Nase begegnen? Ich schlenderte also durch die
Stadt. Mehrmals. Allmählich wurde es dunkel. Ich wurde langsam
müde. Der Jetlag steckte mir noch in den Knochen. Schließlich fiel
mein Blick auf eine Gruppe Frauen, die an einem Crepes – Stand
warteten. Kein Zweifel, eine von ihnen war die Gesuchte.
„Aber wie", so fragte ich mich, „kann ich sie aus der Gruppe herauslösen, ansprechen ?"
Es fiel mir spontan eine Lösung ein. Ich konnte einfach hingehen um
mir auch so ein Ding kaufen und das Warten nutzen mit ihr Kontakt
aufzunehmen.
„Hallo, Fritz", ertönte es hinter mir. Ich drehte mich um, erkannte
Udo, einen ehemaligen Studienkollegen. Er war mit seiner Frau unterwegs.
„Wie geht's ?" rief er mir zu, „dich habe ich ja ewig nicht gesehen."
Das stimmte nicht so ganz, schließlich hatten wir uns erst vor zwei
oder drei Jahren auf dem Handwerkermarkt getroffen. Ich wollte
aber nicht unhöflich sein, überging seine Bemerkung.
„Schön dich mal wider zu treffen", sagte ich, dann wandte ich mich
seiner Frau zu.
„Guten Abend, Rosemarie."
Auch sie schien erfreut zu sein mich zu sehen, fragte belangloses
Zeug, etwa, wie es meine Kindern gehe, ob ich noch in Darmstadt arbeite, ob ich meine geschiedene Frau mal wiedergesehen hätte. Letzteres ist nicht der Fall gewesen, was mich auch gar nicht betrübte.
Dann verabschiedeten sie sich, wünschten mir noch einen netten

Abend. Aber daraus wurde nichts. Ich blickte zum Crepes – Stand hinüber. Die Frauengruppe war verschwunden.

„Wenigstens brauche ich mir jetzt nicht so einen komischen Pfannkuchen kaufen. Ich mag dieses süße Zeug ohnehin nicht."

Tag des offenen Denkmals

Es ist bekanntlich so, ich drücke mich jetzt vielleicht etwas geschwollen aus, daß eine Frau auf einen Mann, der sie liebt, aber noch nicht berührt hat, einen Zauber ausübt, der um so stärker ist, je weniger er sie kennt. Das liegt daran, daß sich ein Mann im Grunde eine Lebenskameradin wünscht, die seine Interessen mit ihm teilt. Er wird daher jede Frau, die ihm gefällt, die er aber nicht kennt, entsprechend formen, ihr jene Eigenschaften zuordnen, die er von einer idealen Partnerin erwartet. Das sind aber möglicherweise lediglich Träume, die mit der Realität nichts zu tun haben. Meine Vorstellungen von der Frau mit dem blonden, lockigen Haar hatten längst jene Richtung eingeschlagen. Ihre wahre Natur interessierte mich kaum noch, sie war vielmehr zum Abbild meiner Wunschträume geworden. Aus diesem Grunde erschien es mir auch als selbstverständlich sie während des Tages des ‚Offenen Denkmals', der in Deutschland an jedem zweiten Septembersonntag begangen wird, zu treffen. Ich studierte die Zeitungen, informierte mich über die geplanten Veranstaltungen.

Ich fuhr an jenem Sonntag zunächst nach Mespelbrunn, besuchte dort die Gruftkapelle, die normalerweise verschlossen ist, nahm dann an einer Führung durch das Schloß teil. Anschließend fuhr ich weiter nach Amorbach. Dort waren Besichtigungstouren durch Klosterräume angekündigt, die üblicherweise nicht zugänglich sind. Die Veranstaltung war gut besucht. Die wartende Besuchergruppe bestand aus knapp hundert Personen. Unter den Versammelten entdeckte ich eine mittelgroße, blonde Frau. Sie war hübsch, auffallend an ihr war die leicht spitze Nase. Sie war offensichtlich nicht allein, sondern in Begleitung einer dunkelhaarigen, eher kräftigen Frau, deren Alter ich auf etwa fünfzig Jahre schätzte. Einen zugehörigen Mann konnte ich nicht ausmachen. Das beruhigte mich zwar einerseits, erschien mir andererseits aber bedenklich, denn Weiberpaare sind bekanntlich kaum zu knacken. Diese Erkenntnis ist nicht neu, die habe ich schon kurz nach der Befreiung, also nachdem sich mein Eheweib von mir getrennt hatte, gemacht. Üblicherweise sind diese Paare auch recht gegensätzlich. Meistens ist die eine recht hübsch, die andere eher zu ewiger Jungfernschaft verdammt. Vermutlich ist das dieser auch bewußt und so ist sie immer bestrebt, mögliche Männerbekanntschaften ihrer ‚Freundin' zu verhindern. Dagegen läßt sich kaum etwas unternehmen. Zumindest ich habe bisher noch kein wirksames Mittel gefunden. Wie sollte es unter diesen Umständen möglich sein Kontakt aufzunehmen? Ich hatte keine rechte Idee, beschloß daher die beiden scharf zu beobachten und auf eine günstige Gelegenheit zu warten, falls sich überhaupt eine bieten würde. Der Gang durch die Gemächer eröffnete immer wieder Möglichkeiten sich ihr zu nähern, ihre Aufmerksamkeit auf mich zu lenken. Doch unglücklicherweise bemerkte mich die Dunkelhaarige stets eher, schöpfte sofort Verdacht, denn immer wenn ich der blonden Frau mit dem Mittelscheitel nahe war, im Begriff ‚Guten Tag' oder ‚Hallo' zu sagen, zog die Dicke die Blonde mit der leicht spitzen Nase zu sich hin, verwickelte sie in ein Gespräch. Dabei blickte sie böse zu mir hin als wollte sie sagen „scher dich zum Teufel". Die Blonde, zumindest war dies mein Eindruck, hätte wohl auch gerne Kontakt mit mir aufgenommen, wurde aber von ihrer Begleiterin stets daran gehindert. Es war zum Verzweifeln. Am liebsten wäre ich direkt zu ihr hingegangen und hätte sie angesprochen. Ich traute mich aber nicht, da ich fest damit rechnen mußte, in diesem Fall von der Dunkelhaarigen lautstark angefahren und beschuldigt zu werden, ich würde sie belästigen. Einen solchen Skandal wollte ich aber unbedingt vermeiden. Die letzte Gelegenheit ergab sich, als wir uns im Vortragssaal versammelten. Ich beabsichtigte, mich unauffällig neben sie zu setzen. Das gelang aber nicht, denn die Dunkelhaarige beobachtete mich genau, erriet meinen Plan. Sie hatten bereits Platz genommen und ich machte gerade Anstalten, mich auf dem freien Platz neben der Blonden niederzulassen, als deren unförmige Begleiterin sie am Ärmel packte und so laut, daß ich es hören konnte, sagte, der Platz hier sei schlecht, sie könne kaum die Leinwand sehen, aber in der ersten Reihe seien noch zwei Stühle frei. Die Hübsche mit der leicht spitzen Nase lächelte mir zwar noch freundlich zu, zuckte dann aber mit den Schultern als wolle sie sagen „da kann man nichts machen" und ließ sich von ihrer Begleiterin ohne Widerstand fortschleppen. Sichtlich enttäuscht ließ ich den Vortrag über das Leben der Mönche im Kloster über mich ergehen, das zumindest im achtzehnten Jahrhundert recht angenehm gewesen sein mußte, zumal außer gutem Essen auch Damenbesuche nicht unüblich waren. Ich beneidete die Mönche. Sie hätten wahrscheinlich solche Begleiterinnen unter Androhung von Höllenstrafen aus dem Gebäude verwiesen, sie möglicherweise sogar als Hexen verbrennen lassen. Schade, daß heutzutage so etwas nicht mehr gehandhabt wird.

Ich brauche wohl nicht extra zu betonen, daß unmittelbar nach Ende des Vortrages die dicke Hexe, zweifelsohne handelte es sich um eine, die unschuldige Blonde eilends aus dem Saal zog. Ich versuchte zwar zu folgen, aber in dem Gedränge verlor ich sie aus den Augen. Mein Plan, die Gassen des Städtchens zu durchstreifen um sie vielleicht doch noch zu treffen, scheiterte indes, da offensichtlich auch Gott gegen mich war. Mittlerweile hatte es nämlich angefangen heftig zu regnen und die Straßen waren wie ausgestorben. Ich hätte natürlich auch noch die Gasthäuser und Cafes absuchen können, jedoch erschien mir dieses Vorhaben unsinnig. Was hätte es bewirken können ? Selbst wenn ich sie gefunden hätte, wäre es wohl kaum möglich gewesen, mich zu ihr zu setzen, die Hexe hätte mit Sicherheit Krach geschlagen und ich wäre am Ende aus dem Lokal gewiesen worden.

Da zeigte es sich wieder einmal, daß man nur mit Schwierigkeiten zu kämpfen hat, dabei ist es für einen gutaussehenden Mann wie mich ohnehin schon fast unmöglich, eine attraktive, intelligente Frau zu finden. Und dafür gibt es sogar einen triftigen Grund, einige der wenigen weiblichen Handlungen, die sich rational nachvollziehen lassen, denn Frauen wollen Männer innerhalb der ‚Beziehung' beherrschen. Gutaussehende Männer, die auch bei weiblichen Wesen begehrt sind, lassen sich so etwas natürlich nicht bieten, suchen sich dann lieber eine eher naive Maus, die dem Liebesspiel zugeneigt ist und sich mit materiellen Zuwendungen zufrieden gibt. Ein wenig attraktiver Mann dagegen, der schon froh sein muß, wenn er überhaupt eine Frau findet, wird einer hübschen Maus dagegen zu Füßen liegen, alles für sie tun, nur damit sie ihm nicht wegläuft. Sie glauben mir das nicht ? Na, dann gehen sie mal sonntags in Schönbusch spazieren und schauen sich die Pärchen an. Dann werden Sie sehr bald sehen, daß ich vollkommen recht habe.

Sichtlich frustriert kehrte ich zu meinem Auto zurück und fuhr nach Hause.

Epilog

Der Herbst begann am 22. September; die Geschichte geht eigentlich weiter, aber ich beende sie an dieser Stelle, da ich über den ,Sommer ohne Karin' zu berichten beabsichtigte, nicht über den ,Herbst ohne Karin'. Da hat sich bisher auch nichts ergeben. Somit könnte man das weiter fortsetzen, denn auf den Herbst folgt der Winter, auf den Winter das Frühjahr. So wird es bald langweilig.

Der Vollständigkeit halber muß ich erwähnen, daß ich so nach und nach bis Mitte November auch alle Apotheken in der Stadt, im Landkreis Aschaffenburg, im Landkreis Miltenberg und in den östlichen Gebieten der Landkreise Darmstadt-Dieburg und Offenbach aufgesucht habe. Ohne Erfolg. Im Moment bin ich am Überlegen, ob ich nicht meine Nachforschungen auf die Stadt Hanau und zumindest den südwestlichen Teil des Main-Kinzig – Kreises ausdehnen solle. Bis Weihnachten könnte ich das geschafft haben. Der mittlerweile angesammelte Vorrat an Aspirin, Halstabletten und Franzbranntwein dürfte für mindestens zehn Jahre reichen.

Das Kettchen liegt, gut verpackt, noch immer in meinem Rucksack; für alle Fälle. Man muß gewappnet sein.

Nun ist der Sommer vorbei, die Geschichte zu Ende und Sie wissen noch immer nicht, was mir Karin auf meine Frage geantwortet hat; sie sagte: „Was ist schon ein Fauxpas ?"

Der Name 'Karin' wird üblicherweise von dem griechischen Wort ,katharos' abgeleitet und bedeutet die 'Reine'; manche bringen den Namen aber auch mit dem lateinischen Wort 'carus' in Verbindung, was 'lieb' oder 'teuer' bedeutet. Ich bevorzuge allerdings einen dritten Übersetzungsvorschlag: kostbar.

Südseeliebe

Wer denkt nicht bei dem Wort 'Südsee' an kleine, paradiesische In-
seln, warmes, sonniges Wetter, kristallklares Wasser, Traumstrände,
hübsche Frauen ? Und wen packt da nicht das Fernweh ? Man idea-
lisiert eben alles; an Tropenkrankheiten, Taifune oder Erdbeben
denkt keiner. Ein bißchen ließ ich mich natürlich auch von diesen
Phantasien leiten als ich mich auf die ausgeschriebene Stelle in dem
von einer internationalen Gemeinschaft getragenen 'Institut zur Er-
forschung des südlichen Pazifiks' bewarb. Ich hatte etwa zwei Jahre
zuvor ein langwieriges und teures Scheidungsverfahren hinter mich
gebracht, wohnte nun in einer Zwei-Zimmer-Wohnung in einer typi-
schen Trabantenstadt, wie sie in den letzten Jahrzehnten an der Peri-
pherie der Großstädte entstanden sind. Es hatte auch keinen besonderen Grund, warum ich gerade dort wohnte; es hätte jede andere Wohnung sein können. Ich hatte eben das Erstbeste genommen, das ich
erhalten konnte. Und sie lag auch nicht allzu weit von meiner Ar-
beitsstätte entfernt. Wählerisch war ich nicht, ich war es nie. Das lag
an meiner Erziehung; ich mußte mich immer mit dem zufrieden geben, was man mir gab. Ich will mich aber nicht beschweren, das gehört auch gar nicht hierher.
Meine persönliche Situation, die Heimatlosigkeit, veranlaßte mich
auch, zu reisen, sooft mir das dienstlich möglich war, zu Konferen-
zen oder externen Experimenten. Im Grunde lebte ich damals nach
dem Motto 'was braucht der Mensch mehr als einen Paß, eine Kredit-
karte und ein Flugticket'. Es war mir angenehm mich in fremden
Ländern und Städten aufzuhalten; ich lebte dort, genoß den Aufenthalt, allerdings in dem Bewußtsein, ein Fremder, ein Außenseiter zu
sein, der nicht dazu gehört. Das schuf eine gewisse Distanz zu den
Orten, an denen ich mich aufhielt. Das soll aber jetzt nicht negativ
gemeint sein, denn es verschaffte mir Freiheit. Nicht dazu zugehören,
bedeutet nämlich auch, nicht an den Problemen, Sorgen, Nöten teil-

zunehmen, sondern unabhängig zu sein und einfach weggehen zu können, wenn es einem nicht mehr gefällt. Auf die Dauer befriedigte mich das allerdings insofern nicht, da ich irgendwann zurückkehren mußte und dann wieder der bekannten Umgebung ausgesetzt war. Und die schätzte ich nicht positiv ein. Meine Arbeit gefiel mir zwar, ich hatte aber den Eindruck, daß sie nicht so recht gewürdigt wurde. Das lag wohl auch daran, daß ich mich schon immer von irgendwelchen Forschungscliquen oder Forschungsmafien ferngehalten hatte, statt dessen meinen eigenen Weg ging. So blieb ich ein Außenseiter, der nicht zählte, respektiert, aber nicht aber nicht geachtet. Das waren natürlich keine guten Aussichten, wenn man noch mehr als zwanzig Jahre Berufsleben vor sich hat. Ich wäre auch vor Jahren schon weggegangen, doch die 'Pflicht' gegenüber meiner Familie hielt mich. Das entfiel nun. Es gab daher keinen Grund nicht wegzugehen.

Anders ausgedrückt, es gab für mich auch sonst keinen triftigen Grund zu bleiben. Als ungeselliger Mensch hatte ich keinen Freundeskreis und obwohl ich eigentlich stolz bin Deutscher zu sein, bedeuteten mir der heutige Staat und die Gesellschaft wenig. Man kann es doch nicht abstreiten. Das heutige Deutschland ist ein Staat, in dem ein dumpfes gesellschaftliches Klima herrscht, in dem traditionelle Werte, wie Anstand, Aufrichtigkeit, Fleiß oder Ehrlichkeit nichts mehr bedeuten. Überall herrschen Lüge, Betrug, Heimtücke, Falschheit und Kriecherei. Ein Autor hat das einmal vor ein paar Jahren unter dem Ausdruck 'der Ehrliche ist der Dumme' auf den Punkt gebracht. Statt dessen gelten so schwammige Eigenschaften wie Toleranz, Weltoffenheit, Multikulturalität als neue Tugenden. Dabei kann natürlich keiner erklären, wieso Liebe zur Heimat und zur eigenen Kultur im Widerspruch zu Weltoffenheit oder Toleranz stehen. Man kann es auch von den Verfechtern dieses Ungeistes nicht erwarten, hierzu reicht ihre Intelligenz offenbar nicht aus. Multikulturalität bedeutet für sie, daß italienischer Gorgonzola und holländischer Gouda im Kühlregal friedlich nebeneinander her stinken.

Eine freie Meinungsäußerung gibt es in diesem Land schon lange nicht mehr, es darf nur noch gesagt und geschrieben werden, was politisch korrekt ist, was nicht die 'Gefühle' der Klientel der die öffentliche Meinung beherrschenden und der im Staat bestimmenden Klassen verletzt; alles andere gilt als Volksverhetzung.

Um Mißverständnissen vorzubeugen: ich glaubte natürlich nicht, daß ein Weggehen meine 'Probleme' lösen würde; im Grunde hatte ich ja auch gar keine 'Probleme', abgesehen davon, daß die Umgebung, in der ich lebte, mir zuwider war. Es wäre natürlich naiv, anzunehmen, daß ein Ortswechsel einen in eine angenehmere Umgebung versetzt. Das mag zwar augenblicklich so erscheinen, solange der Reiz des Neuen die Häßlichkeit des Alten noch überwiegt, aber langfristig muß man damit rechnen, wieder in der gleichen 'Tretmühle' gelandet zu sein, aus der man entkommen wollte. Das erinnerte mich ein bißchen an die Geschichte Berthold Brechts von 'Buddha und dem brennenden Haus', in der es am Ende hieß, 'wem der Boden unter den Füßen nicht so heiß ist, daß er ihn nicht mit jedem anderen vertauscht, dem habe ich nichts zu sagen.'

Eingedenk dieser Aussage nahm ich ohne Zögern die Stelle an, als ich eine Zusage erhielt. Der Ehrlichkeit halber muß ich natürlich auch sagen, daß das Gehalt sogar noch etwas höher lag als das in meiner bisherigen Stellung. Ich brach meine Zelte in Deutschland ab, reiste auf die kleine Insel. Sie hatte eine Fläche von etwa einhundertfünfzig Quadratkilometern und etwa viertausend fünfhundert Einwohner. Davon waren etwa dreitausend fünfhundert 'Eingeborene', die sich im wesentlichen auf zwei Dörfer an der Westküste verteilten, der Rest Institutsmitarbeiter und deren Familienangehörige.

Es gab nur wenige Straßen, ausschließlich Elektrofahrzeuge, keinen Flugplatz, lediglich einen Hubschrauberlandeplatz auf dem Institutsgelände, nur einen kleinen Hafen, von dem die Fährverbindungen zu den Nachbarinseln ausgingen. In ihm lagen auch die beiden kleinen Forschungsschiffe des Institutes, die vornehmlich zum Einsammeln von Proben eingesetzt wurden. Die Versorgung mit elektrischer Energie wurde durch einen kleinen Kernreaktor auf dem Institutsgelände sichergestellt. Die Institutsangehörigen waren überwiegend Wissenschaftler unterschiedlicher Fachrichtungen, vornehmlich Biologen, Geologen, Geographen und Chemiker, sowie Ingenieure und Techniker verschiedener Fachrichtungen, hauptsächlich Elektrotechnik, Elektronik und Maschinenbau. Daneben gab es jeweils eine kleinere Gruppe von 'Informationstechnologie – Fachleuten' und

Physiker, zu der ich gehörte. Außerdem gab es natürlich eine Anzahl Facharbeiter und die unvermeidlichen Angehörigen der Verwaltungsabteilungen. Diese 'Spezialisten', wie ich sie hier einmal nennen mag, kamen aus so etwa dreißig bis vierzig verschiedenen Ländern. Die 'einfachen' Arbeiten wurden von 'Eingeborenen' durchgeführt.

Ich übernahm die Leitung einer kleinen Gruppe, deren Aufgabe es war, eine Katalogisierung des südlichen Pazifiks hinsichtlich der radioaktiven Belastung, vornehmlich als Langzeitfolge der amerikanischen Atombomben- und Wasserstoffbombentest in den 1950er und 1960er Jahren, durchzuführen. Für diese Aufgabe wollte man natürlich keinen Amerikaner nehmen. Meine Aufgabe bestand in der Analyse von Gesteins-, Wasser- und Pflanzenproben, die von den Forschungsschiffen eingeholt wurden. Da ich mir natürlich ein Bild über die Örtlichkeiten, an denen diese Proben entnommen wurden und auch Einfluß über die Probennahme nehmen wollte, nahm ich des öfteren an den Expeditionsfahrten der Schiffe teil.

Ich erhielt eine Wohnung auf dem Campus; das war üblich; kaum einer der 'Nicht-Eingeborenen' wohnte außerhalb. Es gab drei Wohneinheiten, die, räumlich getrennt, halbkreisförmig angeordnet waren. Die nördliche verfügte über Vier- bis Siebenzimmerwohnungen; hier lebten Paare und Familien. Die südliche verfügte über Drei- bis Vierzimmerwohnungen und war alleinstehenden Akademikern vorbehalten. Alleinstehende Nichtakademiker lebten in der mittleren Einheit, die ausschließlich über Zweizimmerwohnungen verfügte. Diese 'Klasseneinteilung' hatte man offenbar schon bei der Planung der Anlage ernsthaft verfolgt, denn in jeder Wohnanlage stand eine größere Anzahl von Wohnungen stets leer. Da der relative Anteil jeder Klasse an der Gesamtzahl der Institutsangehörigen gewissen Schwankungen unterworfen war, wollte man durch die Überzahl der Wohnungen in jeder Kategorie vermeiden, zeitweise gezwungen zu sein, die Gruppen zu mischen, wobei man insbesondere bestrebt war, Akademiker und Nichtakademiker wohnlich getrennt zu halten, womit man der Mentalität der Angehörigen mancher Nationen Rechnung trug.

Ich erhielt eine gut ausgestattete und möblierte Dreizimmerwohnung im Erdgeschoß des Hauses, ich war zufrieden.

Die Institutsangehörigen kamen, wie erwähnt, aus vielleicht dreißig bis vierzig Ländern. Manche Nationen waren häufiger vertreten, manche nur mit einer oder zwei Personen. Angehörige der gleichen Nation blieben meist untereinander, sofern es sich um größere Gruppen handelte. Es gab sogar 'eigene' Clubs. Insgesamt waren etwa zwanzig Deutsche hier beschäftigt. Ich war allerdings der einzige Physiker, hatte mit den anderen beruflich auch nur sporadisch Kontakt. Dadurch entwickelten sich auch keine privaten Kontakte, zumal ich ja auch ein eher ungeselliger Mensch bin. Das Alleinsein störte mich nicht; ich fühlte mich wohl, hatte genügend Zeit nachzudenken, begann Geschichten zu schreiben, las sehr viel. Bücher konnte man sich in großer Auswahl über eine elektronische Bibliothek besorgen. Man konnte natürlich auch etliche deutsche Fernsehsender empfangen, aber ich hatte schon in Deutschland die Fernsehprogramme als öde und uninteressant empfunden, nutzte den vorhandenen Fernsehapparat daher auch gar nicht.

Ich sollte vielleicht noch hinzufügen, daß ich aufgrund meiner Position am Wochenende, wenn die Dienstfahrzeuge nicht gebraucht wurden, ein Anspruch auf ein Auto hatte. Ich mußte nur den Bedarf und den Bedarfszeitraum bis Freitag Mittag anmelden. Ich machte davon allerdings nur wenig Gebrauch, es lohnte sich kaum, da die Entfernungen zu allen Punkten der Insel maximal fünfzehn Kilometer betrugen, die man bequem auch mit einem Fahrrad zurücklegen konnte.

So verging das erste halbe Jahr fast wie im Fluge. Insbesondere sonntags unternahm ich zahlreiche Ausflüge und erkundete die Insel. Oft ging ich auch schwimmen, der Strand war nicht weit entfernt.

Ab und zu gab es kulturelle Veranstaltungen, Musikaufführungen oder Theaterveranstaltungen, letztere meist in englischer Sprache, die ich gelegentlich besuchte.

Auffallend war auch der geringe Kontakt zu den 'Eingeborenen'. Das eine Dorf war etwa drei Kilometer entfernt, das andere etwa acht Kilometer. Anfangs hatte ich die Dörfer auch aufgesucht, sie erschienen mir aber als in sich abgeschlossene Einheiten, in der Fremde nicht unbedingt willkommen waren. Es gab auch keine Lokalitäten, die einladend aussahen, ich hatte auch stets den Eindruck, der einzige Ausländer zu sein. Im Institut wurde daraus allerdings kein Punkt gemacht, ich konnte keine Ressentiments feststellen. Es waren eben langweilige Dörfer, es lohnte sich nicht hinzugehen, zumal, und das muß auch erwähnt werden, Junggesellen ermahnt wurden, sich nicht mit eingeborenen Frauen anzubändeln. Aufgrund der unterschiedlichen Mentalität stoße dies bei der einheimischen Bevölkerung auf Ablehnung und könne zur Vergiftung des inneren Friedens auf der Insel führen.

Am Wochenende gab es einige Fährverbindungen zu den Nachbarinseln. Diese waren allerdings auch nicht größer und nicht stärker bevölkert als unsere Insel, boten auch keine Unterhaltung. Und die Fahrtzeiten betrugen zwei bis fünf Stunden.

Auf dem Campus gab es einen Supermarkt, in dem man so alles Lebensnotwendige kaufen konnte; größere Anschaffungen oder der Kauf von 'Exklusivem' liefen über Bestellungen.

Es gab zwei größere Restaurants auf dem Campus, die man so als 'europäisch – amerikanische Standardgaststätten' definieren könnte, also in ihrem Angebot dem entsprechenden Geschmack angepaßt waren; eines, ein Schnellrestaurant mit Selbstbedienung, befand sich etwa im Mittelpunkt des von den Wohneinheiten gebildeten Halbkreises, das andere lag in unmittelbarer Nähe des Instituts und diente auch als Kantine. Daneben gab es noch drei kleine Restaurants, ein indisches, ein chinesisches und ein japanisches.

Es gibt Tage, in die man morgens beim Aufstehen keine besonderen Erwartungen legt; Tage, die man zwar genießen kann, aber von denen man annimmt, daß sich nichts wichtiges, nichts besonderes ereignet haben wird, wenn man sich abends ins Bett legt. Mit einem solchen Gefühl wachte ich auch an jenem Sonntag auf; es war ein sonniger, warmer Morgen; ich hatte keine besonderen Pläne, wollte den Vormittag einfach verbummeln, am Nachmittag dann schwimmen zu gehen. Aus einer Laune heraus beschloß ich, zum Frühstück das Schnellrestaurant aufzusuchen; üblicherweise frühstückte ich zuhause.

Ich nahm mir Kaffee, zwei Brötchen, Wurst, Käse, ein Ei, bezahlte an der Kasse, drehte mich dann um, wollte nach draußen gehen. In diesem Augenblick stieß jemand heftig an mich; ich verkippte mein Tablett, die Kaffeetasse fiel um und die Flüssigkeit lief mir über die

Hose. Ich blickte auf und gewahrte eine dunkelhäutige Frau, die mich entsetzt anstarrte.

„Entschuldigen Sie, es tut mir ja so leid; das wollte ich nicht. Hoffentlich haben Sie sich mit dem Kaffee nicht verbrüht; ach, es tut mir ja so leid."

Ich sah Tränen in ihren Augen. Dies und das Entsetzen, mit dem sie mich anstarrte, machten mich verlegen. Ich blickte die Frau näher an, ohne zunächst ein Wort zu sagen. Sie hatte ein durchaus hübsches Gesicht, das nun leider durch durch Tränen und den Ausdruck des Entsetzens entstellt war; sie hatte schwarzes, mittellanges, lockiges Haar, war schlank, aber nicht dünn, trug ein hellblaues, leichtes Sommerkleid. Sie war knapp einen Kopf kleiner als ich. Sie gefiel mir auf Anhieb. Das verdrängte den anfänglichen, unwillkürlichen Ärger; dieser so adrett erscheinenden Person konnte ich einfach nicht böse sein. Mein Schweigen ängstigte sie aber noch mehr.

„Ich wollte das wirklich nicht, ich wollte Ihnen nicht weh tun. Verzeihen Sie mir, bitte !'

Sie flehte mich direkt an; dies war mir peinlich.

„Halb so schlimm", entgegnete ich und lächelte sie dabei an, „das kann jedem passieren; ich habe mich auch nicht verbrüht und die Hose kann man waschen. Ist schon gut."

„Wirklich ?" antwortete die Frau, noch immer lag Angst in ihrer Stimme, „Sie sind mir also nicht böse ? Sie werden mich auch nicht verklagen ?"

Ich war nun verwirrt.

„Weshalb sollte ich Sie verklagen ?"

„Wegen Körperverletzung. Ich bin doch schuld daran, daß Sie sich am Kaffee verbrüht haben."

Ich atmete tief durch. Was war mit dieser Frau los. Sie verklagen ? Wegen eines Kaffeeflecks auf der Hose ? So etwas wäre mir nie in den Sinn gekommen.

„Beruhigen Sie sich doch. Ich habe mich doch gar nicht verbrüht. Es ist wirklich nichts schlimmes passiert."

Ich lächelte Sie an. Am liebsten hätte ich ihr die Tränen aus den Augen gewischt.

„Vielen, vielen Dank. Das ist ja so gütig von Ihnen", entgegnete sie. Ihr Gesicht hellte sich etwas auf; beruhigt war sie aber noch lange nicht. Sie wollte mir nun Geld für den verschütteten Kaffee geben, aber das lehnte ich freundlich ab. Sie bezahlte ihr Frühstück, ging nach draußen.

Ich besah mein Tablett. Wurst und Käse, die auf einem Teller lagen, hatten nichts abbekommen, das Ei sowieso nicht; die Brötchen waren allerdings naß geworden. Ich holte mir neue Brötchen, einen neuen Kaffee, zahlte, ging nach draußen. Die Frau saß alleine an einem der kleinen Tische. Für eine zweite Person war aber noch Platz. Ich ging zu ihr hin, fragte, ob ich mich zu ihr setzen dürfe. Sie schien erst etwas unschlüssig, sagte dann aber 'ja'. Ich setzte mich. Der Ausdruck des Entsetzens war mittlerweile aus ihrem Gesicht verschwunden. Sie war wirklich hübsch, wenn auch nicht mehr so ganz jung, schätzungsweise so Anfang vierzig, also wenige Jahre jünger als ich.

„Zunächst einmal wünsche ich Ihnen einen 'Guten Morgen'", begann ich, „an einem solch schönen Tag muß man nicht wegen so eines kleinen Mißgeschicks verdrießlich sein. Wieso dachten Sie eigentlich, daß ich Sie verklagen wolle ?"

„Nun ja, Amerikaner nutzen doch so etwa üblicherweise aus und verklagen einen dann auf mehrere zehntausend Dollar Schmerzensgeld. Soviel kann ich gar nicht bezahlen."

„Wenn das so ist, dann können Sie ganz beruhigt sein. Ich bin Deutscher. Und als Deutscher würde ich mich der Lächerlichkeit preisgeben, wenn ich so etwas täte. Wegen einer umgekippten Tasse Kaffee und einem Fleck auf der Hose vor Gericht ziehen, Das grenzt ja schon an an Veräppelung der Justiz. Ich heiße übrigens Fritz."

„Fritz ! Natürlich, ein typisch deutscher Name. Ich heiße Maria."

Mir fiel auf, daß sie den letzten Satz auf Deutsch gesagt hatte. Zuvor hatten wir englisch miteinander geredet.

„Sie sprechen Deutsch ?" erwidert ich erstaunt.

Maria lächelte.

„Ja, sehr gut sogar. Ich habe es in der Schule gelernt. Ich war auf einer deutschen Missionsschule, auf meiner Heimatinsel."

„Sie sind gar keine Einheimische ?" fragte ich erstaunt.

„Natürlich nicht", antwortete sie lächelnd und kopfschüttelnd, als wundere sie sich etwas über meine Einfalt, „dann würde ich hier wohl kaum sonntags frühstücken. Meine Heimat liegt so tausend Kilometer entfernt. Ich arbeite hier im Institut in der Personalabteilung, seit etwa vier Jahren."

„Ich bin erst ein halbes Jahr hier, ich bin Physiker und leite die Arbeitsgruppe 'Radioaktivitätsuntersuchungen'."

Sie wurde etwas verlegen.

„Dann sind Sie sicher auch Doktor ?"

„Ja, ist das schlimm ?"

„Ja, dann sind Sie doch einer von den hohen Herren."

„Na ja, so hoch bin ich jetzt auch wieder nicht. Ich habe hier nur eine Dreizimmerwohnung, die wirklich hohen Herren bekommen Vierzimmerwohnungen. Also, Sie brauchen keine Scheu vor mir zu haben."

Maria mußte lachen.

„Das ist gut. Wissen Sie, viele dieser Doktoren sind nämlich arrogant. Sie blicken auf unsereins herab. Besonders, wenn man dunkelhäutig ist, Kanakin, wie sie sich ausdrücken. Wir sind für sie nur das Fußvolk, das nicht zählt. Offiziell ist man hier natürlich weltoffen, tolerant, antirassistisch. Aber das ist bei vielen nur Maske. In Wirklichkeit sind sie ganz anders. Und das betrifft nicht nur Weiße. Inder, Chinesen und Japaner sind auch nicht anders."

Sie hatte das mir einem gewissen Ausbruch von Leidenschaft gesagt, es wirkte ehrlich, aus dem Herzen kommend, entsprach sicherlich auch den eigenen Erfahrungen; einem Fremden gegenüber, der im Grunde ja einer aus der angegriffenen Gruppe war, wirkte das allerdings eher unbeherrscht, denn, wenn er böswillig war, konnte er ihr damit ja schaden. Daran dachte ich natürlich nicht, da ich ihr im Grunde ja auch Recht geben mußte. Die Scheinheiligkeit hier war auch nicht anders als die in Deutschland. Andererseits gab es für mich natürlich keinen Grund mich oder die 'Gruppe' zu verteidigen, vielleicht sogar noch auf gewisse historische Verfehlungen unseres Volkes hinzuweisen und darüber ein Schuldbekenntnis abzulegen. Ich sagte daher nur.

„Es gibt die unterschiedlichsten Typen von Menschen. Und wissen Sie, wir 'hohen Herren' kommen auch aus zig verschiedenen Ländern und Kulturen, haben auch unsere gegenseitigen Vorurteile. In einer solch bunt gemischten Truppe wie hier im Institut sollte man insbesondere die Menschen nur aufgrund ihrer Persönlichkeit beurteilen und alles andere vergessen. Darüber hinaus gibt es in jeder Gesellschaft Rangordnungen. Und viele, die etwas höher stehen, blicken auf die unter ihnen herab. Mir ist so etwas aber fremd, schon deshalb, weil ich Einzelgänger und Außenseiter bin und mich keiner Gruppe zugehörig fühle."

Wir blickten uns kurze Zeit schweigend an. Und es kam mir so vor, als könnten wir gegenseitig unsere Gedanken lesen und jeder verstand, was der andere meinte.

„Haben Sie heute schon etwas vor ?" nahm ich dann das Gespräch wieder auf.

„Nicht wirklich", antwortete sie, „ich habe keine Pläne geschmiedet."

„Dann könnten wir ja vielleicht etwas zusammen unternehmen."

Sie blickte mich groß an.

„Sie wollen sich mit mir verabreden ?"

„Ja, so war das gemeint."

„Haben Sie denn schon etwas vor ?"

„Nichts besonderes, vielleicht zum Schwimmen gehen, irgendwo zum Strand."

Sie war unschlüssig, überlegte eine Weile.

„Schwimmen ist gut, aber 'den Strand' mag ich nicht. Da sind zu viele Leute, zu viele Kerle, die einen nur angaffen; da ist es zu laut und riecht zu sehr nach Sonnenöl, gebratenem Fett und Hamburgern. Ich kenne aber Stellen, die wirklich schön und einsam sind."

„Das klingt interessant. Ich habe übrigens auch nicht unbedingt 'den Strand' gemeint, sondern suche mir oft auch immer abgelegene Abschnitte heraus. Ich mag den Trubel auch nicht. Haben Sie ein besonderes Ziel vor Augen ?"

„Ja, es gibt auf der nördlichen Seite der Insel einige sehr malerische Buchten, mit feinem Sandstrand, klarem Wasser, leichter Brandung; vor allen Dingen ist es dort menschenleer, weil man von der Straße aus ein schönes Stück durch den Wald laufen muß um hinzukommen.

„Das hört sich gut an", meinte ich, „wenn Sie mögen, dann können wir dorthin gehen. Ich laufe gerne."

Maria lachte.

„Wir müssen natürlich nicht den gesamten Weg laufen. Den größten Teil der Strecke können wir mit dem Fahrrad zurücklegen. Wir müssen nur den Weg durch den Wald und dann den Felsen hinunter zum Strand laufen. Da fällt mir ein, der letzte Teil des Weges ist etwas steil und steinig. Sie sollten daher ordentliche Schuhe anziehen, keine Badeschlappen. Feste Sandalen reichen aber aus. Und wann wollen wir aufbrechen?"

Sie schaute auf ihre Armbanduhr, meinte dann:

„Es ist jetzt kurz nach elf. Ich habe noch einige Kleinigkeiten zu erledigen. Wäre ein Uhr in Ordnung?"

„Ja, ein Uhr ist recht. Treffen wir uns am Haupttor?"

Wir verabschiedeten uns. Ich kehrte in meine Wohnung zurück, wechselte die Hose, legte mich dann in meinen Liegestuhl auf der Terrasse, träumte vor mich hin.

„Maria!" dachte ich, „vor zwei Stunden kannten wir uns noch nicht, wußte ich nicht einmal, daß es dich gibt und nun sind wir schon verabredet. Und das alles wegen einer verschütteten Tasse Kaffee. Wenn also ein Fleck auf einer weißen Weste etwas negatives ist, dann muß wohl ein Fleck auf einer weißen Hose etwas positives sein."

An dieser Stelle möchte ich noch einige Bemerkungen zu 'dem Strand' hinzufügen. Die Insel besaß einen Umfang von etwa sechzig Kilometern; die Küste war fast überall zugänglich; auf Veranlassung der Verwaltung war jedoch um den weltlichen und religiösen Vorstellungen der unterschiedlichen Nationen, die hier lebten, Rechnung zu tragen die Küste in verschiedene Zonen eingeteilt. Zunächst gab es hier die Bereiche in der Umgebung der Eingeborenendörfer, die jenen sozusagen als Reservat zugestanden wurden. Das Betreten war den Institutsangehörigen zwar nicht verboten, es gab aber die Anweisung, dort die Sitten und Gebräuche der Einheimischen unbedingt zu beachten. Da niemand so genau über diese Bescheid wußte, mied man im allgemeinen die Zonen. Sie umfaßten im wesentlichen den Westteil der Insel. 'Der Strand', von dem Maria gesprochen hatte, lag auf der östlichen Seite der Insel nördlich des Hafens. Es war ein flacher Sandstrand mit einer Ausdehnung von etwa vier Kilometern und war der Hauptbadestrand der Insel. Hier gab es kleinere Buden, an denen man Speisen und Getränke kaufen konnte, einen Liege-stuhl- und Sonnenschirmverleih, an dessen Geschäftskiosk man auch Sonnenöl, Badematten, Sonnenhüte, Sandspielzeug und ähnliches kaufen konnte. Es gab auch eine offizielle Badeaufsicht. Hier herrschte sonntags immer Hochbetrieb, da man mangels anderer Freizeitgestaltungsmöglichkeiten bei schönem Wetter in der Regel nachmittags baden ging. An diesem Strand war übliche Badeklei-dung, einschließlich Bikinioberteile, zwingend vorgeschrieben. Nördlich davon, im eher zerklüfteten Teil der Küste, konnte man freizügiger baden; hier gab es einen Abschnitt von etwa zehn Kilo-meter Länge, in dem man nackt schwimmen durfte. Südlich des Ha-fens wiederum gab es je einen reinen 'Frauenbadestrand' und einen 'Männerbadestrand', sowie einen Strand, an dem sogenannte 'Ganz-körperbadekleidung' vorgeschrieben war.

Wir trafen uns pünktlich um ein Uhr am Haupteingang, fuhren dann mit den Fahrrädern ein Stück nach Norden. Nach etwa fünf Kilome-tern bog Maria in einen kleinen Waldweg ein.
„Hier müssen wir die Fahrräder zurücklassen. Es ist zwar unwahr-scheinlich, daß jemand sie stiehlt, aber vorsichtshalber sollten wir sie doch abschließen."
Wir marschierten nun etwa eine Viertelstunde durch den Wald, er-reichten dann eine Klippe, von der aus man auf eine kleine, halb-kreisförmige Bucht blicken konnte, welche eine Ausdehnung von un-gefähr hundert Metern hatte und zu beiden Seiten von Felsen be-grenzt wurde. Der Strand lag etwa zwanzig Meter tiefer.
„Hier geht es jetzt abwärts. Passen Sie auf wo Sie hintreten."
Der Strand bestand aus feinem Sand; das Wasser war kristallklar, es herrschte eine leichte Dünung. In einiger Entfernung, vielleicht zwei-hundert Meter, ragte ein mächtiger, breiter Felsen aus dem Wasser, der die Sicht auf das freie Meer teilweise beeinträchtigte.
„Ist das nicht wundervoll?" meinte Maria nun, „ich komme gerne hierher; hier ist man ungestört; nur selten verirrt sich jemand in diese Gegend."

Sie rollte ihre Strandmatte aus, die an ihrem Rucksack befestigt war, entkleidete sich dann; so ganz ohne Scheu. Ich blickte sie etwas verwundert an.

„Hier braucht man keine Badekleidung, niemand starrt einen an; und übrigens, das ist ganz legal, wir befinden uns im textilfreien Abschnitt."

Sie schwieg kurz, fuhr dann fort:

„Ach, das hatte ich Ihnen gar nicht gesagt. Ich hoffe, Sie haben da kein Problem mit."

„Nein, ganz und gar nicht", meinte ich, „mich hat nur Ihre Unbekümmertheit etwas verwundert."

„Was heißt hier Unbekümmertheit; ich gehöre schließlich einem Naturvolk an; wir haben zwar harte, unangenehme Regeln bezüglich des Umgangs zwischen Mann und Frau; die haben aber eher den Sinn, den Frieden innerhalb der Gruppe zu erhalten. Eifersucht und Rivalitäten sind üble Gifte. Aber Prüderie in eurem Sinne kennen wir nicht."

Ich breitete meine Matte ebenfalls aus, entkleidete mich auch, legte mich etwas abseits.

„Schämen Sie sich doch vor mir ?"

„Nein, hier ist Schatten; ich vertrage die pralle Sonne nicht auf Dauer, ich bekomme sehr schnell einen Sonnenbrand."

„Dann komme ich zu Ihnen. Sie bleiben im Schatten, ich lege mich in die Sonne. Zwischen uns ist die Grenze."

„Aber nur die Grenze zwischen Licht und Schatten."

„Etwas anderes habe ich auch gar nicht gemeint."

So lagen wir eine Weile, die Köpfe gegeneinander gewandt, lächelten uns an, redeten aber wenig, genossen vielmehr uns nahe zu sein.

„Gehen wir ins Wasser ?" fragte Maria schließlich.

Das Wasser war kristallklar, warm. Es herrschte eine leichte Brandung, die aber beim Schwimmen nicht störte. Wir schwammen umher, mal weiter voneinander entfernt, mal näher zusammen; schließlich berührten wir uns, beabsichtigt von beiden Seiten. Das Wasser war an dieser Stelle nicht tief, man konnte bequem stehen. Und so standen wir uns gegenüber, schauten uns in die Augen. Unwillkürlich griff ich nach ihrem Kopf, streichelte sie. Im Gegenzug griff sie nach meinem Kopf, streichelte mich. Dann umarmten wir uns, küßten uns schließlich. Ein wundervolles Gefühl überkam mich, als ich ihren zarten, weichen Körper fühlte. Dann schwammen wir weiter. Als wir wieder am Strand lagen und uns selig in die Augen schauten, fragte ich spontan.

„Was hat Dich eigentlich auf diese Insel verschlagen ?"

„Dich ?" war die Antwort.

„Na ja, nachdem wir uns vorhin schon geküßt haben, können wir uns auch duzen. Ist das in Ordnung so ?"

„Ja", antwortete sie, aber in ihrer Stimme lag eine Art Ungehaltenheit, so, als hätte ich mit meiner Frage etwas Unangenehmes berührt; es war sicherlich nicht das 'Dich', es betraf eher den Grund aus dem sie hierhergekommen war. Die Insel war zwar ein kleines Paradies, aber auch eine eigene kleine Welt für sich. In gewissem Sinne war man hier sozusagen ein Aussteiger, der die zivilisierte Welt samt ihren Unannehmlichkeiten verlassen hatte. Bei Maria hatte ich die Dinge anders eingeschätzt, sie war ja Südseeinsulanerin. Und ich hatte so aufs erste vermutet, daß sie hierhergekommen war, weil sie hier eine passende Arbeit fand. An ihrer Reaktion merkte ich nun, daß dies wohl nicht der Grund gewesen war. Daher warf ich mir jetzt vor, vielleicht taktlos gewesen zu sein. Ich ging daher auf das Thema nicht weiter ein, fragte statt dessen.

„Warst du eigentlich schon mal in Deutschland ?"

Maria merkte an meiner Frage, daß ich nicht die Absicht hatte, weiter zu bohren, fand ihr Lächeln wieder, antwortete allerdings etwas traurig.

„Nein, das habe ich bisher noch nicht geschafft; ich bin nur bis Australien gekommen. Ich kenne es nur aus Büchern und Filmen. Es muß aber ein wundervolles Land sein und ich liebe es im Grunde genommen. Ich habe soviel über das Land, seine Landschaften, seine Geschichte, die Kultur, die Musik, die Literatur, die Philosophie, die wissenschaftlichen und technischen Leistungen erfahren. All das bewundere ich und es erscheint mir aus der Ferne als eine unerreichbare Größe. Ich stelle mir oft die zahlreichen Schlösser, Burgen, Kirchen oder die schmucken Rathäuser vor, vieles habe ich schon auf Photos gesehen, all das muß wundervoll sein. Und all das möchte ich einmal direkt vor mir sehen, sozusagen hautnah erleben. Ich habe

mittlerweile genügend Geld für eine längere Reise gespart, kann auch einmal drei Monate unbezahlten Urlaub nehmen."
Ich lachte.
„Was ist schon wundervoll ? Von außen sieht das alles immer verklärter aus. Lebt man dort, wird man oft eine ganz andere Realität spüren. Deswegen bin ich auch hier."
Und ich erzählte meine Geschichte, auch über die Illusionen, die man sich so in Europa von der Südsee macht.
Marias Gesicht hatte sich während meiner Erzählung immer weiter aufgehellt, nahm schließlich wieder das Strahlen an, das in ihm nach unserer ersten Berührung, unserem ersten Kuß gelegen hatte.
„Vielleicht war es ganz gut, daß du all diese Schwierigkeiten und Frustrationen hattest", meinte sie dann süffisant, „sonst hätten wir uns gar nicht kennengelernt. Ich habe auch einen langen Weg zurückgelegt bis ich hier gelandet bin. Ich werde es dir später mal erzählen, wenn wir uns besser kennen. Jetzt ist es noch zu früh. Und ich bin froh, daß du nicht nachgebohrt hast, wie das andere oft tun."
„Wenn wir uns besser kennen", dachte ich, „also sieht sie den heutigen Nachmittag nicht als einmalige Angelegenheit an, und denkt an eine längerfristige Verbindung. Das klingt gut!"
Wir gingen noch ein paar Mal ins Wasser, lagen zwischendurch beieinander, berührten uns, küßten uns, unterhielten uns über belanglose Dinge, Ereignisse des Alltags hier auf der Insel, Begebenheiten privater oder auch beruflicher Natur.
Gegen Abend kehrten wir auf den Campus zurück. Ich lud Maria in meine Wohnung ein. Wir saßen auf der Terrasse, tranken Wein, erzählten; ich holte, was ich vorrätig hatte, aus dem Kühlschrank und stellte ein Abendessen zusammen. Doch es blieb nicht beim Erzählen und Trinken. Unsere Berührungen wurden immer inniger. Schließlich gingen wir ins Schlafzimmer, entkleideten uns gegenseitig, liebkosten uns immer intensiver, schliefen schließlich miteinander und verbrachten die Nacht eng aneinander geschmiegt. Ich fühlte mich glücklich als ich am nächsten Morgen erwachte und sie neben mir spürte. Ich streichelte sie, küßte sie. Nun erwachte sie auch, sah mich liebevoll an, erwiderte meine Liebkosungen und wir schliefen erneut miteinander. Es war ein wundervolles Gefühl, nicht nur für mich, sondern auch für sie, was ich an ihren Blicken, ihrem Atemrhythmus

und ihrem sanft gehauchten 'ich liebe dich' erkennen konnte. Ja, ich liebte sie auch.

Schließlich standen wir auf, duschten, kleideten uns an, begaben uns nach dem Frühstück zu unseren Arbeitsstellen. Wir verabredeten uns für den Abend.

Maria rief mich kurz vor fünf Uhr an, fragte, wann ich Feierabend machen würde. Sie meinte, es sei das beste, wenn wir uns gleich vor dem Institut träfen und dann zu ihr gingen. Heute wolle sie das Abendessen zubereiten. Wir suchten zunächst den Supermarkt auf um einige Einkäufe zu tätigen, liefen dann zu ihrer Wohnung, die im ersten Stock eines größeren Gebäudes lag. Sie bereitete das Abendessen zu, das wir auf dem Balkon einnahmen. Trotz aller Herzlichkeit und Freundlichkeit wirkte sie jetzt am Abend ernster als am Morgen. Irgend etwas bedrückte sie. Ich hielt es allerdings nicht für ratsam sie danach zu fragen, denn sie kämpfte offenbar noch mit sich, ob sie ein Gespräch über das, was sie bedrückte mit mir anfangen solle oder auch nicht. Ich hielt es nicht für ratsam sie da zu nötigen. Die Entscheidung mußte sie selbst treffen. Druck von außen konnte hier nur negative Auswirkungen haben. Nach dem zweiten Glas Wein rückte sie schließlich mit der Sprache heraus.

„Was hältst du eigentlich von mir?"

Die Frage wunderte mich, sie klang so harmlos, daß man kaum das Problem, das sie bedrückte dahinter vermuten konnte; sie war es aber mit Sicherheit nicht. Man konnte sie unterschiedlich interpretieren, aber vermutlich war jede Interpretation falsch. Ich beschloß daher, möglichst unbefangen zu erscheinen und antwortete daher:

„Du bist ein liebenswerter Mensch, hast einen wachen Verstand, bist gebildet, bist hübsch, gutaussehend. Außerdem, soweit ich das bisher festgestellt habe, gibt es große Ähnlichkeiten im Denken und Fühlen zwischen uns, also eine gewisse Seelenbindung. Kurz gesagt, ich mag dich und kann dich mir auch als Lebenspartnerin vorstellen."

Das verwirrte sie offenbar etwas. Maria schüttelte den Kopf.

„Nein, eigentlich habe ich das gar nicht so gemeint. Du sollst auch keine idealistischen Vorstellungen von mir haben. Ich meine vielmehr, was hältst du von einer Frau, die schon nach wenigen Stunden Bekanntschaft sich einem Mann hingibt, mit ihm ins Bett geht. Hältst du mich nicht für ein Flittchen, eine Hure ?"
Sie blickte mich ernst an.
„Moment mal", entgegnete ich, „zunächst einmal bist nicht mit irgendeinem Mann ins Bett gegangen, sondern mit mir. Du hast dich mir auch nicht hingegeben, sondern wir haben miteinander geschlafen. Und zwar deshalb, weil wir beide das wollten. Man kann nun nicht den einen deswegen schlecht machen und den anderen nicht. Zugegeben, es ging etwas schnell. Man könnte jetzt sagen, wir hätten damit warten sollen, bis wir uns besser kennen, oder so etwas ähnliches. Aber ich hasse Konjunktive. Die Gefühle verlangten es einfach. Sich von Gefühlen leiten zu lassen, ist, zugegebener Maßen, oft bedenklich. Aber hier war es wohl kein Fehler, da bin ich mir sicher. Weißt du, für mich bedeutet, mit einer Frau zu schlafen, mit ihr die engst mögliche Verbindung einzugehen, die möglich ist; sozusagen, mit ihr zu einer Person zu verschmelzen, zu einem Wesen zu werden. Das ist natürlich ein gewagter Ausspruch, wenn man sich erst ein paar Stunden kennt. Aber bei uns klang so ein unbewußtes Wissen durch, daß wir zusammen gehören; deshalb war es wohl kein Fehler."
„Du willst damit sagen, es war keine sexuelle Gier ?"
Ich nahm sie in den Arm.
„So etwas ist doch animalisch. Ich empfinde nicht so. Und ich hatte auch nicht den Eindruck, daß du so empfindest, daß bei dir sexuelle Gier ein Rolle gespielt hat. Es geschah vielmehr im Einklang miteinander, es war der Wunsch nach Einheit."
Maria lächelte wieder.
„Es ist schön, daß du das auch so siehst. Ich hatte gestern Abend das unbestimmte Gefühl, soweit gehen zu müssen um dir so nahe wie möglich zu sein. Verzeih mir, wenn ich das so frei daher sage; aber ich glaube, wir gehören zusammen; verzeih mir, da steckt keine Berechnung oder Falschheit dahinter, sondern einfach nur das schöne Empfinden, einen Menschen gefunden zu haben, mit dem man leben kann."

Ich mußte lächeln, denn sie drückte genau das aus, was ich auch empfand.

„Manchmal geht es schneller, manchmal weniger schnell; ich denke, wir haben bereits gestern Vormittag gespürt, daß unsere Begegnung, die Art, wie wir uns kennengelernt haben, nicht zufällig war, eher schicksalhaft und wir sind nur dem Weg gefolgt, den uns das Schicksal vorgegeben hat."

„Das hast du schön gesagt."

„Ich will sogar noch einen Schritt weiter gehen: ich bin sicher, wir werden miteinander glücklich, wenn wir nicht so dumm sind unser Glück zu zerstören."

Maria lächelte.

„Aber bevor du so redest, solltest du einiges über mich wissen. Idealisiere mich nicht. Ich besitze hier keinen guten Ruf. Ich gelte als Flittchen, das sich den Europäern an den Hals wirft. Ich hatte schon sechs Liebhaber, seitdem ich hier bin. Alle waren Europäer, Wissenschaftler, Techniker, Ingenieure, also bessere Leute. Aber ist es so verwerflich, wenn man das Glück sucht ? Weißt du, ich war gestern etwas komisch als du mich fragtest, was mich auf diese Insel verschlagen hat. Das ist eine lange lange Geschichte, die damit beginnt, daß mich meine Eltern auf die Missionsschule geschickt haben. Ich wurde dort sozusagen 'europäisch' erzogen. Ich will das nicht kritisieren, das war sicherlich gut gemeint, aber das hat mich von meinem eigenen Volk, von meiner eigenen Kultur entfremdet. Die europäische Kultur, die Gesellschaftsordnung, die 'Werte' sind ganz anders als das, was wir haben. Ich kam also von der Schule zurück und war meinem Volk und meiner Kultur völlig fremd geworden. Ich konnte mich nicht mehr in unsere Gesellschaft einordnen, schon deshalb nicht, weil die Stellung einer Frau in unserer Gesellschaft ganz anders ist als in Europa. Es kam zum Streit; er eskalierte, als ich mich weigerte, den Mann zu heiraten, den meine Eltern für mich ausgesucht hatten. Sie zwangen mich zur Hochzeitzeremonie, aber ich verweigerte ihm in der Hochzeitsnacht den Beischlaf. Du wirst das wahrscheinlich nicht kennen und auch nicht verstehen. Aber bei uns muß ein Mann nach der Hochzeitsnacht der Sippe das blutbefleckte Bettlaken vorweisen als Beweis, daß seine Braut noch Jungfrau war. Das konnte er natürlich nicht, er konnte aber auch nicht nachweisen, daß er getäuscht wurde und eine Hure geheiratet hatte. Denn ich war noch Jungfrau, konnte das auch beweisen. Mein Ehemann und meine Sippe waren dadurch blamiert. Und die einzige Möglichkeit ihre Ehre zumindest wieder einigermaßen herstellen bestand darin, mich zu ächten und aus der Sippe auszustoßen. Ich mußte meine Heimat verlassen, fand als Ausgestoßene auch keine Bleibe auf einer anderen Insel. Ich ging schließlich nach Australien, dort fand ich Arbeit, nach einigem Wechsel schließlich wegen meiner Sprachkenntnisse in einer Niederlassung eines deutschen Automobilkonzerns. Aber menschliche Wärme fand ich dort nicht. Im Grunde war ich für die Männer dort nur ein Spielball, gerade gut genug zur sexuellen Befriedung, ansonsten aber eher minderwertig und nicht würdig, Lebensgefährtin zu sein. Nach einigen Enttäuschungen zog ich mich dann zurück, vereinsamte, wurde unglücklich. Trotzdem blieb ich fast zwanzig Jahre in dem Land. Dann wurde ich auf die ausgeschriebene Stelle in dem Institut hier aufmerksam. Ich bewarb mich und wurde genommen. Die Insel erschien mir als neue Lebenshoffnung. Zunächst sah alles auch sehr positiv aus. Die Männer, insbesondere die Europäer, wirkten aufgeschlossener, so daß ich hoffte, hier einen Mann, einen Lebenspartner zu finden, mit dem ich glücklich werden konnte. Und so fiel ich auf die Typen herein. Sie gaben sich anfangs auch nett und tolerant, ich merkte aber bald, daß sie mich nur für eine Kanakin, wie sie die Südseebewohner nannten, hielten, für eine Bumsnegerin, verzeih mir den derben Ausdruck. Dabei sehnte ich mich nur nach ein bißchen Zuneigung, Wärme, Geborgenheit, Liebe und Glück. Und jedes Mal, wenn ich einen neuen kennenlernte, dann hatte ich neue Hoffnung, glaubte, jetzt endlich den richtigen gefunden zu haben. Und so fiel ich immer wieder auf die Burschen rein. Das führte aber auch dazu, daß ich im Institut als leichte Beute galt, als eine, die mit jedem ins Bett geht und wurde auch entsprechend behandelt. Mein letzter Freund war Italiener; er versprach, mich zu heiraten, mich mit nach Europa zu nehmen, wenn er zurück ging. Erst kurz vor der Abreise erfuhr ich, daß er verheiratet war. Und dann sagte er noch, er werde doch keine Halbwilde mit nach Italien nehmen. Ein Jahr ist das jetzt her; seitdem hatte ich nichts mehr mit einem Mann. Ich zog mich zurück; ich wäre am liebsten weggegangen, wußte aber nicht wohin. Das bin ich also und nichts anderes. Willst du mich noch ?"

Ihre Erzählung, ihre Offenheit hatte mich sichtlich berührt und ich war nahe daran, ihr eine sentimentale Antwort zu geben. Allein die Überlegung, daß dies unter den Umständen nicht ratsam war, hielt mich davon ab. Vielmehr antwortete ich:

„Deine Offenheit gefällt mir; und es ist gut, all dies jetzt von dir zu erfahren. Die Welt hier ist klein und unsere Freundschaft bleibt nicht lange verborgen. Ich habe hier zwar keine Freunde, aber der eine oder andere Kollege wird mir schon einiges zutragen."

Ich schwieg kurz, fuhr dann fort:

„Aber es ist doch so. Wir sind beide nicht mehr ganz jung, haben beide eine Vergangenheit und uns gestern kennengelernt. Müssen wir nun unsere Vergangenheit voreinander rechtfertigen ? Deine Vergangenheit hat keinen Bezug zu meiner, meine nicht zu deiner. Sieh es so: gestern hat für uns beide etwas Neues begonnen. Nur die Zukunft zählt. Laß uns zusammenhalten, zusammenstehen."

Maria blickte mich an.

„Das sind schöne Worte. Meinst du das wirklich ehrlich ? Bin ich wirklich nicht auch für dich nur so ein Negerflittchen zum Bumsen ?"

Ich atmete tief durch. Frauen sind manchmal etwas schwierig.

„Ich verstehe, daß du nach so vielen Enttäuschungen mißtrauisch bist und es wird sicherlich auch noch einige Zeit dauern bis es geschwunden ist. Aber wir haben auch eine gute Basis. Wir haben einen gemeinsamen Vorrat an Empfindungen und Gefühlen, wir spüren eine seelische Verbindung; wir reden im Grunde auch die gleiche Sprache, schöpfen auch aus der gleichen Kultur, ich alles, du sehr viel. Das alles verbindet uns. Und ich hatte seit dem wir uns kennen, des öfteren den Eindruck, daß du 'deutscher' bist als viele deutsche Staatsbürgerinnen."

Es lag mir auf der Zunge noch hinzuzufügen: „Ich sehe in dir nur die Frau, nicht die Südseeinsulanerin", unterdrückte es aber, da es unpassend und in eine falsche Richtung lenkend schien.

Maria hatte das begriffen und sagte:

„Ich bin aber keine Deutsche, sondern eine Südseeinsulanerin. Auch wenn ich eure Sprache spreche und eure Kultur verehre, so trage ich dennoch mein Südseeerbe in mir."

„Das macht nichts. Schließlich leben wir hier auch nicht in Deutschland, sondern in der Südsee. Du weißt viel über Deutschland, ich aber praktisch nichts über die Südsee. Da kann ich noch viel von dir lernen."

Maria lächelte.

„Keiner von uns beiden ist für sich allein perfekt. Zusammen können wir es vielleicht werden."

„Das ist ein gutes Ziel."

Das lange Gespräch hatte uns doch etwas erschöpft, es war auch spät geworden. Wir tranken unsere Gläser leer, legten und dann schlafen. Ich blieb die Nacht über bei ihr.

Das Gespräch hatte eine sehr positive Wirkung, wir wußten nun, wie wir zueinander standen, wußten, daß wir beide das gleiche wünschten, Zuneigung, Wärme, Geborgenheit, Liebe. Es war uns auch klar, daß man dies alles nicht erzwingen konnte, daß wir nur nach und nach in ein gemeinsames Leben hineinwachsen konnten. Vertrauen und Ehrlichkeit zueinander waren eine Grundbedingung, Zusammenhalt nach außen eine andere. Wir durften es nicht zulassen, daß Dritte unsere Beziehung zerstörten. Maria hatte da anfangs gewisse Befürchtungen, aufgrund ihres 'schlechten Rufes', wie sie es nannte, doch dies war unbegründet. Das lag einmal daran, daß nur eine Minderheit der wissenschaftlichen und technischen Institutsangehörigen längerfristige Arbeitsverträge hatte. Die Mehrzahl blieb nur ein bis zwei Jahre. Sie waren in ihrer Heimat Universitätsangestellte und für einen Forschungsaufenthalt hier beurlaubt. Ferner blieben ja auch die Angehörigen der unterschiedlichen Nationen weitgehend unter sich, so daß nur wenige etwas über Marias frühere Beziehungen wußten. Und das neue Verhältnis interessierte kaum jemanden, zumal wir beide im Grunde genommen auch Außenseiter waren. Natürlich gab es anfangs einige Sticheleien seitens ihrer Kolleginnen aus der Personalabteilung. Aber das legte sich bald, da es keine Wirkung zeigte. Mich sprach lediglich unser Bereichsleiter, ein Schwede, nach einer Arbeitsbesprechung einmal darauf an.

„Wissen Sie eigentlich, mit wem Sie da ein Verhältnis eingegangen sind ? Die Dame hat nicht den besten Ruf", meinte er.

„Natürlich weiß ich das", entgegnete ich, „aber ich liebe Herausforderungen. Und ich gehe davon aus, daß sich ihr Ruf bald bessern wird."

„Na schön", entgegnete er, „Sie müssen wissen, was Sie tun."

Meinerseits war das natürlich eine Anspielung auf zukünftige Ereignisse gewesen. Unser Verhältnis entwickelte sich äußerst harmonisch. Ich muß die Ereignisse der nächsten Wochen und Monate nicht im Detail erzählen, das wäre sicherlich auch langweilig. Es entwickelte sich in Richtung eines gemeinsamen Lebens. Ich lernte vieles über die Völker der Südsee, ihre Geschichte, ihre Kultur, lernte sogar ein bißchen Marias Muttersprache.

Und schon nach vier Monaten beschlossen wir zu heiraten. Da wir auf einer abgeschiedenen Insel lebten zogen sich die Formalitäten, die über die zuständigen Konsulate laufen mußten, natürlich etwas hin, aber nach weiteren drei Monaten hatten wir alle Papiere zusammen, reisten dann nach Tahiti. Auf dem dortigen deutschen Konsulat fand die Trauung statt. Eine große Hochzeitsfeier gab es nicht, wir gingen lediglich zum Abendessen in das Lokal, welches uns als das beste in Papeete empfohlen wurde. Wir kehrten dann auf die Insel zurück. Als Ehepaar hätten wir nun in die Familienwohnanlage ziehen müssen; wir argumentierten aber, die Wohnungen dort sollten doch eher Familien mit Kindern vorbehalten sein, und ein älteres kinderloses Ehepaar passe nicht so ganz in diese Umgebung. Wir wollten auch aus dem Grunde in meiner Wohnanlage bleiben, da es dort ruhiger war. Nach einigem Hin und Her, was eine echte Herausforderung für die Bürokraten war, da für einen solchen Fall keine Anweisungen in ihren Vorschriften niedergelegt waren, erhielten wir dann mittels einer Ausnahmegenehmigung eine Vierzimmerwohnung in der Anlage für 'alleinstehende Akademiker'. Wir konnten uns das Apartment sogar aussuchen; auf Marias Wunsch nahmen wir eines im Obergeschoß des Hauses, das auch über eine Dachterrasse verfügte.

Als Hochzeitsreise wollten wir einen Besuch Deutschlands unternehmen. Die Vermählung hatte allerdings im Januar stattgefunden, und daher beschlossen wir, die Reise auf den Sommer zu verschieben.

So blieb uns genügend Zeit zur Vorbereitung.

Mitte Juni flogen wir nach Deutschland, für sechs Wochen. Wir hatten uns vorgenommen zunächst von Frankfurt am Main aus mit der Bahn in Richtung Osten fahren, die Wartburg mit Eisenach, Erfurt, Dresden zu besuchen, dann einen Bogen nach Norden und schließlich wieder nach Westen zu schlagen und nach etwa der Hälfte der Zeit meine in der Nähe von Frankfurt wohnende Schwerster zu besuchen. Ich hatte ihr bei meiner Abreise mein Auto überlassen, wollte es dann für drei Wochen wieder ausleihen um Süddeutschland zu durchqueren. Ich muß nicht alle Stationen aufzählen; wir waren ständig auf Achse, blieben nur selten länger als einen Tag im gleichen Hotelzimmer. Marias anfängliche Begeisterung für das Land ließ allmählich nach. Vieles wirkte fremd auf sie, entsprach nicht dem Deutschlandbild, das ihr in der Schule vermittelt worden war, beziehungsweise sie sich aus zahlreichen Büchern erworben hatte, wie sie sich ausdrückte.

Das war auch eine Anspielung darauf, daß man in der Tat in vielen Städten, gerade in der Umgebung des Hauptbahnhofes eher das Gefühl hat, man befinde sich im Orient. Dabei besuchten wir gar nicht die Ghettosiedlungen, in denen kaum noch Deutsche wohnen, in denen der Islam vorherrscht.

Sie störte sich an den vielen mit Farbschmierereien besudelten Hauswänden, Eisenbahnwaggons, Straßenbahnen und Denkmäler und über den vielfach auf den Straßen herumliegenden Müll. Sie hatte Deutschland immer für ein sauberes Land gehalten.

Sie wunderte sich auch über das Sprachgepansche, diese absurde Mischung aus Deutsch und Englisch, die sich nicht nur in den Namen der Geschäfte und vieler Firmen wiederfindet, sondern auch in den Anzeigen, den Werbeaufschriften, selbst in den Zeitungen und im allgemeinen Sprachgebrauch.

„Ich habe wirklich Mühe, das Deutsch, das viele sprechen, überhaupt zu verstehen, gerade in Geschäften oder so", sagte sie einmal, „und wenn sie mal wirklich Deutsch reden, so ist ihre Sprache gespickt mit primitiven Ausdrucksweisen, Wörter wie 'geil' und 'Scheiße' sind an der Tagesordnung. Ein solches Deutsch habe ich in der Missionsschule nicht gelernt. Das haben auch die großen Dichter nicht verwendet. Aber in den Zeitungen oder im Fernsehen ist das heute Standard."

Ihr fielen natürlich auch so 'moderne' Redewendungen, wie 'Migrationshintergrund', oder 'Menschen mit ausländischen Wurzeln' auf.

„Waschen die denn nie ihre Füße, weil ihnen schon Wurzeln gewachsen sind ?", frozzelte sie einmal.

„Na ja", antwortete ich flapsig, „das sind eben Floskeln, die eine klare Bezeichnung eines Sachverhaltes verschleiern sollen, da klare Bezeichnungen die Gefühle, was immer das sind, der Betroffenen verletzen könnten. Daher sind klare Bezeichnungen politisch nicht korrekt und dürfen nicht verwendet werden. Und man muß schon aufpassen, daß man nicht wegen eines falschen Ausdrucks wegen Volksverhetzung vor Gericht geschleppt wird. Man muß immer politisch korrekt sein. Das kommt übrigens aus Amerika, wie alles schlechte."

„Und das flegelhafte Benehmen habt ihr wohl auch aus Amerika importiert; viele schauen einen ja schon dumm an, wenn man grüßt. Und wer macht schon in einem vollbesetzten Bus oder einer S-Bahn einer Dame oder älteren Menschen Platz ? Hilft noch jemand einer Dame in den Mantel ?"

„Da muß man ja auch vorsichtig sein, da kann man wegen sexueller Belästigung angezeigt werden."

„Einen normalen Umgang haben die Menschen wohl nicht mehr untereinander ?"

Solche Gespräche führten wir häufig; anfangs hatte Maria Befürchtungen, daß ich ihr es übelnehmen könnte, wenn sie so über mein Land und mein Volk redete und ich ihr böse wäre. Aber ich konnte ihr nur Recht geben und ihr sagen, das sei auch ein Grund gewesen in die Südsee zu gehen. Und das Wort 'Volk' dürfe man schon gar nicht mehr in den Mund nehmen, wenn man nicht als Nazi gelten will.

„Aber andererseits", meinte sie dann wieder einmal, „wird man ständig mit so hohlen Parolen wie Toleranz, Weltoffenheit, Sexismus, Multikulturalität oder sexueller Vielfalt bombardiert. Manchmal hat man den Eindruck, man ist nur noch normal, wenn man homosexuell ist. Gibt es nichts anderes mehr ? Haben die Leute keine anderen Probleme ?"

„Das entspringt wohl alles einem falsch verstandenen Harmoniestreben", entgegnete ich, „es gibt Gruppen, welche die Meinungsführerschaft an sich gerissen haben und man darf nicht sagen, was die Gefühle deren Klientel verletzen könnte."

„Dafür darf man aber auf alle, die nicht auf dieser Linie liegen beliebig eindreschen", ergänzte sie, „es herrscht Meinungsdiktatur, eine geistige Auseinandersetzung über unbequeme Themen findet nicht statt. Wer eine abweichende Meinung hat, auf den stürzt sich die Meute und zerreißt ihn. Aber das liegt auch daran, daß diese linken Meinungsführer, die sich auch noch als Gutmenschen darstellen, offenbar gar nicht über die Bildung und Intelligenz verfügen, die für eine sachliche Auseinandersetzung notwendig ist. Das merkt man schon an ihrer Ausdrucksweise; man ist entsetzt, betroffen, schockiert, entrüstet, wenn etwas unangenehmes gesagt wird, aber man hat keine sachlichen Argumente. Man behauptet, daß gewisse Sachen böse sind, kann es aber nicht begründen. Ein furchtbares geistiges Klima. Wie kann man da existieren ?"

„Reg dich nicht auf", versuchte ich sie zu beruhigen, „wir sind hier auf Urlaub."

Den zweiten Teil unseres Aufenthaltes verbrachten wir Süden; dort waren wir mit dem Auto unterwegs, nicht auf öffentliche Verkehrsmitteln angewiesen, so daß wir bestimmten Gruppen, die in diesem Land wohnen, seltener begegneten. Wir mieden auch die großen Städte, Nürnberg und München ausgenommen. Und die sommerliche Vegetation verdeckten größtenteils den Müll entlang der Autobahnen, insbesondere im Bereich der Ausfahrten oder den Abzweigungen in den Autobahnkreuzen.

In den kleineren Städten war auch das geistige Klima besser und so besserte sich Marias Stimmung.

Gegen Ende des Aufenthaltes wohnten wir noch eine Woche in einem Hotel in einer jener Kleinstädte. Ich kannte es von einem früheren Aufenthalt her und es war eines jener kleinen Städtchen, in denen ich mich auf Anhieb wohlfühlte. Von hier aus unternahmen wir Ausflüge zu den bayerischen Königsschlössern im Allgäu, nach

Memmingen, Kempten, Ulm, Augsburg. Wir mußten zwar stets ein tüchtiges Stück mit dem Auto fahren, dennoch waren die Tage angenehmer und entspannter als die Fahrten mit der Bahn. Wir fanden sogar etwas Erholung. Eines Abends war ich vor dem Essen noch damit beschäftigt einige wichtige e-mails zu beantworten, die sich angesammelt hatten. Maria wollte nicht warten, ging schon alleine voraus in die Gaststube. Es herrschte Betrieb. Die meisten Tische waren besetzt mit offensichtlich Einheimischen, die Karten spielten. Dabei unterhielten sie sich, teilweise sogar recht laut. Es war eben das Treiben, das ich aus meiner Jugend her aus den Dorfwirtschaften kannte, für Maria war es neu. Sie erzählte mir später, im ersten Augenblick habe sie sich sogar ein bißchen gefürchtet, wollte wieder zurück aufs Zimmer gehen. Doch dann faßte sie sich ein Herz, setzte sich an einen freien Tisch. Die Kellnerin kam herbei, Maria bestellte ein Getränk, gab ihr zu verstehen, mit dem Essen wolle sie noch warten, bis ich komme. Neugierig betrachtete sie das Geschehen; das waren wohl die Stammtischrunden, die in manchen Erzählungen, die sie gelesen hatte, geschildert wurden. Obwohl wirr durcheinander geredet wurde und sie eher am Rande des Geschehens saß, konnte sie doch einiges verstehen, was da geredet wurde. Man sprach auch einiges über Politik und die Zustände im Land und das klang ganz anders als das, was man so in der Zeitung las oder im Fernsehen geboten bekam. Bei den Kartenspielern fiel ihr auf, daß nicht an allen Tischen alle gleichzeitig spielten, an manchen waren es drei, an anderen vier Personen. An manchen Tischen spielten nur Männer, an anderen saßen Männer und Frauen. An den meisten Tischen saßen aber mehr Personen als gerade spielten, man wechselte aber untereinander ab, manche spielten allerdings überhaupt nicht, schauten nur zu, beteiligten sich aber an den Gesprächen. Es waren alle Altersgruppen vertreten. Am lustigsten fand sie, anfangs hatte sie das erschreckt, daß ab und zu einer weit mit dem Arm ausholte, die Karte mit der Faust auf den Tisch knallte und dabei laut 'Trumpf' schrie. Sie mußte dann jedes Mal lächeln. Einer Frau am Nebentisch war die dunkelhäutige Frau aufgefallen, die wie gebannt dasaß und das Treiben, halb erstaunt, halb belustigt betrachtete. Die Einheimische wußte offenbar zunächst nicht so recht wie sie sich der Fremden gegenüber verhalten sollte, aber dann, als sie einmal mit dem Spielen pausierte, wandte sie sich zu Maria hin, lächelte ihr freundlich zu und sagte, wobei sie davon ausging, daß die Dunkelhäutige sie möglicherweise gar nicht verstehen würde:

„Wir treffen uns jeden Donnerstag Abend zum Kartenspielen."

„Das ist eine alte Tradition, ich habe darüber in alten Geschichten gelesen. Aber da kamen immer nur Männer vor, die sich im Wirtshaus trafen", entgegnete Maria, „aber die Zeiten haben sich geändert. Welche Kartenspiele spielen Sie da ?"

Die Frau blickte Maria entgeistert an. Daß diese Exotin ihr auf klarem Hochdeutsch antworten würde, hatte sie nicht erwartet. Maria bemerkte ihre Verwirrung und fuhr daher fort:

„Wissen Sie, ich habe auf einer Missionsschule Deutsch gelernt, dort auch sehr viel über Deutschland und seine Kultur erfahren und wollte schon immer einmal das Land besuchen. Ich arbeite in einem Institut auf einer Insel in der Südsee, habe dort einen deutschen Mann kennengelernt und wir haben vor einigen Monaten geheiratet. Nun sind wir auf Hochzeitsreise und ich bin hier um die Heimat meines Mannes kennenzulernen. Ich bin also als eine Art Touristin hier. Ich heiße Maria."

Die Einheimische fand ihre Sprache wieder.

„Und ich heiße Anneliese. Wir spielen hier Schafskopf oder Skat. Bei Schafskopf sind es vier Spieler, bei Skat drei. Vor ein paar Jahren haben einige einen Kartenspielclub gegründet, weil es ihnen zu langweilig war, abends zuhause vor dem Fernsehapparat herumzuhängen. Und mit der Zeit hat sich die Gruppe vergrößert. Im Grunde haben wir Glück, daß wir uns hier treffen können, nicht jeder Wirt mag das. Viele sagen, Kartenspieler seien zu laut und würden die anderen Gäste, meist Touristen, die essen wollen, vertreiben."

Maria lächelte.

„Für mich ist das interessant und es ist irgendwie schön, diese Atmosphäre einmal miterleben zu können. Man kann darüber lesen, aber es ist doch etwas ganz anderes mitzuerleben, wie einer die Karte auf den Tisch knallt und laut 'Trumpf' ruft. Den Knall und den triumphierenden Ton in der Stimme kann man nicht beschreiben, das muß man einfach erleben."

„Das haben Sie sehr schön gesagt", entgegnete Anneliese, „wir haben es aber auch schon erlebt, daß Gäste uns als Störer beschimpften und uns aufforderten ruhig zu sein. So etwas kann dann schnell zu Streit führen."

„Würden Sie mir erklären, wie dieses Spiel funktioniert?"

„Ja, natürlich, setzen Sie sich einfach mit an den Tisch. Wir müssen aber etwas leise sein."

Ich war daher leicht überrascht, als ich in die Gaststube kam und Maria bei den Kartenspielern sitzen sah. Sie strahlte mich an.

„Ich weiß sogar schon ungefähr, wie Skat funktioniert."

Sie entschuldigte sich dann bei Anneliese, setzte sich zu mir an den Tisch und wir bestellten unser Essen. Nachdem der Tisch wieder abgeräumt war, sprach mich Anneliese an:

„Können Sie auch Skat spielen."

„So ungefähr. Ich habe schon lange nicht mehr gespielt, denke aber ich habe es noch nicht verlernt."

„Wenn Sie mögen setze ich mich zu Ihnen und wir können zusammen spielen. Wir sind hier am Tisch ohnehin schon zu fünft. Ihre Frau beherrscht es ja auch schon ein bißchen. Wir spielen auch nicht um Geld."

Wir hatten nichts dagegen. Und so setzte sie sich zu uns und wir begannen mit dem Spiel. Maria genoß den Abend sichtlich. Ich sah es ihr an. Gegen zehn Uhr löste sich die Runde am Nebentisch auf und ein Mann, es war Annelieses Freund, fragte, ob er bei uns mitspielen könnte. Wir waren selbstverständlich einverstanden.

Und so saßen wir bis Mitternacht zusammen, spielten, erzählten. Zwischendurch fragte Anneliese Maria, ob sie eigentlich mit mir nach Deutschland übersiedeln wolle. Sie antwortete diplomatisch.

„Wir sind beide im Institut angestellt, haben langfristige Arbeitsverträge, verdienen dort unseren Lebensunterhalt, haben eine hübsche Wohnung, es gefällt uns dort; über einen Wegzug nach Deutschland haben wir noch nie gesprochen. Das ist momentan kein Thema. In fünf oder zehn Jahren vielleicht."

Später, als wir im Bett lagen, sagte sie zu mir:

„Du, das war der schönste Abend hier. Zum ersten Mal hat es mir in Deutschland wirklich gefallen."

Anfang August flogen wir dann von Frankfurt aus zurück nach Tahiti und reisten von dort aus weiter zu unserer Insel.

Im Flugzeug sagte mir Maria dann:

„Es war wirklich eine wundervolle Reise, die mir trotz allem sehr gefallen und sehr viele schöne Eindrücke hinterlassen hat. Aber es ist schon so, wie du sagtest; die Realität ist anders als die Vorstellungen, die man sich so aus der Ferne macht. Ich glaube nicht, daß ich den Alltag in diesem Land auf Dauer ertragen könnte. Ich möchte lieber auf unserer Insel bleiben."

Ich schwieg kurz.

„Um ehrlich zu sein, ich habe mit einer solchen Äußerung von dir gerechnet. Ich bin ja vor eineinhalb Jahren auch nicht umsonst weggegangen. Und ich habe nun auch gemerkt, daß ich mich von meinem Heimatland, ich meine damit den Staat, die Gesellschaft, die Lebensweise im Alltag, schon sehr weit entfernt habe. Und ich will auch nicht unbedingt zurückkehren."

Wenige Wochen später unterschrieb ich einen unbefristeten Arbeitsvertrag. Wir blieben auf der Insel.

Die Perserin

'Die Mongolen kommen !"
Diese Schreckensnachricht verbreitete sich in Windeseile im gesamten Reich. Kaufleute, Handwerksburschen und Vagabunden trugen sie von Dorf zu Dorf, von Marktflecken zu Markflecken, von Stadt zu Stadt, von Gau zu Gau. Niemand wußte allerdings etwas Genaues, lediglich, daß ein wildes Volk aus dem Osten heranzog. Mord, Brandschatzung und Plünderung markierte seinen Weg. Es hieß, sie hätten bereits die polnische Grenze überschritten und die Städte Sandomir und Krakau in Schutt und Asche gelegt. Und nun bewegten sie sich auf die Reichsgrenze zu.
„Meine Herren, diese Nachrichten sind sehr bedenklich. Ich weiß auch nichts Genaues, aber mir scheint die Lage ernst zu sein", begann der Erzbischof von Mainz seine Rede auf einer Versammlung der höchsten kirchlichen Würdenträger im Kloster Fulda, „der Kaiser residiert in Sizilien, streitet mit dem Papst und hat in den letzten Jahren wenig Interesse an den Angelegenheiten im Reich gezeigt. Es wird Wochen dauern, bis Boten, die wir aussenden, zu ihm gelangen und noch viel mehr Wochen bis wir eine Antwort erhalten, falls es überhaupt eine geben wird. Erlaubt mir eine Bemerkung; der Kaiser ist eher Italiener als Deutscher, das Schicksal des Reiches ist ihm gleichgültig. In ihm fließt nicht das Blut seines Großvaters, unseres Kaisers Friedrich von Schwaben. Daher muß ich als Erzkanzler des Reiches Vorsorge treffen. Wir wissen nicht viel über dieses Volk, das man 'Mongolen' nennt, außer, daß es ein wildes Volk ist, das die Welt unterwerfen will. Seine Heimat soll nördlich des chinesischen Reiches liegen. Und dieses soll etwa zweihundert Tagesreisen von hier entfernt sein. Mein Herren, ich sage euch, wenn es Krieger fertig bringen, zweihundert Tagesreisen bis zur Grenze des polnischen Reiches vorzustoßen, dann schaffen sie auch die zehn Tagesreisen bis zur Grenze des Deutschen Reiches. Ich halte es daher für unumgänglich, ein Heer zusammenzustellen um der Gefahr zu begegnen."

„Das können wir hier nicht entscheiden", wandte der Bischof von Würzburg, der auch den Titel 'Herzog von Franken' führte, ein, „wir sind nur die Vertreter der Kirche, dazu ist ein Aufruf an die Reichsfürsten notwendig."

„Ich weiß", antwortete der Erzbischof von Mainz, „aber wir sind nicht nur Vertreter der Kirche, einige von uns s ind auch Reichsfürsten. Und ich will hier Ihre Meinung als Reichsfürsten hören. Ich sage nur, wir müssen jetzt ein Heer aufstellen, nicht erst, wenn diese Mongolen die Elbe überquert haben. Dann ist es zu spät."

„Ich gebe Euch da völlig recht", entgegnete der Bischof von Würzburg, „aber ich vermute, daß die meisten Reichsfürsten sich wegen einer wilden Horde, die weit außerhalb der Reichsgrenzen wütet, keine Sorgen machen werden."

„Das spielt jetzt keine Rolle", entgegnete der Erzbischof von Mainz, „wir müssen einen Aufruf erlassen und Bedenken wie die Reichsfürsten entscheiden werden, sind nun unerheblich. Ich frage Euch nur, unterstützt ihr meinen Plan ?"

Die meisten anwesenden Kirchenfürsten waren unschlüssig, schließlich aber der Meinung, sie hätten keine andere Wahl. Letztlich sagten sie sich auch, die Zustimmung bedeute für sie kein großes Risiko, da die Reichsfürsten ohnehin nach eigenem Gutdünken entscheiden würden und der Aufruf des Erzkanzlers lediglich ein Appell sei und keinen bindenden Charakter habe. Der Bischof von Würzburg allerdings sah das etwas anders. Vielleicht lag es daran, daß er klüger war als die meisten Anwesenden, auch etwas mehr von der Welt gesehen hatte und so die Lage schärfer und gefährlicher sah als die anderen.

„Ein Heer allein genügt nicht", meinte er dann, „wir brauchen auch einen fähigen Führer. Ich schlage den Grafen von Riesseck als geeigneten Mann vor."

Die meisten Kirchenfürsten nahmen diesen Vorschlag unbedenklich hin, lediglich der Erzbischof von Mainz spitzte die Ohren. Die Grafschaft Riesseck lag nördlich des Hochstifts Würzburg und der Bischof versuchte schon seit Jahren dieses Gebiet unter seine Kontrolle zu bringen. Der Vorschlag, den Grafen zum Führer des Heeres zu machen, hatte daher wohl seine Hintergedanken. Der Erzkanzler schloß daraus, daß der Bischof wohl hoffte, der Graf würde in den Kämpfen mit den Mongolen fallen und er hätte dann leichteren Zugriff auf die Grafschaft. Nichtsdestotrotz erschien ihm der Graf von Riesseck eine gute Wahl. Er war ein tapferer Ritter, hatte sich bereits in mehreren Feldzügen bewährt, er war klug und gebildet.

„Ich stimme dem Vorschlag zu", antwortete der Erzbischof von Mainz, „meine Herren, es ist keine Zeit zu verlieren. Wir werden sofort einen Aufruf erlassen. Das Heer sammelt sich in vier Wochen in Erfurt. Der Führer wird der Graf von Riesseck sein."

Friedrich von Riesseck erfuhr zwei Tage später von dem Beschluß. Er fühlte sich geehrt, daß soviel Vertrauen in ihn gelegt wurde, noch mehr sah er aber, daß man ihm eine gewaltige Pflicht auferlegt, ihm sozusagen die Sicherheit des Reiches anvertraut hatte.

Der Graf von Riesseck war, wie bereits der Erzkanzler bemerkt hatte, ein Mann außerordentlicher Tapferkeit und Tüchtigkeit, ein Mann von Ehre, der Tücke, Intrigen und Unterwürfigkeit haßte; zudem besaß er eine Bildung, wie sie zu jener Zeit üblicherweise nur Geistlichen zukam. Er konnte lesen und schreiben, beherrschte auch die lateinische und griechische Sprache. Letztere hatte er während seines Aufenthaltes in Konstantinopel gelernt, wo er fast zehn Jahre im Dienste des kaiserlichen Gesandten stand. Friedrich von Riesseck war zu jener Zeit etwa vierzig Jahre alt. Er hatte einen fünfzehnjährigen Sohn und eine zwei Jahre jüngere Tochter. Er war verwitwet.

Er reiste umgehend nach Erfurt, da es ihm notwendig schien die Sammlung des Heeres zu überwachen und ihm schon frühzeitig eine Struktur zu geben. Die Befürchtungen des Bischofs von Würzburg erwiesen sich leider als nicht unberechtigt. Bayern, Schwaben und die westlichen Reichsgaue lehnten es ab Truppen zu schicken. Sie sahen keine Gefahr, hielten den Aufruf des Erzkanzlers für eine merkwürdige Grille. Der Herzog von Bayern zweifelte sogar an dessen Verstand. Franken sandte etwa fünftausend Mann, Thüringen und die sächsischen Gaue insgesamt zweitausend. Brandenburg sagte dreitausend Mann zu, die allerdings erst an der Spree zum Hauptheer stoßen sollten. Der Markgraf von Meißen kündete ein Aufgebot von etwa zehntausend Mann an, weigerte sich jedoch, sich dem Oberbefehl des Grafen von Riesseck zu unterstellen, sondern wollte seine Mannen selber führen. Ebenfalls Hilfe, auch etwa zweitausend Mann, sagte der König von Böhmen zu; mehr könne er nicht aufbieten, da er einen Einfall der Mongolen in sein Reich fürchte. Deshalb könne er auch die Truppe nicht selbst führen, sondern habe sie dem Grafen Wenzel von Sternberg unterstellt und sie dürften auch nur unter seinem Kommando kämpfen.

„Mit solchen Schwierigkeiten war zu rechnen", sagte der Graf von Riesseck zum Erzkanzler als sie in dessen Palast in Erfurt zusammensaßen, „es wäre freilich besser gewesen, einen Führer zu haben, um keine langen Dispute um den Schlachtplan führen zu müssen, aber ich denke, die jüngsten Nachrichten lassen den Ernst der Lage erkennen, so daß es nicht zu größeren Auseinandersetzungen kommen wird. Ich habe übrigens die Kunde zugetragen bekommen, daß der Herzog von Großpolen auch ein Heer heranführt."

Mit den jüngsten Nachrichten meinte der Graf die Vernichtung des schlesischen Ritterheeres bei Liegnitz durch die Mongolen. Sie zogen nun nach Westen und erreichten vermutlich nahe der Stadt Görlitz die Neiße. Dies bedeutete nun eine wirklich ernste Lage; konnte man sie an der Neiße nicht aufhalten, so war der Weg ins Zentrum des Reiches frei.

Die Heere trafen sich an der Neiße, dort, wo die Mongolen erwartet wurden. Der Graf merkte rasch, daß die anderen Heerführer eine gehörige Portion Hochmut zur Schau stellten, damit aber nur ihre Schwäche verdecken wollten. In Wirklichkeit waren sie eher kleinmütig, der Schrecken, der den Mongolen vorauseilte, saß ihnen in den Gliedern und sie suchten daher im Grunde jemanden, der ihnen Rat und Schutz bot. Der Graf von Riesseck hatte diesen Wesenszug bald durchschaut und nutzte ihre Schwäche aus um ihnen seinen Schlachtplan einzureden. Er vermied es dabei natürlich geflissentlich ihren Stolz zu verletzen. Er überzeugte sie auch, daß die nächste Schlacht entscheidend war, unterlagen sie, dann war Europa den Mongolen ausgeliefert, denn die untereinander zerstrittenen deutschen Fürsten, würden ihnen nicht widerstehen können.

Was sie allerdings zu dieser Zeit noch nicht wußten, war, daß der mongolische Heerführer Batu Khan bereits nach der Eroberung Krakaus sein Heer aufgespalten hatte; ein Teil zog unter der Führung der Prinzen Baidar und Orda nach Nordwesten, er selbst zog mit dem anderen Teil nach Süden um in Böhmen und Ungarn einzufallen. Die Prinzen hatten den Auftrag die Expedition über die Oder hinaus bis zum nächst größeren Strom namens Elbe zu führen, das Land zu er-

kunden und sich dann wieder nach Osten zurückzuziehen. Eine Eroberung und dauerhafte Beherrschung des Landes sollte erst nach
Klärung der Machtverhältnisse im Mongolenreich erfolgen, denn
Batu Khan hatte Kunde erhalten, daß der Großkhan Ögedei ernsthaft
erkrankt sei und vermutlich bald sterben würde. Dadurch drohte ein
Krieg um die Nachfolge. Man hatte es daher mit einem schwächeren
Gegner zu tun als erwartet. Die Schlacht würde dennoch hart werden,
da das Mongolenheer trotzdem noch immer eine gewaltige Streit-
macht darstellte, wie sich in der Schlacht bei Liegnitz gezeigt hatte.
Friedrichs Plan war es, mit dem Großteil der deutschen Ritter die
Mongolen frontal anzugreifen, während die Polen und Böhmen, unterstützt von den Sachsen, sie rechts und links auf den Flanken at-
tackieren sollten um sie schließlich zu umfassen. Der Plan gelang
nicht. Die Mongolen wurden zwar hart bedrängt und sie erlitten
große Verluste, aber als sie erkannten, daß eine Einkesselung drohte,
zogen sie sich zurück. Man erreichte daher nur einen halben Sieg.
Der Herzog von Großpolen drängte nun darauf, die Mongolen zu
verfolgen und zu vernichten. Die anderen aber hatte ihre Einwände.
Sie bestanden im wesentlichen darin, den Fliehenden nicht ungestüm
zu folgen, da man annehmen mußten, daß sie sich bald wieder sam-
melten und einen Hinterhalt legten. Dies erschien umso bedenkli-
cher, da man ihnen in unbekanntes Gebiet folgen mußte. Der Herzog
von Großpolen versuchte diese Bedenken beiseite zu wischen. Er erklärte, seine Leute würden das Land kennen und das vereinigte Heer
führen. Doch der Graf ließ sich nicht überzeugen. Er bestand darauf,
erst einmal Späher auszusenden um die Lage zu erkunden. Er führte
auch an, er habe vom Erzkanzler lediglich den Auftrag erhalten, das
Reich zu schützen. Dieser Auftrag war für ihn mit der siegreichen
Schlacht erst einmal erfüllt. Ein Fortführung des Feldzuges hänge
daher davon ab, ob die Mongolen weiterhin eine Bedrohung darstellten. Der großpolnische Herzog nannte das kleinmütig und zog dar-
aufhin mit seinen Truppen ab. Tatsächlich hatte es für den Grafen
noch einen zweiten, triftigeren Grund gegeben nicht weiter vorzu-
rücken, aber den hatte er verschwiegen. Er wußte um die Auseinandersetzung zwischen Böhmen und Polen um die Herrschaft über
Schlesien. Nach dem Tode des schlesischen Herzogs Heinrichs in
der Schlacht bei Liegnitz würden sicherlich beide Seiten Ansprüche

auf die Herrschaft erheben. Der Herzog von Großpolen war gegenwärtig in einer stärkeren Position, konnte sie aber nicht ausspielen solange die Bedrohung durch die Mongolen bestand. Es schien dem Grafen daher nicht geraten, ihn in diesem Streit zu stärken, zumal der böhmische König, der sich dem Schutz des Kaisers unterstellt hatte, wie es schien, noch immer vom Südheer der Mongolen bedroht wurde. Militärisch bedeutete der kaiserliche Schutz nicht viel, da der Kaiser den Angelegenheiten nördlich der Alpen nur wenig Interesse entgegenbrachte. Aber wenn er nun den großpolnischen Herzog stärkte, konnte der böhmische König ihm dies übelnehmen und dem Erzkanzler anzeigen. Er konnte daher in Ungnade fallen, während andererseits die Unterstützung des großpolnischen Herzogs ihm keine Vorteile brachten. Also hielt er sich zurück.

Die Späher kehrten in der Nacht zurück, berichteten, sie hätten etwa zwei Stunden entfernt ein größeres Lager der Mongolen entdeckt. Es seien aber nur wenige Krieger dort gewesen. Der Graf beschloß, die Angelegenheit am nächsten Tag näher zu untersuchen, sowie auch Graf Wenzel und den Markgrafen davon in Kenntnis zu setzen. Am Morgen wurde dann ein Trupp von etwa fünfzig Mann zusammengestellt. Friedrich übernahm die Führung; sowohl Graf Wenzel als auch der Markgraf hatten kein Interesse an dem Zug teilzunehmen, steuerten daher lediglich je einen Hauptmann und ein paar Kriegsknechte bei. In der Hoffnung dort Beute zu finden, nahm man auch ein paar ledige Pferde mit. Als sie das Lager erreichten, fanden sie dort keine Mongolen vor, lediglich an die zweihundert zerlumpte Gestalten, Männer und Frauen, die bei Ankunft der Kriegsknechte aus ihren elenden, primitiven Hütten herauskrochen. Die Ankömmlinge erfuhren, daß diese Menschen Gefangene der Mongolen gewesen seien und die hätten sie bei ihrem Abzug einfach zurückgelassen, da sie ihnen hinderlich gewesen seien. Nach der Schlacht sei ein größerer Mongolentrupp ins Lager gekommen, habe den zurückgebliebenen Wachen den Ausgang berichtet. Dann hätten die Mongolen in aller Eile die angesammelte Beute zusammengepackt. Aus Mangel an Pferden hätten sie allerdings nur einen Teil der Wagen mitnehmen können.

Sie seien auch wesentlich mehr Gefangenes gewesen, doch die kräftigen hätten das Lager schon am Vorabend verlassen.

Bei der Durchsuchung der zurück gelassenen Wagen fanden sich keine nennenswerten Kostbarkeiten; zahlreiche Kultgegenstände aus Kirchen, aber nichts aus Gold oder Silber, viele Ballen Stoffe, aber nur grobes Gewand, sowie große Mengen Küchengeschirr. Die Männer verluden an Kirchengegenständen und Stoffballen, was sie fanden, vom Küchengeschirr nahmen sie nur ehernes mit, irdene und hölzerne Gegenstände ließen sie zurück. Während die Knechte die magere Beute verluden, beratschlagten der Graf und die beiden Hauptleute, was mit den Gefangenen geschehen solle. Es handelte sich dem Anschein nach überwiegend um Bauern, welche die Mongolen unterwegs aufgelesen hatten und von ihnen für die niederen Dienste verwendet wurden. Es war auch nur der Rest der Gefangenen, wohl die älteren, schwachen und kränklichen, denn die jungen und kräftigen hatten das Lager, wie geschildert, schon gleich nach dem Abzug der Bewacher verlassen. Man brauchte sie nicht. Selbst zum Bestatten der Toten hatte man genügend gefangene Mongolen zur Verfügung, welche diese Arbeit übernehmen konnten. Sie kamen daher überein sich nicht weiter um sie zu kümmern, ihnen die Freiheit zu geben. Was sie damit anfingen, war dann ihre Sache.

Plötzlich trat eine Frau heran, schüchtern, vorsichtig, fiel vor den dreien auf die Knie, redete sie in einer fremden Sprache an. Dem Klang ihrer Stimme nach flehte sie um etwas. Die beiden Hauptleute wollten sie gleich wieder wegjagen, doch der Graf hielt sie zurück. Während die beiden nun zu ihren Mannen gingen, wandte sich der Graf zu ihr hin und betrachtete die Frau genau. Sie war schmutzig, zerlumpt, schien sehr abgemagert; sie hatte aber hübsche Gesichtszüge, soweit er das bei dem heruntergekommenen Aussehen noch beurteilen konnte. Und er entdeckte auch trotz des Unglücks, das sich in ihnen widerspiegelte, noch einen Restglanz in ihren dunklen Augen. Sie schien keine Slawin zu sein. Er vermutete dies aufgrund der etwas dunkleren Haut, der schwarzen Haare und der Farbe der Augen. Sie wirkte eher wie eine der griechischen oder asiatischen Frauen, denen er in Konstantinopel oft begegnet war. Auch wirkten ihre Bewegungen nicht bäuerlich plump und ihre Gesichtszüge wiesen eher auf einen wachen als auf einen dumpfen Geist hin. Er konnte sich das nicht so recht erklären, aber er fühlte sich ihr auf Anhieb zugetan. Sie gefiel ihm, trotz ihres elenden Aussehens. Der Graf wandte sich nun an die Menge, die sich zwischen den Hütten versammelt hatte und das Treiben der Knechte etwas angstvoll beobachtete, nicht unbedingt weil sie Gewalttaten fürchteten, sondern weil die Männer nun die letzte brauchbare Habe im Lager wegschleppten.

„Ist jemand unter euch, der unsere Sprache spricht und auch versteht, was diese Frau sagte ?"

Es folgte ein kurzes Schweigen; dann trat eine ältere, zerlumpte Frau hervor und rief dem Grafen abfällig zu:

„Was wird sie schon gesagt haben ? Sie will von euch mitgenommen werden. Wir wollen sie nicht bei uns haben. Und macht euch keine Mühe wegen ihr, sie ist nichts wert, nur eine persische Hure."

Der Graf überlegte kurz; auch wenn sie nur eine Hure war; wies er sie ab, war sie allein und verloren, denn von den slawischen Bauern hatte sie keine Hilfe zu erwarten; er fühlte Mitleid; nein, er konnte sie hier nicht zugrunde gehen lassen. Und so bedeutete er ihr, daß sie bei ihm bleiben könne. Sie lächelte, fiel erneut nieder, umarmte seine Beine, küßte seine Stiefel, schaute dann mit Tränen in den Augen zu ihm auf, sagte etwas, was wohl 'danke' bedeutete. Dann stand sie auf, blickte ängstlich um sich; der Graf nahm das wahr, maß ihm aber keine Bedeutung zu. Ihn verwunderte nur, daß sie nun ständig versuchte in seiner Nähe zu bleiben. Das störte ihn, da der Rückmarsch vorzubereiten war und er seinen Männern entsprechende Anweisungen geben mußte; da wirkte es nicht gut, wenn ständig ein zerlumptes Weib neben oder hinter ihm stand. Er gebot ihr daher, sich zu einem Wagen, der schon zur Abfahrt bereit stand, zu begeben und auf ihm Platz zu nehmen. Sie gehorchte, wenn auch zögernd.

Wenig später schreckte ihn ein gellender Schrei aus Richtung des Wagens auf; er blickte um sich und sah, wie drei Männer die Frau wegzerrten. Das schien ihm bedenklich. Aus welchem Grund wollten sie diese 'wertlose' Frau wegschleppen, sie mitnehmen. Hatte die Alte gelogen ? Ihm fielen ihre ängstlichen Blicke und ihr Bestreben in seiner Nähe zu sein ein. Möglicherweise war sie eine bedeutende Person und die Slawen wollten sie als Gefangene mitführen und Lösegeld erpressen. Ohne zu zögern wies er einige Knechte an, die Frau zurückzuholen. Die drei Kerle wollten das nicht ohne weiteres

hinnehmen, zückten ihre Messer, drangen auf die Knechte ein und verletzten drei von ihnen ehe sie überwunden und dem Grafen vorgeführt werden konnten. Der blickte sie finster an: sie hatten eine dunkle Hautfarbe, schwarze Augen, schwarzes Haar, markante Hakennasen. Wie Slawen sahen sie nicht aus, eher ähnelten sie dem Typ jener unangenehmen Menschen aus dem Kaukasus und den Gebirgen im östlichen Anatolien, denen er in der Zeit seines Aufenthaltes in Konstantinopel oft begegnet war. Die Angehörigen dieser Bergvölker standen in keinem guten Ruf. Sie galten als gewalttätig und verschlagen, waren als Räuber gefürchtet und ließen sich gerne als Mörder dingen. Sie unterhielten auch viele jener Häuser, in denen sich Männer zur Befriedigung ihrer Lust Frauen mieten konnten. Die Frauen waren fast ausschließlich geraubt und wurden oft auf bestialische Weise gezwungen sich Männern gegen Bezahlung hinzugeben. Der Graf überlegte. Möglicherweise war die Frau doch eine Hure, hatte für die drei arbeiten müssen bevor sie den Mongolen in die Hände gefallen waren. Die Frau wollte ihnen entkommen, hatte ihn daher um Hilfe angefleht, aber sie hatten sie zurückholen wollen, und das vor seinen Augen. Das erzürnte ihn. Er hatte auch in Konstantinopel mitbekommen, daß Frauen, die sich in den Händen solcher Männer befanden, bald zugrunde gingen, auf die Straße geworfen wurden, wenn sie nicht mehr genug einbrachten. Das wollte er nicht zulassen; er konnte seine Sympathie für die Frau aber nicht offen zeigen. Er sagte daher zu seinen Kriegsknechten:
„Sie haben euch angegriffen und drei von euch verletzt. Damit haben sie den Tod verdient. Hängt sie auf!"
Dem Befehl wurde sofort und wie es schien, mit Freude Folge geleistet.
Die Frau lächelte den Grafen dankbar an als sie die Kerle baumeln sah, kniete vor ihm nieder, nahm seine Hände, küßte sie."
Der Graf dachte nach. Wenn seine Überlegung stimmte, dann war es nicht ausgeschlossen, daß sie ihre Geschäfte, zumindest zeitweise, in Konstantinopel getätigt hatten, die Frau in der Stadt gewesen war und vielleicht etwas griechisch sprach.
„Du brauchst mir nicht zu danken", sagte er ihr daher auf griechisch, seine Vermutungen wollte er natürlich nicht offen legen, „sie haben

meine Männer angegriffen und drei von ihnen verletzt; sie hatten den Tod verdient."

Ihre Gesichtszüge hellten sich auf.

„Den Tod hatten sie schon lange verdient. Aber, Herr, Ihr sprecht griechisch? Ich beherrsche diese Sprache auch. Dann kann ich mich wenigstens für alles, was Ihr für mich getan habt bedanken. Ich verdanke Euch mein Leben. Gott schütze Euch."

Der Graf lächelte.

„Ich hoffe, man wird dich jetzt in Ruhe lassen. Geh wieder auf den Wagen. Wir brechen bald auf."

Der Graf wunderte sich. Er hatte eher vermutet, daß sie nur ein wenig griechisch sprach und sie sich lediglich ein bißchen verständigen konnten. Aber wie es schien, beherrschte sie die Sprache recht gut, mußte daher längere Zeit in Konstantinopel gewesen sein, aber sicherlich nicht zusammen diesen Kerlen. Dann wäre sie schon längst zugrunde gegangen. Wer war sie wirklich?

Die Hauptleute kamen heran.

„War das wirklich notwendig, wegen so einem heruntergekommenen Weib; auspeitschen hätte auch genügt", meinte der eine.

„Heruntergekommen oder nicht heruntergekommen; ich hatte sie unter meinen Schutz gestellt; und sie wollten sie dennoch entführen. Außerdem haben sie drei meiner Kriegsknechte verletzt. Das hinzunehmen hätte mein Ansehen bei meinen Soldaten zum Schwinden gebracht und sie hätten keinen Respekt mehr vor mir gehabt. So etwas kann nicht hingenommen werden. Da heißt es, hart und unbarmherzig durchzugreifen und keine Gnade walten lassen. Alles andere wird als Schwäche ausgelegt."

Das entsprach natürlich nicht der Wahrheit. Auspeitschen hätte tatsächlich genügt. Aber er hatte befürchtet, daß die drei erneut versuchen würden die Frau zu entführen, wenn er sie am Leben ließ. Und er wollte sie schützen. Ihre herzliche Dankbarkeit war für ihn ein Zeichen, daß er richtig gehandelt hatte.

Die Truppe brach auf, kehrte zu ihrem Lager zurück. Nach der Ankunft führte der Graf die Frau zu seinem Zelt, übergab sie dort einem Knappen, den er anwies, ihr etwas zu Essen und zu Trinken zu geben, ein Bad zu bereiten und frische Kleider für sie zu besorgen. Bevor er ging, fragte er sie noch:

„Wie heißt du eigentlich ?"

„Miriam", antwortete sie.

Der Graf begab sich zu Graf Wenzel und zum Markgrafen. Die beiden waren enttäuscht über die magere Beute, sie waren unzufrieden. Man beriet über das weitere Vorgehen. Die Mongolen waren abgezogen, keiner rechnete mehr mit einem erneuten Angriff. Graf Wenzel und der Markgraf hatten daher bereits ihre Leute versammelt und die standen nun zum Abmarsch bereit. Der Graf von Riesseck war sich der Sache allerdings noch nicht so sicher, unternahm alles um die beiden noch zum Bleiben zu bewegen.

„Ich habe nochmals Späher ausgesandt", sagte er, „sie sollen noch ein Stück weiter vordringen um Kunde zu bringen. Sie werden heute Nacht oder morgen in der Frühe zurückkehren. Bleibt wenigstens noch so lange. Es ist bereits Nachmittag und weit kommt ihr heute ohnehin nicht mehr."

Die beiden willigten schließlich ein. Dann einigten sie sich noch über die Verteilung der Beute und der Gefangenen. Der Graf hatte kein Interesse daran, eine größere Gruppe von Mongolen mit ins Innere des Reiches zu nehmen. Der Markgraf hatte auch keine Verwendung für sie und daher übernahm sie schließlich Graf Wenzel von Sternberg, unwillig allerdings, wie ihm leicht anzumerken war.

„Wir können sie ja an die Ungarn verkaufen oder an die Menschenhändler aus Konstantinopel, die öfters in unsere Grenzstädte kommen", meinte er schließlich.

Während Miriam die ihr vorgesetzten Speisen zu sich nahm und den dargereichten Wein trank, besorgte der Knappe heißes Wasser und bereitete das Bad zu. Der Graf achtete auf Sauberkeit, Schmutz betrachtete er als Ursache der meisten Krankheiten, und er hatte daher neben seinem Wohnzelt ein Badezelt aufstellen lassen, das einen größeren Zuber enthielt. Den sollte Miriam jetzt nutzen. Das Beschaffen frischer Kleider erwies sich als schwieriger, denn Frauenkleider waren im Lager nicht aufzutreiben. Schließlich fand der Knappe ein langes leinenes Hemd, das als Kleid dienen konnte, sowie einen Wams, der Miriam allerdings viel zu groß war. Und als Gürtel mußte ein Strick dienen. Miriam beschloß daher, ihr altes Kleid, obwohl es schon sehr mitgenommen aussah, im See zu waschen. Sie war dann allerdings etwas verschreckt von den vielen nackten Männern, die sich am Ufer und im Wasser tummelten.

„Hab keine Angst, sie tun dir nichts, sie baden nur", sagte der Knappe, doch Miriam verstand ihn nicht. Durch Gesten konnte er sie schließlich bewegen, nicht zum Zelt zurückzulaufen, sondern ein Stück abseits zu gehen um dort die Kleider zu waschen. Während der Arbeit deutete sie immer wieder auf gewisse Dinge, zum Beispiel das Wasser, einen Baum, den Himmel, einen Stein und so fort und bedeutete dem Knappen ihr zu sagen, wie ihr deutscher Name sei. Der Knappe war anfangs leicht verwirrt, begriff aber dann sehr schnell, was Miriam wollte und nannte sie. Sie sprach die Worte dann nach, schaute den Knappen dabei fragend an, als wolle sie wissen, ob ihre Aussprache richtig war. Er korrigierte, wenn notwendig, bis Miriam sie richtig aussprach. So lernte sie die ersten deutschen Worte.

Gegen Abend kehrten sie zum Zelt des Grafen zurück. Er war bereits eingetroffen. Er lud Miriam zum Abendessen ein; es war sonnig und warm, sie aßen und tranken vor dem Zelt; es gab Brot, Fleisch und Wein. Er fragte sie, ob sie seinen Befehlen entsprechend behandelt worden sei und sie erzählte, was sie so am Nachmittag erlebt hatte, gab auch die deutschen Worte, die sie gelernt hatte, zum Besten. Dabei war ein Strahlen im Gesicht und ein Glanz in ihren Augen, was den Grafen faszinierte. Noch nie im Leben hatte er zuvor ein so anmutiges Geschöpf gesehen. Sie schien so glücklich über die kleinen Wohltaten zu sein, die er ihr hatte zukommen lassen. Und der Eifer, mit dem sie die ersten deutschen Worte gelernt hatte und auch gleich noch weitere lernen wollte, Begriffe, auf die man nicht so einfach deuten konnte, wie Abend, Sonnenuntergang, Licht, überraschte ihn anfangs, überzeugten ihn aber dann, daß sie keine einfache Bauernmagd war, sondern eine Frau, die Verstand besaß und wohl auch über ein höheres Maß an Bildung verfügte. Aber er war nun am Abend auch bereits müde, wollte daher darüber kein Gespräch beginnen, berichtete daher nur über die Verhandlungen am Nachmittag und meinte, sie würden wohl erst übermorgen aufbrechen. Schließlich nahm er sie mit ins Zelt, wies ihr einen Schlafplatz zu, legte sich dann auch nieder. Er erwachte mehrmals in der Nacht, da Miriam sehr unruhig war. Trotzdem fragte er sie am Morgen, ob sie gut geschlafen hätte, was offensichtlich nicht der Fall war. Er wollte jedoch die Gründe wissen.

„Nein, Herr", antwortete sie nur.

„Und warum nicht ? Du bist doch in Sicherheit, brauchst keine Furcht mehr zu haben und dir keine Sorgen machen."

„Doch, Herr; ich habe Angst."

„Warum ängstigst du dich ? Du brauchst keine Angst mehr zu haben; deine Peiniger sind tot, die Mongolen werden sicherlich nicht mehr zurückkommen und unser Zelt wird von meinem besten Kriegsknechten bewacht."

„Ich habe trotzdem Angst", beharrte sie.

„Warum ?"

Der Graf wurde leicht ungehalten wegen dieses unnützen Starrsinns, wie es ihm schien.

Sie schwieg, zögerte, zitterte, rang mit sich, traute sich nicht zu sprechen. Der Graf drängte sie in leicht barschem Ton zu antworten.

„Seid nicht erzürnt, ich bitte Euch inständig, seid mir nicht böse, bitte, bitte. Aber ich habe Angst vor Euch."

Der Graf blickte sie erstaunt an; nein, das war nicht das strahlende Gesicht des Vorabends, kein Glanz mehr in den Augen; sie wirkte gramvoll, verzweifelt. Was war geschehen ? Er besann sich, zügelte sich; mit Grobheit und Strenge war hier nichts zu erreichen, machte alles eher noch schlimmer. Er entgegnete daher so freundlich wie er konnte:

„Angst vor mir ? Warum ? Erkläre es mir, ich zürne dir nicht, was immer du auch sagst."

Miriam begann zu weinen.

„Werdet Ihr wirklich nicht erzürnt sein über das, was ich sage und mich nicht fortjagen ?"

„Bestimmt nicht."

„Nun, ich habe so schreckliche Angst, daß Ihr mich auch mißbraucht. Jagt mich fort, gebt mir die niedrigsten und schmutzigsten Arbeiten, tötet mich meinetwegen, aber mißbraucht mich nicht. Tut mir nicht weh."

„Aber warum sollte ich dich mißbrauchen; wie kommst du darauf ?"

„Weil Ihr freundlich zu mir seid. Ich habe seit vielen Jahren nur Schlechtes erlebt. Es waren nicht alle so grob und brutal wie Orkan. Viele waren freundlich zu mir, anfangs. Doch bald mußte ich für ihre Freundlichkeit bezahlen. Ich mußte ihnen gefügig sein; sie verlangten die ekelhaftesten Dinge von mir als Lohn für ihre Freundlichkeit. Und die freundlichsten waren die übelsten, die widerlichsten. Die brutalen verletzten meinen Körper, die sanften und freundlichen meine Seele. Das war noch viel schlimmer. Ihr seht, es war noch nie jemand ohne Grund freundlich zu mir. Immer wurde ein Preis verlangt. Und ich habe nichts, was ich Euch geben kann außer meinem Körper."

Der Graf war keineswegs erzürnt über das, was Miriam sagte, eher berührt. Da lag nun ein armes, elendes Wesen neben ihm, so viele Jahre gequält und mißbraucht, daß es sich gar nicht mehr vorstellen konnte, daß jemand gut zu ihm sein konnte. Eine kranke Seele, die schon lange keine Menschlichkeit mehr erfahren hatte. Und nun, wo die äußere Gefahr, die Angst um Leib und Leben geschwunden war, brach all dieses seelische Leid mit Gewalt hervor. Er streichelte ihr sanft über das Haar, sagte mit weicher Stimme:

„Ich verspreche es Dir, niemand wird dich mißbrauchen. Ich werde dich schützen. Ich weiß, du bist krank an Leib und Seele, aber ich werde dich behüten. Werde erst einmal gesund, erhole dich so gut es geht, denn wir haben noch eine lange, anstrengende Reise vor uns."

Miriam beruhigte sich nun etwas. Der Graf wischte ihr die Tränen aus den Augen. Sie standen auf, gingen vors Zelt, frühstückten.

Der Graf war in seinen Worten nicht ganz ehrlich gewesen, hatte die Wahrheit unterschlagen um Miriam nicht noch mehr zu verletzen. Er kannte das oft seltsame triebhafte Verlangen vieler Männer in Konstantinopel, da sie oft auf Gesellschaften, wenn der Wein schon seine Wirkung entfaltet hatte, offen darüber erzählten. Ihm kamen diese Lüste merkwürdig vor, da er sie nicht verspürte und auch nicht begriff, welche schönen Gefühle man bei ihrer Befriedigung empfinden konnte. Er schrieb dies einer gewissen Verkommenheit des dortigen Volkes zu, der Folge eines Jahrhunderte langen Lebens in Luxus und Bequemlichkeit. Es waren Männer, die zu keiner mühseligen Arbeit fähig waren, die Strapazen längerer Reisen nur in weich gepolsterten Wagen ertragen konnten, nicht mehr in der Lage waren ein Schwert zu führen. Es war für ihn daher auch kein Wunder, daß die Türken das Reich Stück um Stück eroberten und es war für ihn nur eine Frage der Zeit, wann sie auch Konstantinopel in ihre Gewalt bringen und diese heruntergekommene Zivilisation vernichten würden. Aber Miriam reizte ihn schon als Frau und er begehrte sie auch. Allerdings war er auch ein Mann der Vernunft, der sich nicht von seinen Gefühlen leiten ließ. Denn es gab auch eine Kehrseite des wollüstigen Treibens in Konstantinopel, die Übertragung einer tödlichen Krankheit beim Verkehr zwischen den Geschlechtern, deren besondere Tücke darin bestand, daß sie lange Zeit im Körper schlummerte bis sie ausbrach. Er mußte damit rechnen, daß Miriam diese Krankheit auch in sich trug und er sich anstecken könne. Das wollte er natürlich vermeiden. Er hatte daher, schon unter dem Eindruck der Ereignisse im Mongolenlager, bereits den Plan gefaßt, sie nach der Rückkehr untersuchen zu lassen. Es gab da einen Arzt in Würzburg, der weit in der Welt herumgereist war und im Orient medizinisches Wissen erworben hatte, das in Europa völlig unbekannt war. Er wußte über solche Krankheiten Bescheid, konnte sie auch erkennen. Der Wundarzt, der das Heer begleitete, war dazu nicht in der Lage. Er hatte daher beschlossen, sie vorerst nicht anzurühren. Hinzu kamen nun die Dinge, die er am Morgen erfahren hatte, Miriams schlimmer seelischer Zustand. Da bereitete es ohnehin keinen Genuß mit dieser Frau Umgang zu haben.

Er begab sich dann zu Graf Wenzel und dem Markgrafen zu weiterer Beratung. Die Späher waren mittlerweile zurückgekehrt, berichteten, die Mongolen würden weiter nach Osten ziehen. Einer hatte sogar erfahren, der Batu Khan habe das Heer zurückbeordert, um dann zusammen mit den bei ihm stehenden Truppen nach Asien zu ziehen um das Erbe zu erkämpfen. Die Polen würden ihnen zwar folgen, der Herzog fühle sich aber unterlegen und aus Furcht vor ihnen keine Anstalten machen sie ohne Not anzugreifen. Die Herren waren mit den Nachrichten zufrieden. Ihre Aufgabe war erfüllt. Die Heere des Grafen Wenzel und des Markgrafen von Meißen standen bereits zum Abmarsch bereit. Eine gute Stunde später brachen sie dann auf. Der Graf von Riesseck hatte es nicht so eilig. Er beschloß, den Männern noch einen Tag Ruhe zu gönnen und am nächsten Morgen den Rückmarsch anzutreten.

Es war ein heißer Sommertag, die Hitze lähmte die Unternehmungslust.

Am Nachmittag nahm der Graf Miriam zu sich und ging mit ihr eine Stück den See entlang bis sie außer Sichtweite der Männer waren.

„Hier ist ein guter Platz zum Baden", meinte er und entledigte sich seiner Kleidung.

Miriam zögerte.

„In meinem Land ist es üblich, daß Männer und Frauen gemeinsam in Flüssen und Seen baden, ohne Kleidung", sagte er schließlich und streifte Miriam das Hemd vom Leib. Miriam erzitterte. Angst überfiel sie. Brach er sein Wort ? Doch der Graf machte keine Anstalten sich ihr weiter zu nähern, sondern ging ins Wasser.

„Komm schon", rief er ihr zu, „der See ist herrlich warm."

„Ich kann nicht schwimmen, Herr", rief Miriam ihm zu.

„Das ist auch nicht nötig, der See ist flach. Und ich werde es dir auch beibringen, wenn du magst."

Sie folgte ihm ins Wasser. Es war wirklich schön warm und angenehm.

Allmählich faßte sie Vertrauen in den Mann; er hatte in der Tat wohl keine Absicht sie zu mißbrauchen. Das war eine neue Erfahrung. Sie fand Gefallen an ihm. Und je länger sie die gegenwärtige Situation genoß, desto mehr konnte sie sich vorstellen, irgendwann bei ihm zu liegen und mit ihm zu schlafen, ohne Schmerz, ohne Ekel.

Der Graf war zunächst eine große Strecke in den See hineingeschwommen, kehrte dann zu Miriam zurück. Sie plantschen wie Kinder, bespritzten sich gegenseitig mit Wasser. Er versuchte auch ein bißchen ihr das Schwimmen beizubringen, faßte dabei auch ihren Körper an um sie im Wasser waagrecht zu halten. Sie empfand das sogar als angenehm, zumal er keine Anstalten machte empfindliche Körperteile zu berühren.

Nach einiger Zeit verließen sie das Wasser, legten sich in die Sonne, lächelten einander an, schwiegen zunächst, genossen die Wärme des Tages und das Beisammensein.

„Wer bist du eigentlich ? Und wie kommst du hierher ?" fragte der Graf sie schließlich, „diese Frau gestern sagte, daß du Perserin bist.

Persien ist weit weg, dort leben auch Muselmanen. Miriam ist aber kein muselmanischer Name."

„Ich bin zwar in Persien geboren, aber keine Muselmanin, sondern entstamme einer jüdischen Familie. Sie lebte in einer Stadt namens Täbris. Dort bin auch auch aufgewachsen. Mein Vater war ein wohlhabender Kaufmann und er ließ mir auch eine gute Erziehung zukommen. Ich hatte eine Hauslehrerin, lernte lesen, schreiben, rechnen und noch viele andere Dinge. Doch eines Tages, ich war neunzehn Jahre alt, wurde ich entführt und nach Armenien verschleppt. Dort verkauften mich die Räuber an einen Mädchenhändler. Der unterhielt ein reisendes Bordell und zusammen mit vier anderen Mädchen zogen wir von Stadt zu Stadt, wo wir Männern angeboten wurden. Schließlich kamen wir in Konstantinopel an. Da er Geld brauchte, verkaufte er mich an einen Griechen. Der besaß eines der vornehmsten Bordelle der Stadt; seine Kunden waren ausschließlich Männer aus den vornehmsten Familien; sie zahlten hohe Preise für einen Nacht mit uns. Der Besitzer behandelte uns gut, wir erhielten sogar etwas Geld und durften einmal die Woche sogar ausgehen; allerdings nie allein, immer in Begleitung eines Dieners, da der Besitzer Angst hatte, wir würden ihm davonlaufen. Da er vornehme Kundschaft hatte, wollte er auch keine ungebildeten Dirnen, sondern Frauen, die sich mit den Männern auch gepflegt unterhalten konnten. Deshalb beschäftigte er auch einen Lehrer, der uns in griechisch, in Philosophie, Literatur, Geographie und Naturkunde unterrichtete. Ich blieb dort fünf Jahre; trotz der gewissen Bequemlichkeit, die wir hatten, es war wegen unserer Arbeit eine böse Zeit. Das Haus stand im Ruf, daß dort die Männer ihre abartigsten Neigungen befriedigen konnten. Das war natürlich teuer und der Besitzer gönnte uns auch einen gewissen Luxus, schöne Kleider, bequeme Möbel, Bildung. Aber man nahm uns jede Würde. Das verletzte zwar nicht den Körper, aber die Seele. Wir verkümmerten. Und manche starb daran. Dann wurde der Besitzer ermordet. Sein Sohn hatte kein Interesse an dem Geschäft, er verkaufte uns Frauen und vermietete das Haus. Da sich keiner fand, der reich genug war um alle Frauen zu kaufen und das Haus zu mieten, schlossen sich mehrere zusammen. Jeder kaufte ein paar Frauen und mietete einige Räume. So lief das Geschäft im gleichen Haus weiter, aber die Bedingungen waren nun elend. Orkan, so hieß mein neuer Herr, war durch und durch schlecht; er nahm mir all mein Geld ab, da er der Meinung war, mit mir habe er auch meinen Besitz gekauft und der gehöre nun ihm. Er kam jeden Abend zum Kassieren. Und wenn das, was ich ihm geben konnte, ihm nicht genug erschien, schlug er mich. Oft bekam ich auch nichts zu essen. Versteht Ihr nun, daß ich mich freute als Ihr ihn hängen ließt ? Etwa vier Wochen zog sich das hin. Dann mußte Orkan die Stadt verlassen, da er Feinde hatte, die ihm nach dem Leben trachteten. Er beschloß nach Kiew zu ziehen, da er gehört hatte, daß dort gute Geschäfte zu machen seien. Er hatte insgesamt fünf Frauen, die für ihn arbeiten mußten. Wir brachen auf. Die Reise war beschwerlich, wir zogen überwiegend durch ärmliche Gegenden, elende Dörfer, kleine Marktflecken oder Städte. Viel Kundschaft fanden wir dort nicht. Das Geld wurde knapp und Orkan wurde immer ungehaltener, schlug uns Frauen bei jeder Gelegenheit. Dann trafen wir Aslam und Urban, sie waren wie Orkan Tschetschenen, heruntergekommene Räuber, auf der Flucht. Orkan tat sich mit ihnen zusammen; sie überfielen Reisende und einsame Höfe, wir Frauen wurden in die Marktflecken und Städte zum Stehlen geschickt. Ich hatte immer Angst. Einmal wurde ich erwischt und erhielt zehn Stockschläge. Es war eine furchtbare Zeit. Und immer wieder mißbrauchten sie uns, alle drei. Es war daher fast eine Erlösung als wir in der Nähe Kiews den Mongolen in die Hände fielen. Sie nahmen uns gefangen, schleppten uns mit sich. Wir dienten ihnen als Arbeitssklaven, mußten vornehmlich abends das Lager errichten und es morgens wieder abbrechen. Nach Schlachten mußten wir die Toten bestatten. Andererseits trennten sie Männer und Frauen, so waren wir wenigstens unsere Peiniger los und sie mißbrauchten uns auch nicht. Das war keine Rücksichtnahme gegenüber uns. Ihr Khan hatte vielmehr Angst, daß sich seine Krieger bei uns mit üblen Krankheiten anstecken könnten und es daher strengstens verboten. Er nahm das sehr ernst. Ich habe einmal miterlebt, daß ein Mongole fünfzig Peitschenhiebe erhielt, weil er Umgang mit einer Gefangenen hatte. Sie hatten auch ihre eigenen Dirnen. Nachdem die Mongolen abgezogen waren, kam Orkan mit den beiden anderen um uns zu holen. Schließlich gehörten wir ihm ja, sagte er. Ich weigerte mich mitzukommen und er begann mich zu schlagen. Die drei waren waren allerdings bei den Slawen verhaßt und so eilten mir einige Männer zu Hilfe. Ich konnte fliehen, versteckte mich, und kam erst wieder hervor als Ihr mit Euren Reitern das Lager betreten hattet."

Sie gingen noch ein oder zweimal ins Wasser, genossen den warmen Nachmittag, kehrten erst am Abend ins Lager zurück. In dieser Nacht schlief Miriam gut. Sie hatte keine Furcht mehr.

Am nächsten Tag brach das Heer in Richtung Meißen auf. Der Marsch nahm vier Tage in Anspruch. Den Grafen sah Miriam in dieser Zeit nur am Abend. Tagsüber hielt er sich bei seinen Männern auf. Miriam betrachtete von ihrem Wagen aus die wilde, urwüchsige Landschaft, in der die Zivilisation, die sie aus Persien und Konstantinopel kannte, noch keinen Einzug gehalten hatte. Sie blieben außerhalb der Stadt. Der Graf schlug die Einladung des Markgrafen in seiner Burg zu wohnen aus, begründete es damit, daß er bei seinen Truppen bleiben müsse. Er begab sich lediglich kurz nach der Ankunft zu einem Empfang und zum Festmahl des Markgrafen in die Stadt. Miriam überließ er in dieser Zeit der Obhut des Knappen. In dessen Begleitung suchte sie auch die Stadt auf um Kleider zu kaufen, was ein schwieriges Unterfangen war. Die wenigen Schneidereien arbeiteten nur auf Bestellung, und es war ihnen nicht möglich innerhalb kürzester Frist irgendwelche Aufträge zu erledigen. Schließlich fanden sie einen Händler, der abgelegte Kleidung verkaufte, die vornehmlich aus dem Besitz adeliger, meist verstorbener Damen stammte. Die Kleider waren nicht unbedingt reinlich, so daß sie auch ein größeres Stück Seife erwarb und sie erst einmal im Badezuber in heißem Wasser wusch.
Die Residenzstadt des Markgrafen wirkte wie ein Dorf, eher klein, ärmliche Häuser, unbefestigte Straßen, überall lag Schmutz herum, von dem oft ein übler Gestank ausging. Die Stadt hielt keinen Vergleich mit Konstantinopel oder Täbris aus.
Sie hielten sich zwei Tage. Der Zug nach Erfurt dauerte acht Tage, verlief ohne nennenswerte Ereignisse. Der Graf drängte auch nicht zur Eile, kümmerte sich nicht mehr so sehr um das Heer, überließ die Führung oft einem seiner Hauptleute, setzte sich dann zu Miriam auf den Wagen. Auf dem Weg nach Meißen war sie direkt aufgeblüht,

doch nun, auf dem Weg ins Innere des Reiches wirkte ernst und verschlossen, zeitweise sogar melancholisch. Der Graf verstand diesen Sinneswandel nicht so recht, da für ihn alles in bester Ordnung schien. Er versuchte sie aufzumuntern, was aber nicht so recht gelang. Ihre Nähe war ihm allerdings so angenehm, daß er sie trotz der trüben Stimmung nicht missen mochte. So bestand ihre Unterhaltung großteils aus Sprachübungen, Miriam lernte sehr schnell.

Der Grund ihrer Betrübtheit lag darin, daß sie sich Sorgen um ihre Zukunft machte. Die heitere Stimmung, das Glücklichsein darüber, einem bösen Leben entronnen zu sein und Geborgenheit gefunden zu haben, war verflogen. Sie fragte sich nun, wie es weitergehen würde. Sie befand sich in einem fremden Land, in einer fremden Zivilisation und Kultur, die eine Lebensweise bot, die weit unter dem lag, was sie aus dem Städten des Orients gewohnt war. Alles wirkte hier noch primitiv, Bequemlichkeit gab es nicht, es legte auch niemand großen Wert darauf wie es ihr schien. Sie hatte, der purer Not gehorchend, den Grafen gebeten sie mitzunehmen, weil ihr alles auf der Welt besser schien als mit ihrem Besitzer und seinen Kumpanen wieder in den Osten zu ziehen. Und nun zog sie immer weiter über Straßen, die eher ungebahnte Wege waren, nach Westen, in ein wildes Land, gestützt lediglich von dem Wohlwollen eines einzelnen Mannes und sie wußte nicht, wie lange dies wohl anhalten würde. Und in diesem Land sollte sie nun leben. Welche Möglichkeiten boten sich ihr ? Sie wußte es nicht, da sie die Gepflogenheiten dieses Volkes nicht kannte, nichts über die Stellung der Frau in dieser Gesellschaft wußte. Sie konnte lesen, schreiben, beherrschte neben persisch auch griechisch, lernte fleißig deutsch, aber nutzte ihr das etwas ? Die Sprache der Gelehrten und der Ämter war Latein. So konnte sie vermutlich nur irgendwo als Magd dienen oder in ein Kloster gehen. Aber das erschien ihr als die letzte Möglichkeit. Sie wollte zunächst eher versuchen, sich irgendwie in dieses Volk einzufügen.

Der Graf erriet ihre Gedanken, hielt sich aber mit einer Antwort zurück, es erschien ihm noch zu früh, sie über seinen Plan zu unterrichten, da er sich selbst der Sache noch nicht sicher war. Es stand für ihn lediglich außer aller Zweifel, daß er für sie sorgen würde und meinte daher bloß, sie brauche um ihre Zukunft nicht bekümmert zu sein.

„Ich möchte mich taufen lassen, das Christentum annehmen. Wie geht das ?" fragte sie einmal den Grafen. Der wunderte sich über diese plötzliche Aussage, die für ihn vollkommen überraschend kam, da sie zuvor nie über religiöse Fragen gesprochen hatten.

„Wie kommst du auf diesen Gedanken ?"

„Ich bin in diesem Land fremd und allein. Und ich muß nicht nur die Sprache lernen, sondern auch die Sitten und Gebräuche annehmen, wenn ich hier leben will. Ein Zurück gibt es nicht mehr. Wo sollte ich auch hingehen ?"

„So ist es für dich eher eine Frage der Nützlichkeit, nicht der Überzeugung", meinte der Graf, „nun, das ist nichts Neues und Bedenkliches, schon viele haben sich aus politischen Erwägungen taufen lassen."

„Wißt Ihr, Herr, es ist nicht die christliche Lehre, es sind nicht die Worte Jesu und der Apostel, die mich zweifeln lassen, sondern die Art, wie das Christentum gelebt wird. Mein Herr in Konstantinopel war auch ein Christ, er überließ uns sogar eine Bibel; trotzdem hat er uns an Männer verkauft, die auch überwiegend Christen waren. Ich habe oft darin gelesen, in dem Teil, den ihr das 'Neue Testament' nennt, das 'Alte Testament' kannte ich ja schon aus meiner Jugend her. Und was dort über Jesus und die Apostel geschrieben steht, war doch in schrecklichsten Widerspruch zu dem, was die Christen in Konstantinopel auslebten. Sie verkauften Frauen als Dirnen, verübten Gewalttaten; Lüge, Heuchelei, Habgier, Völlerei, Wollust, all das was Jesus und die Apostel verabscheuten, galten ihnen als Tugenden, als Mittelpunkte ihrer Lebensweise. Dennoch suchten sie Kirchen auf, beteten; sie bereuten sogar ihre Sünden, aber das waren nur Lippenbekenntnisse. Kaum hatten sie die Kirchen verlassen, so gingen sie wieder ihren schmutzigen Geschäften nach. Kann man eine solche Religion gutheißen ? Und wie sieht das in deinem Land aus ?"

Der Graf schwieg eine Weile. Er dachte an die Kämpfe zwischen den Bischöfen und den Fürsten um die Macht im Reich; er dachte an die dumpfen Ängste vor Höllenqualen nach dem Tode, welche die Geistlichen nicht nur im einfachen Volk, sondern auch im Adel verbreiteten, um großzügige Spenden und Besitzüberschreibungen zum Wohle des Seelenheils zu erhalten, an die Verfolgung und Tötung von Ketzern, also Menschen, die anders dachten und lehrten als die Kirche es befahl und an die Hexenverfolgungen. Das Leben im Reich war weniger zivilisiert als in Konstantinopel, aber nicht besser. Hinzu kam, daß die Unwissenheit größer war.

„Die Welt ist noch weit vom Reich Gottes, von dem Jesus spricht, entfernt", meinte er schließlich, „und viele nennen sich Christen, obwohl sie Jesu Worte nicht achten, sondern Jesus mißbrauchen um ihre Machtgelüste zu befriedigen. Aber das darf uns nicht schrecken. Wir müssen die Lehre in uns tragen, ihr folgen, unser Leben danach ausrichten und uns nach besten Kräften dafür einsetzen, daß auch im Reich die Gebote befolgt werden. Dazu braucht es Menschen die glauben."

„Und Ihr glaubt, daß man auf diese Weise viel erreichen kann?"

„Welche Möglichkeiten gibt es sonst? Wenn wir es nicht versuchen, dann wird auch nichts geschehen. Und selbst wenn wir etwas erreichen, können wir nicht sicher sein, daß nachfolgende Geschlechter es auch erhalten werden. Das ist aber kein Grund untätig zu sein. Es ist gottgefällig sich für seine Gebote einzusetzen. Nur dann können wir im Augenblick unseres Todes sicher sein, ein wertvolles und kein unnützes Leben geführt zu haben."

„Das klingt nach Wahrheit. Aber ist das nicht nur Träumerei?"

„Es gibt im Reich keine Sklaverei mehr wie in Rom, auch keine Zirkusspiele, bei denen Menschen sich zur Belustigung anderer gegenseitig töten; es gibt keine Menschenopfer mehr. Aber ich weiß auch, daß es noch viele Generationen dauern wird, bis sich all das durchsetzt, was Jesus gesagt hat, bis Willkür, Not, Unwissenheit und alles andere überwunden sind. Aber ohne Menschen, die wirklich gläubig sind und das Gute wollen, wird kein Weg aus der Barbarei herausführen. Du bist klug und gebildet, hast andere Welten gesehen. Du kannst mir helfen, zumindest in meiner Grafschaft die Dinge zu bessern."

„Ich, Herr? Eine Frau? Eine Fremde? Eine Dirne? Wie stellt Ihr Euch das vor, Herr?"

„Erniedrige dich nicht. Du wirst mehr Macht und Einfluß besitzen als du ahnst, wenn du ein gutes Beispiel abgibst. Außerdem, du sprachst schon oft von der Einfachheit unserer Lebensweise, ja von der Primitivität unserer Zivilisation. Du kennst andere Welten, weißt, was man ändern kann oder sollte, ohne in die Verderbtheit zu verfallen. Zusammen können wir viel ändern."

Miriam schwieg eine Weile.

„Ich muß darüber nachdenken", sagte sie schließlich, „laßt mir ein wenig Zeit." Der Graf hatte sich nicht so ganz klar ausgedrückt, aber aus seinen letzten Worten ging doch hervor, daß er daran dachte, sie bei sich zu behalten, als ein Art Ratgeberin. In Konstantinopel war es undenkbar eine Frau als Ratgeberin zu haben, zumindest nicht in offizieller Funktion. War so etwas in diesem Land möglich? Sie konnte es sich nicht vorstellen. Wenn sie seine Worte daher ernst nahm, konnte es nur bedeuten, daß er daran dachte, sie zur Frau zu nehmen und ihr dadurch den Status einer Herrin zu geben. Dies erschien ihr zwar als zwingender Schluß, war aber so unvorstellbar, daß sie nicht so recht daran glauben konnte.

Auf der weiteren Reise nach Erfurt wurde die Angelegenheit dann nicht mehr angesprochen. Der Graf wollte vielmehr möglichst alles über die Lebensgewohnheiten in Konstaninopel und auch in Täbris wissen. Besonders letztere Stadt interessierte ihn, Konstantinopel kannte er aus eigener Erfahrung, war aber nur mit dem höfischen Leben vertraut geworden, wollte von Miriam daher alles über das Leben der einfacheren Volksschichten erfahren, das sie seiner Meinung nach besser kannte.

Zu ihrer Überraschung erzählte er ihr seine Lebensgeschichte. Er hatte in Konstantinopel die Tochter des Kommandanten der Wache der Kaiserlichen Gesandtschaft kennengelernt, um ihre Hand angehalten und war schließlich die Ehe mit ihr eingegangen. Es sei eine sehr glückliche Verbindung gewesen, aus der vier Kinder hervorgegangen seien, von denen allerdings zwei im Kleinkindalter starben. Nach dem Tode seines Vaters sei er in die Grafschaft zurückgekehrt um sein Erbe anzutreten. Seine in Konstantinopel erworbenen Erfahrungen hatten ihn bewogen, einige Änderungen in der Verwaltung einzuführen, strenge Vorschriften zur Beseitigung des Unrates in den Städten zu erlassen, Badehäuser einrichten lassen, da er in Schmutz die Ursache vieler Krankheiten sah. Seine Frau sei vor zwei Jahren gestorben. Der Sohn befinde sich zur ritterlichen Erziehung im Dienste des Herzogs von Meranien, seine Tochter zur Erziehung in einer Klosterschule, allerdings nicht als Novizin, wie er lächelnd hinzufügte. Es sei vielmehr eine Schule für die adeligen Töchter seiner Grafschaft, die er selbst gegründet habe.

„Den Ansporn hierzu habe ich von meinem Vater übernommen. 'Es ist für den Adel wichtig, lesen und schreiben zu können, das macht uns unabhängig von den Pfaffen', meinte er stets, 'bei den Knaben wird dies oft zugunsten der ritterlichen Ausbildung, der Übungen im Waffenhandwerk vernachlässigt. Da ist es durchaus sinnvoll, es den Mädchen beizubringen. Im übrigen achtet ein Mann eine kluge, gebildete Frau mehr als eine dumme'.“

Miriam lächelte.

„Das sind seltsame Worte. Vielleicht seid ihr auch ein seltsames Volk. Ich hatte bisher nicht diesen Eindruck.“

„Ich habe übrigens auch ein kleines Geschenk für dich. Ich habe es in Meißen erworben. Ich war mir nicht sicher, ob es das richtige ist. Aber da du dich ja taufen lassen willst, kannst du es jetzt schon annehmen.“

Und er überreichte ihr ein Kettchen mit einem kleinen, goldenen Kreuz.

Sie strahlte und drückte ihm zum Dank einen Kuß auf die Stirn.

In diesen Tagen ließ Miriams Betrübnis nach. Die Erzählung seiner Lebensgeschichte bestärkte sie darin, daß er an eine gemeinsame Zukunft dachte, es aber auch wohl Gründe gab, daß er noch nicht offen darüber sprach. Das beunruhigte sie wiederum. Die Zukunft war noch nicht klar.

In Erfurt wurde das Heer entlassen. Da der Graf wegen verschiedener Besprechungen mit dem Erzbischof noch einige Tage in Stadt bleiben mußte, übernahm der Graf von Ripstein die Rückführung der fränkischen Truppen.

Er erhielt ein Gemach im Palast des Erzbischofs zugewiesen. Er nahm Miriam mit, was bei dem Haushofmeister auf Unverständnis traf, da er mit einer Frau das Gemach teilen wollte ohne mit ihr verheiratet zu sein. Er lehnte das Ansinnen daher zunächst ab. Der Graf bestand auf seiner Forderung, drohte schließlich, die Unterbringung im Palast abzulehnen, auf ein Treffen mit dem Erzkanzler zu verzichten, statt dessen abzureisen und ihm einen schriftlichen Bericht zu hinterlassen, in dem natürlich auch eine heftige Beschwerde über Haushofmeister enthalten sein würde. Das wirkte, man gab nach und er erhielt zwei größere Kammern, welche durch eine Tür verbunden waren.

Am nächsten Tag suchte er den Erzkanzler auf.

„Ihr habt dem Reich einen großen Dienst erwiesen", begann der Erzbischof und Erzkanzler seine Rede, „Ihr habt es vor den Mongolen gerettet."

„Verzeiht, Exzellenz", warf der Graf ein, „so großartig war die Leistung nicht. Das Mongolenheer hatte sich geteilt, die eine Hälfte war mit dem Khan nach Süden unterwegs, und so hatten wir es mit einer wesentlich schwächeren Truppe zu tun."

Der Graf berichtete nun in allen Einzelheiten über den Verlauf des Feldzuges.

„Ihr übt Euch zu sehr in Bescheidenheit, aber ich sage Euch, ein Sieg der Mongolen hätte sie noch weiter ins Reich geführt; viel Volk wäre ermordet, Dörfer und Städte wären verheert worden. Und ich sage Euch, der Sieg war nur möglich, weil sich die vier Heere vereinten und zusammen kämpften. Und das ist Euer Verdienst. Jedes einzelne Heer wäre von den Mongolen vernichtet worden. Und das erkenne ich Euch an und gewähre Euch eine Gunst: wenn ihr einen Wunsch habt, so ist er erfüllt, soweit es in meiner Macht steht."

Der Graf verneigte und bedankte sich.

„Ich kenne die Gepflogenheiten dieser wilden Völker nur wenig", meinte der Erzkanzler dann weiter, „bin mir aber sicher, daß die Khans, welche Anspruch auf die Herrschaft erheben, so machtgierig sind, daß sie bis zum letzten Atemzug um ihre vermeintlichen Rechte kämpfen werden. Das wird wohl einen größeren und längeren Krieg zur Folge haben und am Ende ist selbst der Sieger so geschwächt, daß auf Jahre hinaus nicht an größere Eroberungsfeldzüge gedacht werden kann. Sie haben eben ihre eigenen Vorstellungen von Ehre; die sind uns fremd, aber es ist für uns wichtig, sie verstehen zu lernen, damit wir ihre Pläne voraussehen können."

„Da stimme ich Euch vollkommen zu; die Auseinandersetzungen werden wohl einige Zeit in Anspruch nehmen, aber dann werden sie möglicherweise wiederkommen. Aber so sicher ist das nicht. Wer weiß, wer sich als Khan durchsetzt und vielleicht richtet der neue Herrscher sein Eroberungslust auf ein anderes Gebiet."

„Ausschließen kann man das sicher nicht, aber man kann sich auch nicht darauf verlassen. Es ist also notwendig, Vorbereitungen für den schlimmsten Fall zu treffen: daß der Machtkampf schnell entschieden wird und sie dann erneut einfallen."

Der Erzkanzler seufzte.

„Aber ich halte es für unmöglich, die Reichsfürsten davon zu überzeugen. Was wir brauchen, das ist ein Reichsheer, das dem Kaiser oder dem Erzkanzler, also mir, unterstellt ist und sehr rasch eingesetzt werden kann, wenn es nötig ist. Der Heerbann, wie man die Einberufung der Fürstenheere nennt, klappt nicht so richtig wenn es ernst wird."

Der Erzkanzler machte eine längere Pause.

„Wäret Ihr bereit die Führung des Reichsheeres zu übernehmen?"

„Müßte ich dann meine Grafschaft aufgeben?"

„Nein, mit Sicherheit nicht, Ihr müßtest allerdings oft im Reich umherreisen und die Truppen inspizieren. Ihr würdet auch in den Stand eines Reichsgrafen versetzt, hättet keinen Herren mehr über Euch, außer dem Kaiser und dem Erzkanzler."

„Das klingt gut. Habt Ihr bereits darüber nachgedacht, wie ein solches Reichsheer aufgebaut sein sollte?"

„Das bereitet mir noch Sorgen", erwiderte der Erzkanzler, „ein stehendes Heer verschlingt sehr große Mittel, über die wir nicht verfügen. Und gegen neue Steuern werden sich die Reichsfürsten auflehnen. Habt Ihr einen Vorschlag?"

„Vielleicht", antwortete der Graf, „aber ich muß es noch genauer überdenken. Gebt mir ein oder zwei Tage Zeit."

„Die Zeit ist gewährt", lächelte der Erzkanzler, „laßt Euch aber nicht von Eurer kleinen Hexe zu sehr vom Nachdenken abhalten."

„Hexe?" staunte der Graf.

„Ich meine Eure Dienerin oder, was sie auch immer für Euch ist; sie hat Euch doch verzaubert oder verhext."

„Exzellenz, wir beide sind doch gebildet genug um zu wissen, daß es weder Hexen noch Zauberer gibt. Aber es gibt Frauen, die über mehr Bildung und Geist verfügen als andere; und wenn ihnen Gott noch einen wohlgeformten Leib gegeben hat, können sie einen Mann schon verzaubern oder in ihm eine Liebe entfachen, die über die fleischliche Lust hinausgeht."

„Ihr seid ein guter Soldat, verwaltet Eure Grafschaft ordentlich, besser als die meisten es tun, aber ansonsten seid Ihr ein verschrobener Mensch. Das kommt, so scheint mir, durch den langen Aufenthalt in Konstantinopel und den Einfluß der Griechen. Wenn ich nur an Euren Sauberkeitswahn und Eure Vorstellung denke, daß Schmutz die Wurzel der meisten Krankheiten sei. Wo habt ihr das gelernt? Kein Arzt hat mir das bisher bestätigt. Und darum laßt ihr Badehäuser bauen, laßt verkünden, daß jeder einmal in der Woche, am Samstag Abend baden solle, damit er den Tag des Herren in Sauberkeit begehe. Auch solle jeder am Sonntag frische Kleider anlegen. Am Ende verkündet Ihr noch, Reinlichkeit des Körpers sei Voraussetzung für Reinlichkeit der Seele."

Der Erzbischof lachte.

„Eine reine Seele in einem reinen Körper. Und dabei laßt Ihr die Regeln der Moral außer acht. Männer und Frauen dürfen zusammen baden. Ohne Kleidung! Ist das nicht Unmoral?"

„Verzeiht Exzellenz", wandte der Graf ein, „aber ich bin der Ansicht, dieses gebotene Schamgefühl ist die Wurzel allen Übels und allen Schmutzes. Wer kann sich schon waschen, wenn er seinen Körper verhüllt? Und wenn Frauen und Männer schon von Kind auf ohne Scheu voreinander aufwachsen, finden sie auch einen natürlichen Umgang und viele dieser verabscheuungswürdigen Wollüste entstehen erst gar nicht. Ihre Wurzeln liegen in der Prüderie, welche die fleischliche Lust unterdrücken soll, die aber im Körper wächst wie eine Eiterbeule, die nicht aufgeschnitten wird und den Körper letztlich vergiftet. Eine Ablehnung dieser Prüderie ist keine Einladung zur Unmoral. In meiner Grafschaft tobt sich nicht die Wollust aus wie in einigen umliegenden Ländereien."

Er spielte damit auf den Hochstift Würzburg an. Das sündige und lasterhafte Leben des Bischofs und seines Hofes waren im ganzen Reich bekannt. Und die Sittenlosigkeit hatte mittlerweile auch schon die Bürgerschaft befallen. Und jeder Fürst, der seine Wollust ausleben wollte, reiste dorthin.

„Mit Euch zu streiten hat keinen Zweck", erklärte der Erzbischof schließlich, „Ihr versteht alle Angelegenheiten immer so darzustellen, daß Ihr am Ende Recht habt."

„Ihr habt mir vorhin eine Gunst gewährt", fuhr der Graf jetzt fort, „Miriam, so heißt die Frau, möchte sich taufen lassen, in die Gemeinschaft der Christenheit aufgenommen werden. Ich bitte Euch die Taufe vorzunehmen."

Der Erzbischof blickte ihn erstaunt an. Was hatte diese Bitte zu bedeuten ? Der Graf wollte doch damit sicher etwas bezwecken. Jeder Dorfpfarrer konnte eine Taufe vornehmen. Und das Weib war doch nur eine Dienerin von zweifelhafter Herkunft. Eine Taufe durch einen Erzbischof war eine besondere Ehrung, war mit der Absolution aller Sünden verbunden, hob den Täufling in einen besonderen Stand. Ohne Zweifel beabsichtigte der Graf dies: eine Dirne zur Herrin erheben. Und er hatte sein Wort gegeben !

„Nun", meinte der Erzbischof mit gespielter Gelassenheit, „wenn es weiter nichts ist. Ich hätte Euch auch eine viel größere Gunst gewährt. Aber ich muß vorher ihren Glauben prüfen, ansonsten versündige ich mich, wenn ich die Taufe vornehme. Ich werde sie durch einen Diener erfahren lassen, wann ich sie empfange. Und Euch bestelle ich für morgen früh wieder ein. Dann müssen wir weiter über die Aufstellung des Reichsheeres beraten."

Der Graf ging in seine Gemächer zurück, berichtete Miriam von seiner Bitte an den Erzbischof. Sie erschrak. Ein so hoher Herr sollte sie taufen, sie, die kleine Sünderin.

„Herr, tut mir das nicht an ! Wird er nicht erbost sein, wenn er erfährt, wer ich bin ? Ich muß ihm doch alles erzählen. Ich kann doch nicht mit einer Lüge im Herzen zur Taufe gehen."

„Ich habe das mit Bedacht getan. Er hat sein Wort gegeben. Und er muß es erfüllen. Die Prüfung deines Glaubens ist nur eine vorgeschobene Angelegenheit. Schließlich muß er seine Würde wahren. Vielleicht hegt er nun einigen Groll im Herzen, weil ich ihn übertölpelt habe. Aber das wird vergehen. Schließlich braucht er meine Dienste noch. Und glaube mir, die Taufe durch den Erzbischof ist eine große Ehrung. Sie wäscht dich rein, vergibt dir alle deine 'Sünden'; niemand wird dann auf dich herab sehen, dich verachten. Das ist auch eine Seite der menschlichen Ordnung in unserem Reich. Und es ist wichtig für dich und auch für mich."

Der Graf fand sich am nächsten Morgen beim Erzbischof ein.

„Ich habe nachgedacht", begann er, „eine gute Lösung scheint mir der Aufbau eines Volksheeres zu sein, ein Aufgebot aller waffenfähiger Männer, wie es auch schon in alten Zeiten der Fall war. Wir sollten uns dabei aber an dem Aufbau des römischen Militärwesens orientieren. Ich habe es noch einmal studiert. Jeder Grundbesitzer sollte eine Hundertschaft aus jungen Bauernburschen zusammenstellen. Diese sollten im Umgang mit Waffen geübt werden. Sie sollten etwa ein Jahr dienen und dann durch jüngere ersetzt werden. Ich denke, es ist sinnvoll, diese Einberufungen zweimal im Jahr durchzuführen. Auf diese Art und Weise hat man immer jeweils zu Hälfte Geübte und Ungeübte. Die Hundertschaften benachbarter Grundherrschaften kann man dann zu einer Einheit, welche einer römischen Kohorte entspricht, zusammenfassen. Ich stelle mir vor, das ist die Truppe, die eine Grafschaft aufbringt. Der Graf sollte dann auch der Führer sein. Die Kohorten mehrerer Grafschaften können dann das bilden, was die Römer eine Legion nannten. Es sollten die Kohorten aus einem Herzogtum oder einer Markgrafschaft sein. Und die Markgrafen oder Herzöge sollten die Führer sein. Da es kein dauerhafter Dienst ist, muß man die Bauernburschen auch nicht als Söldner betrachten, sondern ihre Dienstzeit als Pflicht gegenüber dem Grundherren darstellen. Man braucht sie dafür auch nicht zu bezahlen, es reicht, wenn sie Essen und Trinken erhalten. Wir müssen sie aber auf einige Jahre von den Frondiensten entbinden, damit keine Unzufriedenheit entsteht. Aus der Reichskasse müßten allerdings die Waffen bezahlt werden."

Dem Erzbischof erschien das als guter Vorschlag, Er war sich allerdings nicht im Klaren darüber, ob sich diese Vorschläge so einfach in die Tat umsetzen ließen. Dazu bedurfte es weiterer Verhandlungen. Eine Grundlage war allerdings geschaffen.

Er hatte Miriam für den Nachmittag zu sich bestellt. Die Angelegenheit behagte ihm nicht, aber er hatte dem Grafen sein Wort gegeben. Das wog insofern schwer, als der Graf zu den wenigen Edlen im

Reich gehörte, auf deren Worte man bauen, denen man trauen konnte. Auch beherrschte er die griechische Sprache nur wenig, konnte sich daher auch nicht auf einen Disput einlassen. Er erwartete zwar keinen, aber er war sich unsicher. Er kannte den Grafen und konnte daher nicht glauben, daß dieser wegen einer Bauerndirne an ihn herangetreten war.

Miriam erschien zu der bestimmten Zeit. Schüchtern trat sie in das Arbeitszimmer des Erzbischofs ein.

„Verzeiht, Exzellenz, daß ich es wage, Eure kostbare Zeit in Anspruch zu nehmen. Aber es war nicht mein Wille. Mein Herr, der Graf, hat es so bestimmt."

Der Erzbischof blickte auf. Er gewahrte eine dunkelhaarige Frau mit schwarzen Augen, etwas dünn, in einem langen, dunkelbraunen Kleid. Sie hatte ein hübsches Gesicht, wenn es auch wohl durch Not, Leid und Entbehrungen verhärmt wirkte.

„Du möchtest also die Heilige Taufe empfangen ?"

„Ja, Exzellenz, wenn Ihr mich würdig haltet."

„Würdig ? Wieso ?"

Der Erzbischof blickte auf.

„Ja, ich bin sündhaft. Ich bekenne es. Ich habe ein sündhaftes Leben geführt. Es war nicht meine Schuld. Aber ich war schwach und ließ es geschehen, ließ mich zwingen. Das bekenne ich vor Gott."

Der Erzbischof blickte auf. Eine solche Rede hatte er nicht erwartet. Das hörte sich nach einem längeren Disput an, an dem er überhaupt kein Interesse hatte.

„Worin besteht deine Sünde ?"

Miriam erzählte ihre Geschichte.

„Bereust du, was du getan hast ?"

„Was heißt 'bereuen' ? Ich habe es ja nicht aus eigenem Entschluß getan, ich wurde gezwungen. Und dafür schäme ich mich, bitte Gott um Verzeihung. Vielleicht wollte Gott mich dadurch prüfen. Und ich habe geduldig ertragen, was mir Gott auferlegt hat. Ich sehe das wirklich als Prüfung an. Was heißt da 'bereuen' ? Ich weiß es nicht. Ich verleugne Gott nicht, denn er hat mich auch erlöst, mir einen neuen Weg gewiesen, einen besseren. Und ich glaube, daß es der bessere, der rechte Weg ist. Und ich glaube auch, daß er mich nun beschützen wird. Was heißt da bereuen ? Kann man Taten bereuen, zu denen man gezwungen wird ?"

Sie lächelte.

„Allerdings, manchmal hatte ich auch Freude und Wohlvergnügen am Sündigen. Das bereue ich. Aber was ist mit den vielen Malen, an denen ich mit Gewalt genommen wurde und man mir Schmerzen zufügte ?"

Der Erzbischof dachte kurz nach.

„Nachdem der Mensch vom Baum der Erkenntnis gegessen hatte, wußte er, was gut und was böse ist, wußte er, was Sünde ist. Sünden muß man bereuen, erlittenes Unrecht nicht", sagte er schließlich, „und was die Sünde betrifft, so steht geschrieben, daß Jesus zur Sünderin sprach 'dein Glaube hat dir geholfen'. Und dir wird dein Glaube auch helfen. So sei es denn, gehe hin in Frieden und sündige hinfort nicht mehr. Es steht geschrieben, 'denn wenn ihr den Menschen ihre Verfehlungen vergebt, so wird euch euer himmlischer Vater auch vergeben. Wenn ihr den Menschen nicht vergeht, so wird euch euer Vater eure Verfehlungen auch nicht vergeben'. Ich erteile dir damit die Absolution."

Er hatte an ihrer Erzählung erkannt, welches Elend, welche Bitternis diese Frau erlebt hatte. Sie war aber daran nicht zerbrochen und in den Schmutz gesunken, sondern sie besaß die Kraft sich zu einem neuen, besseren Leben zu erheben. Sie war ungewöhnlich klug, besaß Bildung, kannte die Heilige Schrift, obwohl sie offensichtlich eine Heidin war. Und er verstand, daß der Graf von ihr eingenommen war.

„Nachdem mir Gott nun den rechten Weg gewiesen hat, verspreche ich auch, ein gottgefälliges Leben zu führen", entgegnete sie nun, sagte dabei zu sich selbst, unhörbar für den Erzbischof: „Allerdings nicht in einem Kloster. Ich will die Welt erleben."

Der Erzbischof hatte kein Interesse an weitergehenden Disputen, entließ sie.

Die Taufe fand am nächsten Tag in aller Stille, nur in Anwesenheit des Erzbischofs und des Grafen, in einer Nebenkapelle des Domes statt.

Zwei Tage später brachen der Graf, Miriam und seine ihm verbliebene Leibwache auf. Ihr Ziel war die Grafschaft. Sie gelangten über Eisenach und Fulda in das Tal der Kinzig, das im Norden den Vogelsberg vom Spessart trennt. Sie erreichten es am fünften Tag kurz vor Mittag. Nach eine Weile richtete sich der Graf im Sattel auf und sprach, an Miriam gerichtet:

„Wir sind zuhause. Hier beginnt meine Grafschaft. In zwei Stunden erreichen wir das Schloß Steinfeld. Hier werden wir einige Tage verweilen. Ich habe mit den Grundherren vieles zu besprechen und du kannst in der Zeit Ruhe finden."

Der Graf ließ ein größeres Zimmer als Schlafgemach herrichten, das sie dann bezogen. In der Zwischenzeit nahmen sie ein Bad um sich von dem Schmutz der Landstraße zu befreien. Niemand stellte Fragen. Als die Sonne unterging wurde das Abendessen auf einer Terrasse im Innenhof serviert.

„Ich besitze im Süden der Grafschaft einige Weinberge. Der Wein ist zwar nicht so süß wie der in Griechenland, uns fehlt die Sonne, aber ich hoffe, er wird dir dennoch mit der Zeit schmecken."

„Ich danke Euch, Herr, für Eure Güte."

„Was heißt schon Güte ? Das ist deine neue Heimat. Fühle dich hier zuhause und nicht als Gast, nicht als Geduldete. Ich hoffe, ich wünsche, daß du das Land lieben lernst. Die Grafschaft ist nicht arm, in den Bergen graben wir nach Erzen, Eisen, Kupfer und Silber. An einigen Orten gewinnen wir Salz. Das ist eine Kostbarkeit. Du wirst es vielleicht nicht verstehen, aber in diesem Land wird es benötigt um Fleisch und Gemüse haltbar zu machen für den Winter, in dem nichts wächst. Dann haben wir die Wälder, sie liefern Holz, insbesondere Eichenholz, das wegen seiner Härte und Dauerhaftigkeit sehr begehrt ist. Und in den Tälern blüht die Landwirtschaft. Erkunde das Land, während ich beschäftigt bin. Du mußt dich hier nicht verstecken, wie das noch in Meißen und in Erfurt der Fall war. Dir steht alles offen. Du erhältst eine Dienerin und so viele Knechte wie du brauchst. Vor allem: tritt nicht zu bescheiden auf. Du bist keine Bittstellerin. Das Gesinde hat dir zu gehorchen."

Miriam schwindelte etwas als sie das hörte. Es klang so, als sei sie nun die Herrin. Aber als eine solche fühlte sie sich nicht.

Am nächsten Morgen erschien eine Frau, die sich als Anna vorstellte und erklärte, der Graf habe sie zu ihrer Dienerin ernannt. Die Verständigung fiel anfangs noch etwas schwer, Miriam mußte ihr des öfteren durch Gebärden klar machen, was sie von ihr verlangte, aber bereits nach kurzer Zeit verstanden sie sich mittels Worte. Ihr vornehmlichster Wunsch war, den Ort und das Umland kennenzulernen. Anna führte sie durch die Straßen. Das Städten war sauber, wenn auch die Straßen nur aus festgestampfter Erde bestanden, die Häuser waren klein, schienen aber von ihren Bewohnern gepflegt zu werden; nahe des Haupteingangs des Schlosses stand eine kleine Kirche mit einem erstaunlich geschmückten Altar und einer hölzernen Statue der heiligen Jungfrau daneben. Das alles wirkte sehr bescheiden, machte aber einen viel besseren Eindruck als die heruntergekommenen Marktflecken, die sie auf dem Weg nach Kiew durchquert hatten.

Anna führte sie auch durch die Felder entlang der Kinzig, weigerte sich allerdings, mit ihr in den Wald zu gehen. Es gebe dort wilde Tiere, sagte sie, soweit Miriam das verstehen konnte.

Gegen Mittag kehrten sie in das Schloß zurück. Wenig später meldete sich eine Schneiderin an. Sie sagte, sie habe vom Grafen den Auftrag erhalten, neue Kleider für sie anzufertigen. Die Schneiderin hatte zwei Gehilfen dabei, die mehrere Ballen Stoff trugen, aus denen Miriam auswählen konnte. Es waren sowohl gröbere Stoffe als auch feinere Stoffe; sogar Seide war dabei. Wie die wohl den Weg in dieses Nest gefunden hatte ? Miriam wählte aus allen Stoffen aus; wegen der Seide war sie zunächst unentschlossen, dachte aber dann an die Worte des Grafen, sie solle nicht zu bescheiden auftreten.

„Einmal muß man damit beginnen", sagte sie zu sich.

Der Graf ging derweil seinen Geschäften nach.

Am Abend erschien ein seltsam wirkender Reisender am Schloßtor, bat um Einlaß und Unterkunft. Er stellte sich den Wächtern als Medicus Bartholomäus Hillarius vor. Die Ankunft wurde dem Grafen gemeldet, der gerade zusammen mit Miriam auf der Terrasse saß, wo sie das Abendessen einnahmen.

„Bartholomäus Hillarius aus Würzburg, wie kommt der in diese Gegend ? Bittet ihn herein", befahl der Graf dem Wächter und fuhr dann zu Miriam gewandt fort:

„Den schickt der Himmel. Er ist der berühmteste Arzt Frankens; er ist viel herumgereist, sogar im Orient und er kennt alle Krankheiten und kann viele kurieren. Ich wollte ihn ohnehin nach meiner Rückkehr aufsuchen. Ich habe gehört, daß es im Osten sehr viele schlimme Krankheiten gibt und ich will sicher sein, daß ich mir auf dem Feldzug keine eingefangen habe. Und wenn er schon hier ist, dann kann er mich auch jetzt untersuchen."

Er schwieg dann eine Weile, schien nachzudenken, meinte dann:

„Du wirkst noch immer kränklich. Ich werde ihn bitten auch dich zu untersuchen."

Das war natürlich nicht die Wahrheit. Der Graf hatte gar nicht vorgehabt sich untersuchen zu lassen. Er wollte ihn vielmehr wegen Miriam aufsuchen um, bevor er sie zur Frau nahm, festzustellen zu lassen, ob sie sich nicht in ihrer Zeit als Dirne in Konstantinopel eine jener schlimmen Krankheiten zugezogen hatte, die beim Umgang zwischen den Geschlechtern übertragen werden. Dieser schon an der Ostgrenze gefaßte Plan hatte ihn, nachdem er nun mit Miriam vertrauter geworden war, in der letzten Zeit etwas beunruhigt, da er nicht wußte, wie er ihr die Notwendigkeit der Untersuchung begründen sollte, ohne ihre Vergangenheit ins Spiel zu bringen. Er fürchtete, dies würde ihre Gefühle verletzen, da er sie, nachdem er sie in den vergangenen Tagen mehr und mehr als Kameradin behandelt hatte, damit wieder auf den Stand einer Dirne zurückstieß. Und diesen Eindruck wollte er vermeiden. Die Ankunft des Arztes war daher tatsächlich ein Geschenk des Himmels, löste diese Sorge nun auf.

Bartholomäus Hillarius wurde hereingeführt. Der Graf bat ihn zu Tisch, ließ für ihn auftragen.

„Seid willkommen in meinem Hause, verehrter Medicus; was führt Euch hierher?"

„Der Himmel danke Eure Gastfreundschaft. Der Graf von Hanau ließ mich holen. Er lag schwer darnieder, doch ich konnte ihn kurieren. Vor zwei Tagen schickte der Fürstabt von Fulda nach mir. Ihn plagt die Gicht so sehr. Und nun bin ich auf dem Weg zu ihm."

„Bleibt ein paar Tage unser Gast", lachte der Graf, „der Fürstabt kann warten. An der Gicht stirbt man nicht so schnell. Ich habe auch eine Bitte. Ich bin gerade von einem Feldzug aus dem Osten zurückgekehrt und fürchte, mir dort eine jener verborgenen Krankheiten zu-

gezogen zu haben, die erst nach längerer Zeit ausbrechen. Ihr seid da der richtige Medicus. Ihr kennt alle Krankheiten. Und meine Gehilfin, die mit mir war, untersucht bitte auch. Sie wirkt recht kränklich."
„Verehrter Graf, vielen Dank für Euer Angebot, aber meine Ehre als Medicus verbietet es mir Kranke unnötig warten zu lassen; ich muß daher Eure Bitte um einen längeren Aufenthalt ablehnen. Die Untersuchungen kann ich natürlich morgen vornehmen, ihre Notwendigkeit scheint angemessen und rechtfertigt einen Tag Verzögerung. Aber übermorgen muß ich aufbrechen."

Der Arzt nahm die Untersuchungen am nächsten Tag vor, zunächst war der Graf an der Reihe. Der wies den Medicus auf mögliche griechische Krankheiten bei der Frau hin, die durch den Umgang der Geschlechter miteinander übertragen werden. Er habe sie aus den Händen der Mongolen befreit und es sei wohl gewiß, daß sie von ihnen mißbraucht worden sei. Er möge diesen Umstand der Frau gegenüber allerdings nicht erwähnen, da ihr die Erinnerung an diese schreckliche Zeit Herzeleid bereite. Der Arzt versprach rücksichtsvoll zu sein. Trotz gründlichster Untersuchung konnte er weder beim Grafen, was auch zu erwarten war, noch bei Miriam eine ernsthafte Krankheit feststellen, was den Grafen erleichterte. Die Frau sei lediglich etwas schwach, bedürfe zwar Schonung, aber auch, in Maßen natürlich, Bewegung an frischer Luft, vor allem aber, gesunde Speise, kein fettes Fleisch und nicht zu viel Wein.
Nach der Abreise des Arztes blieben der Graf und Miriam noch eine Woche in Steinfeld; schließlich gab er auch ihrer Bitte nach, einmal die Wälder aufzusuchen, allerdings nur in Begleitung bewaffneter Knechte, da es in den Wäldern Bären, Wildschweine und Wölfe gebe.
Für die Fahrt zur Stammburg nach Riesseck hatte der Graf für Miriam einen Reisewagen herrichten lassen, der etwas bequemer war als der Planwagen, den sie bisher benutzen mußte.
„Die Straßen sind schlecht", meinte Miriam unterwegs, „Ihr müßt bessere bauen lassen, so wie es die Römer getan haben."
„Weißt du, wie die Römer die Straßen gebaut haben?"
„Ich habe einmal Pläne gesehen; sie hatten auf jeden Fall einen festen Unterbau aus grobem Gestein und waren gepflastert."

„Ich werde mit den Baumeistern reden."

In seiner Stammburg ließ der Graf Wohnräume für sie beide herrichten. Er fragte bei Miriam stets um Rat, wollte wissen, was sie bevorzuge, was sie an Ausstattung für notwendig halte. Ihre Ratschläge wurden dann auch befolgt. Miriam wunderte sich darüber, da es so klang, als würden die Wohnräume so hergerichtet werden, damit vor allem sie sich wohlfühlte. Schließlich, etwa drei Wochen nach Ankunft in Riesseck, begann er beim Abendessen zu reden.

„Eine Grafschaft braucht nicht nur einen Grafen, sondern auch eine Gräfin, die ihrem Mann eine Kameradin ist und ihn nicht nur bei der Verwaltung unterstützen kann, sondern sich auch um viele Dinge kümmert, die das Wohlergehen der Untertanen betreffen; ich denke dabei an die Errichtung von Badehäusern, Spitälern, Schulen, Häusern für Waisen, Arme und Sieche und vieles andere mehr. Unsere Grafschaft ist wohlhabend und es macht keinen Sinn Schätze anzuhäufen oder den Reichtum zu verprassen, man sollte das Geld besser zum Wohle der Untertanen und auch zum Bau von Straßen verwenden. Hinzu kommt, der Erzkanzler hat mich gebeten, die Führung des Reichsheeres, das er aufstellen will, zu übernehmen und ich habe zugesagt. Ich werde viel im Reich herumreisen müssen, brauche daher eine Gräfin, die mich hier vertritt. Sie muß klug sein, gebildet, tatkräftig und ich muß ihr vertrauen können und natürlich vor allem auch Liebe zu ihr empfinden. Willst du mit mir die Ehe eingehen, Miriam ?"

Im tiefsten Winkel ihres Herzens hatte sie eine derartige Frage wegen des merkwürdigen Verhaltens des Grafen und seiner Reden bezüglich ihrer Zukunft schon lange erhofft, vielleicht sogar erwartet, aber bei näherer Betrachtung, erschien es ihr völlig abwegig, daß ein hoher Graf, sie, eine unbedeutende Dirne, ein Frau ohne Ehre zur Gemahlin nehmen würde.

„Mein Herr, treibt keine Scherze mit mir. Ich bin doch nur eine kleine, ehrlose Dirne und Ihr seid ein hoher Herr. Ihr seid alles und ich bin nichts."

Der Graf blickte sie an, überlegte kurz, dann schnitt er ein Stück Fleisch von dem auf dem Tisch liegenden Braten ab.

„Schau dir das Stück Fleisch an. So wie es vom Spieß abgeschnitten wird, ist es fade. Erst wenn ich ein bißchen Salz oder oder andere Gewürze dazugebe gewinnt es an Geschmack und wird zum Genuß. Ein großes Stück Fleisch benötigt eine winzige Menge Gewürze um zum Leckerbissen zu werden. Oder anders gesagt: zwei Teile ergeben ein Ganzes, und selbst wenn das eine Teil nur klein ist, ist das andere Teil ohne es nur unvollkommen. Verstehst du, was ich damit sagen will?"

„Ich denke schon", antwortete Miriam, „es kommt nicht auf die Menge an, sondern auf den Inhalt. Mann und Frau müssen sich in der Ehe zu einer Einheit ergänzen. Aber, ich muß Euch gestehen, ich kann Euch keine richtige Frau sein, ich kann Euch keine Kinder schenken. Ich habe meine Fruchtbarkeit verloren. Wißt Ihr, in dem Haus, in dem ich dienen mußte, verstand man es, dafür zu sorgen, daß die Frauen nicht schwanger wurden. Schwangere Dirnen sind nicht gefragt, bringen kein Geld ein. Man wollte sie aber auch nicht auf die Straße werfen, weil man sehr viel Geld für sie bezahlt hatte. Und es gab Ärzte in Konstantinopel, die Arzneien kannten, die Schwangerschaften verhinderten, und die mußten wir einnehmen. Sie nahmen uns auch mit der Zeit die Fruchtbarkeit, was den Besitzern nur lieb war, da sie sich dann keine Sorgen mehr machen brauchten. Und wurde trotzdem eine Frau einmal schwanger, so gab es Ärzte, die das Kind aus dem Mutterleib entfernten."

Der Graf nahm diese Mitteilung nicht übel auf, was er allerdings verschwieg. Er hatte einen fast erwachsenen Sohn, einen Erben. Weitere Söhne würden nur zu Streitigkeiten führen. Er legte seinen Arm zärtlich auf Miriams Schulter und sagte:

„Gott hat uns zusammengeführt. Und wenn es sein Wille ist, daß wir keine Kinder haben werden, dann soll es so sein. Sage 'ja' und verliere dich nicht in Bedenken."

Miriam blickte ihn groß an, sagte nach einer Weile:

„Ja, ich will."

„Warte einen Augenblick", entgegnete der Graf, erhob sich, verließ den Raum und kam kurze Zeit später mit einem Ring zurück, den er ihr an den linken Ringfinger steckte.

„Dies ist in unserem Land das Zeichen des Eheversprechens, der Verlobung. Du sollst mich jetzt auch nicht mehr mit 'Herr' anreden.

Verlobte reden sich mit dem Namen an. Nenne mich also von nun an Friedrich."

Miriam lächelte.

„Es ist die Zeit der Prüfung", fuhr Friedrich fort, „die Ehe wird einige Monate später geschlossen. Weihnachten wäre eine gute Zeit. Wäre dir das recht ?"

Miriam nickte.

Es wurde allmählich Herbst. Der Graf mußte einige Male zu Verhandlungen mit dem Erzkanzler und den Fürsten wegen der Aufstellung des Reichsheeres verreisen.

Miriam nutzte die Zeit um sich in der neuen Heimat einzuleben. Sie lernte fleißig die Landessprache, lernte das Reiten, beschäftigte sich mit der Ausstattung der Wohnräume. Sie war eine gewisse Bequemlichkeit gewohnt, die sie nun nicht missen wollte. Sie ließ daher gepolsterte Möbel anfertigen, die kahlen Wände verputzen und mit bemalten Stofftapeten verzieren. Oft besuchte sie die Handwerker, erklärte ihnen genau, was sie zu tun hätten. Jeder Raum wurde mit einem Ofen ausgestattet und in die Maueröffnungen wurden richtige Fenster eingebaut. Ein Baderaum wurde eingerichtet und auch eine Toilette.

Sie bestellte auch einen Baumeister ein, dem sie anordnete, den Burghof mit Pflastersteinen zu befestigen und schließlich erklärte sie ihm, was sie über die Römerstraßen wußte und beauftragte ihn den Zufahrtsweg vom Städtchen zur Burg entsprechend auszubauen und schließlich die Straße der Stadt herzurichten. Letzteres konnte aber wegen des beginnenden Winters erst im folgenden Frühjahr durchgeführt werden.

Dem Graf staunte nicht schlecht über diese Neuerungen, sie gefielen ihm.

„Als nächstes läßt du dann eine Straße durch die ganze Grafschaft, von Gemunda bis nach Steinfeld bauen", meinte er scherzhaft.

„Warum nicht ? Sie wird das Herzstück einer wichtigen Handelsstraße zwischen den Reichsstädten Frankfurt und Schweinfurt sein. Wenn die Hundertschaften aufgestellt werden, können diese doch auf dem Gebiet ihrer Grundherren die Straße bauen. Sie müssen sich doch nicht jeden Tag von Sonnenaufgang bis Sonnenuntergang in

Waffen üben. Der Verlauf der Straße wird mit Holzpflöcken markiert und so weiß jeder Grundherr, wo er zu bauen hat", war die Antwort.

„Ich erkenne, du hast alles gut überlegt."

„Du suchtest doch ein Gräfin, die sich um solche Angelegenheiten kümmert."

Da wußte der Graf, daß er die richtige Wahl getroffen hatte.

Daneben hatte Miriam für die Sorgen des Gesindes stets ein offenes Ohr, besuchte das Städtchen sooft es möglich war, fand Kontakt zu den Untertanen, half oder schickte Hilfe, wenn irgendwo Not war. Rasch verbreitete sich die Kunde von der Güte und der Tatkraft der neuen Herrin in der gesamten Grafschaft und Miriam gewann die Gunst des Volkes. Dies hatte auch zur Folge, daß ihre Anordnungen geflissentlich befolgt wurden, da man wußte, sie waren auf das Wohl aller ausgerichtet.

Die Ehe wurde am Weihnachtstag in der Kirche von Gemunda, wo der Graf ein Stadthaus besaß, in aller Stille geschlossen. Nur wenige Gäste waren anwesend, darunter auch sein Sohn, der vom Herzog Urlaub erhalten hatten und die Tochter. Anfänglich zeigten die Kinder eine gewisse Scheu gegenüber der Stiefmutter, die sich aber nach einigen Tage legte und sich ein herzliches Verhältnis zwischen ihnen entwickelte.

Gegen Abend gaben die Vermählten ein Festessen für die Gäste und das anwesende Gesinde im Stadthaus. Doch schon bald zog sich das Paar in sein Schlafgemach zurück. Sie kamen in dieser Nacht zum ersten mal richtig zusammen. Über die hierbei empfundenen Gefühle soll nicht näher berichtet werden, lediglich, daß sie am nächsten Morgen in der Gewißheit erwachten, nun ein Ganzes, ein 'Fleisch' zu sein.

Nachwort

Die Handlung der Erzählungen ist frei erfunden. Lediglich einige Episoden aus 'Der Sommer ohne Karin' liegen tatsächlichen Begebenheiten zugrunde, die sich aber größtenteils nicht im Raum Aschaffenburg ereigneten.

Name und Charaktere der Personen sind frei erfunden, Übereinstimmungen mit lebenden oder verstorbenen Personen wären rein zufällig.

Evelyn: Die Geschichte eines Malerpinsels, der sich zeitweise in eine Frau verwandelt, was zu rätselhaften Vorgängen führt, bei denen der Zechkumpan Hans eine undurchsichtige Rolle spielt; sie entstand Anfang 1998.

Erinnerungen an Carola: Entstanden 2017; die Rückbesinnung eines älteren Mannes an eine flüchtige Begegnung in der Jugend, die ihn von einem 'alternativen' Leben träumen läßt, obwohl er sich im Klaren darüber ist, daß diese Lebensalternative weit außerhalb der Realität lag, nie existierte. Dennoch führen diese Träume am Ende zu einem Lebensweg mit dem er nie gerechnet hatte.

Die Frau im Zug: Ein zufällige Bekanntschaft in einem Regionalzug entwickelt sich aufgrund einer spontan empfundenen geistigen und seelischen Bindung zu einer kurzen intensiven Beziehung zweier Menschen zu einander, der allerdings keine Zukunft beschieden ist. Die Erzählung entstand 2018.

Der Sommer ohne Karin: Die 'Abenteuer' eines älteren Mannes während eines langen Sommers, die sich aus Ausmalung zufälliger Beobachtungen oder im Biergarten aufgeschnappter Gesprächsfetzen ergaben, gewürzt mit ironischen oder auch sarkastischen Bemerkungen über das Verhalten von Mitmenschen beziehungsweise auch das eigene Verhalten. Der Episode 'In der Pizzeria' liegt die kleine Erzählung 'Bei Italiener in Lewes' aus dem Band 'Treibgut des Jet-Zeitalters' zugrunde. Den 'Chirurgen' traf ich tatsächlich, allerdings in einem Pub in Jyväskylä (Finnland). Diese satirische Erzählung entstand im Herbst 2009.

Sinngemäße Übertragung des mittelhochdeutschen Eingangsgedichtes von Walther von der Vogelweide 'Wol mich der Stunde' (aus: Niedere Minne, um 1200)

Gesegnet sei die Stunde, in der ich sie kennenlernte,
die meinen Leib und meine Seele für sich eingenommen hat,
die all mein Denken und Fühlen auf sich gezogen hat
und mich mit ihrer Güte so durchdrungen hat;
daß ich allein, ohne sie nicht mehr bestehen kann,
das hat ihre Schönheit und ihre Güte bewirkt
und ihr roter Mund, der lieblich lacht.
Ich habe mein Herz und meine Sinne ihr zugewandt,
hin zu der Lieben, der Reinen, der Guten;
daß uns beiden im Glück vollendet werde,
was immer ich von ihrem holden Gemüt erwarte;
was ich an Freuden auf dieser Welt je gewann,
das hat ihre Schönheit und ihre Güte bewirkt
und ihr roter Mund, der so lieblich lacht.

Südseeliebe: Die Erzählung entstand im Herbst 2016. Der Leserin oder dem Leser werden sicher Parallelen zu der Erzählung 'Die Dienerin' aus dem Band 'Treibgut des Jet-Zeitalters' auffallen. Das ist kein Zufall, da 'Die Dienerin' in gewissen Sinn eine Variation der 'Südseeliebe' darstellt, wobei hier die 'gesellschaftlichen Umstände' auf der Insel, innerhalb denen sich die Beziehung entwickelt keine Rolle spielen, sondern allein das persönliche Verhalten und das Verständnis der beiden Menschen zueinander. Angereichert ist die Erzählung noch mit einigen ironischen Bemerkungen zur gesellschaftlichen und politischen Situation in Deutschland zur Zeit der Entstehung der Erzählung.

Die Perserin: Es ist eine erfundene Geschichte aus dem Mittelalter aus der Zeit um 1240 während der Regierung Kaiser Friedrichs II. (1212 – 1250). Eine Mongolenschlacht an der Neiße gab es natürlich nicht, auch der Graf Friedrich von Riesseck ist keine historica Person. Die Erzählung entstand im Herbst 2016.

Geographische Anmerkungen

Die Handlung der Erzählungen 'Erinnerungen an Carola' und 'Der Sommer ohne Karin' spielt sich im wesentlichen in der Stadt und dem nördlichen Teil des Landkreises Aschaffenburg ab.

Die erwähnten Gemeinden Kahl am Main, Karlstein (1975 durch Fusion der Gemeinden Großwelzheim und Dettingen entstanden), Kleinostheim, Mainaschaff liegen rechtsmainisch, gehören dem Landkreis Aschaffenburg an, ebenso wie die linksmainisch gelegene Marktgemeinde Stockstadt.
Großkrotzenburg liegt auch rechtsmainisch, gehört aber dem hessischen Main-Kinzig Kreis an an.
Seligenstadt, Kleinwelzheim (Stadtteil von Seligenstadt) und Mainflingen (heute Ortsteil der Gemeinde Mainhausen) liegen linksmainisch und gehören dem Landkreis Offenbach an.

Der Betrieb der erwähnten Mainfähre zwischen Mainflingen und Dettingen wurde 1989 eingestellt. Als Verbindung zwischen beiden Orten wurde wenige Monate später die 'Kiliansbrücke' eingeweiht.

Als Hahnenkamm bezeichnet man sowohl den nördlichen Teil des westlichen Spessarthöhenzuges zwischen Alzenau und Aschaffenburg, der zur Rhein-Main-Ebene hin abfällt, als auch die höchste Erhebung (436 m) dieses Höhenzuges.

Die Kahl ist ein rechter, etwa 33 km langer Nebenfluß des Maines; sie entspringt etwa 8 km östlich der Marktgemeinde Schöllkrippen am Übergang des Vorspessarts zum Hochspessart und mündet bei Kahl am Main in den Main. Der Name leitet sich von dem mittelhochdeutschen Wort 'kalde' ab, was 'kalt', 'kühl' oder auch 'klar' bedeutet.
Als Kahlgrund bezeichnet man das von der Kahl durchflossene Tal östlich von Alzenau. Landläufig wird der Ausdruck 'Kahlgrund' auch oft als Synonym für den Altlandkreis Alzenau verwendet.

Heimbach, Molkenberg, Reichenbach und Rückersbach sind kleine Dörfer im nordwestlichen Spessart. Der 'Dr. Degen – Weg' ist ein Wanderweg, der von der Mündung der Kahl bis nach Wiesen im Zentralspessart führt. Benannt ist er nach dem langjährigen Landrat des ehemaligen Landkreises Alzenau.

Alzenau: Stadt im Landkreis Aschaffenburg nahe der hessischen Grenze; bis 1972 Zentrum des gleichnamigen Landkreises.

Kreuzwertheim: Marktgemeinde im südlichen Mainviereck gegenüber der Stadt Wertheim.

Mespelbrunn: Gemeinde im Hochspessart mit bedeutenden Sehenswürdigkeiten: Wasserschloß Mespelbrunn, Gruftkapelle, Wallfahrtskirche im Ortsteil Hessenthal.

Miltenberg: Kreisstadt in der südwestlichen Ecke des Mainvierecks.

Niedernberg: linksmainische Gemeinde im Landkreis Miltenberg; etwa 7 km südlich Aschaffenburgs

Obernburg: Stadt im Landkreis Miltenberg etwa 16 km südlich Aschaffenburgs; bis 1972 Sitz des gleichnamigen Landkreises.

Otzberg: Berg (367 m) mit Veste im nordöstlichen Odenwald und Name der aus mehreren Ortsteilen bestehenden Gemeinde zu Füßen des Berges mit Lengfeld als Sitz der Gemeindeverwaltung.